Casting – Zurück ins Leben

PEA JUNG (Jahrgang 1977) lebt mit ihrem Mann und vier Kindern in der Nähe von München. Neben der Arbeit als Sozialpädagogin schreibt sie Liebesgeschichten mit Happy End, wobei der Erotikfaktor von Geschichte zu Geschichte variiert. Mit ihrem Debütroman DIE FALSCHE HOSTESS gelang der Überraschungserfolg – das Buch entwickelte sich in kurzer Zeit zum Bestseller. Seither begeistert jedes ihrer Bücher die stetig wachsende Leserschaft.

PEA JUNG

CASTING
Zurück ins Leben

Bibliografische Information der Deutschen Nationalbibliothek:
Die Deutsche Nationalbibliothek verzeichnet diese Publikation in der
Deutschen Nationalbibliografie. Detaillierte bibliografische Daten sind
im Internet über http://dnb.dnb.de abrufbar.

1. Auflage 2021

Covergestaltung und Satz: Jürgen Müller, LayArt
Quellennachweis der Umschlagfotos:
© Stuart Reardon
© istockphoto.com/imagorb

Lektorat: Soukup
Korrektorat: SW Korrekturen e.U.

Herstellung und Verlag: BoD – Books on Demand, Norderstedt
ISBN: 978-3-7526-5925-2

Kapitel 1

*J*a, lach du nur!

Mit zusammengepressten Lippen sehe ich mir das Foto von James Hamilton auf meinem Klemmbrett an und versuche dessen Blick zu deuten. Doch ich komme nicht umhin, sein Lächeln von Mal zu Mal provozierender zu finden.

Während ich schwungvoll durch die Flure von JJO in Richtung des Empfangsbereichs der Produktionsfirma marschiere, schiebe ich das Klemmbrett unter meinen Arm. Dabei bereite ich mich seelisch auf den nächsten Bewerber vor.

»Juna, mein Sonnenschein!«, begrüßt mich mein Kollege George aus der Lohnbuchhaltung im Vorbeigehen. »Wann gehst du endlich mit mir aus?«

Seufzend lächle ich ihn an und versuche dabei zerknirscht auszusehen. Nicht, dass ich George nicht sympathisch finde, aber ich bin nicht auf der Suche nach dem Mann fürs Leben. George ist nicht nur auf ein kleines Techtelmechtel aus. Er spricht ständig davon, dass er fünf Kinder haben möchte.

»Wenn der Halleysche Komet wieder in Erdnähe auftaucht«, kontere ich.

»Ich nehme dich beim Wort«, sagt George und freut sich tierisch.

Ich kann das Lachen kaum unterdrücken, aber da erspähe ich meinen nächsten Kandidaten und eile einfach weiter, ohne noch ein Wort an George zu richten, obwohl er stehen geblieben ist.

Während ich Adriano Russo mustere, ahne ich, dass er nicht der Gesuchte sein wird. Er kommt mir doch etwas kleiner vor, als er in seiner Bewerbung angegeben hat. Trotzdem begrüße ich Mr Russo freundlich lächelnd.

»Mr Russo?«, frage ich und reiche ihm die Hand. »Ich bin Juna Adams. Wir hatten schon per E-Mail-Kontakt.«

»Si. Ja, richtig. Sehr erfreut!« Wie erfreut er ist, zeigt sein interessierter Blick in meinen nicht vorhandenen Ausschnitt.

Ach du Schreck! Der spricht ja mit starkem Akzent. Wenn er das beim Vorsprechen so macht, hat er schon verloren.

Trotz meiner Bedenken entgleist mein Lächeln nicht und auch Mr Russo schenkt mir einen überaus freundlichen Blick – endlich in die Augen.

»Wenn Sie mir folgen würden«, bitte ich Mr Russo.

»Aufs Wort!«, scherzt er, während ich mich in Bewegung setze.

Auf dem Weg zu den Fahrstühlen begegne ich erneut George, der noch immer an der Stelle steht, an der wir zuvor zusammengetroffen sind. Konzentriert bewegt er den Daumen über das Display seines Smartphones. Dann sieht er mich im Vorbeigehen mürrisch an. »Ernsthaft, Juna?«, fragt er. »Im Jahr 2061?«

Grinsend gehe ich weiter und wende mich wieder meinem Gast zu.

»Sie wollen also den Sprung ins Filmbusiness wagen?«, erkundige ich mich, um ein bisschen Small Talk zu betreiben, obwohl Mr Russo und ich all diese Fragen längst im Vorfeld geklärt haben.

»Si. Ich kann nicht ewig in Badehosen posieren.«

Erneut entlockt Mr Russo mir ein Lächeln. Seine überaus lockere Art gefällt mir, aber letztendlich geht es hier nicht um meine Meinung, sondern darum, einen zweiten James Hamilton zu finden. Dafür hat Mr Russo nicht die richtige Kragenweite. Immer wieder vergleiche ich seine Gesichtszüge mit Hamiltons Foto von meinem Klemmbrett, auf dem mich ein Paar blaue Augen gepaart mit einem sanften Lächeln empfangen. Jetzt meine ich, ein gewisses »Ich habe es dir ja gleich gesagt« in seinem Blick zu lesen, was natürlich nicht sein kann. Das verdammte Foto dieses gut aussehenden Kerls wird wohl so lange mein bester Freund sein, bis ich den passenden Schauspieler gefunden habe.

Auf dem Weg in den Raum, in dem die Probeaufnahmen gemacht werden, wechsle ich das Thema, um meinem Gast die Nervosität ein wenig zu nehmen. Er lässt sich davon zwar nichts anmerken, aber ich kenne kaum jemanden, der vollkommen entspannt zu einem Casting kommt.

»Hatten Sie einen guten Flug?«, frage ich.

»Wir hatten Turbulenzen.«

»Sie kommen aus Paris?«

»Ja, ich hatte da ein Shooting. Eigentlich wohne ich in London.«

Ich riskiere einen Blick auf seine athletische Gestalt. Die Art, wie er sich bewegt, kommt mir betont lässig vor. Von der Ausstrahlung her könnte er es sein. Er hat etwas dunkleres Haar als James und diese gekräuselten Wellen im Haar hatte James nicht. Na ja, das sind Kleinigkeiten.

Zumindest verpestet er nicht das ganze Gebäude mit seinem Aftershave wie der vorherige Kandidat. Das aufdringliche Aroma hängt mir jetzt noch in der Nase. Der Stinker hatte nicht die geringste Ähnlichkeit mit James Hamilton, der davor hatte ein total vernarbtes Gesicht. Mein persönliches Highlight heute war der dunkelhäutige Bewerber. Er war sympathisch und er hätte die Rolle gut hinbekommen. Aber James Hamilton war nun mal ein Weißer.

Mal sehen, was die anderen zu dem Akzent und der Körpergröße des aktuell anwesenden Kandidaten sagen.

»Sie haben Katzenaugen. Sehr schön!«, sagt Mr Russo plötzlich.

»Was?« Irritiert frage ich mich, wann er die Zeit hatte, mich so genau anzusehen, um diese Aussage zu treffen.

»Das Grün Ihrer Augen ist sehr hübsch«, ergänzt er.

»Danke.«

Na, wenn er jetzt meint, dass ihm das irgendwelche Pluspunkte bringt, hat er sich schwer getäuscht. Fehlt eigentlich nur noch, dass er etwas über mein blondes Haar sagt.

In diesem Moment erreichen wir den Raum, in dem die Vorsprechen stattfinden.

»Nach Ihnen!«, sage ich und lasse Mr Russo den Vortritt.

In dem Raum ist nur der Techniker Steve, der die Aufnahmen macht und sich um die Beleuchtung kümmert. Sollten wir jemals einen Doppelgänger von Jesus Christus suchen, wäre Steve die perfekte Besetzung. Ich sage nur: jede Menge Bart und Haare. Lediglich die Brille müsste er dann gegen Kontaktlinsen tauschen, denke ich still bei mir, während ich alle miteinander bekannt mache.

Nun ist es meine Aufgabe, nach vorgefertigtem Schema ein kleines Interview zu führen und den Kandidaten dann ein paar Textpassagen aus dem Drehbuch sprechen zu lassen.

Manchmal nimmt mein Chef Oliver an den Aufnahmen teil, doch oft sieht er sie sich erst später an. Mir persönlich ist es egal, wer den überaus gut aussehenden Hamilton denn nun spielen darf, aber die Produzentin Clarice van

Boyd hat sich bei der Auswahl des Schauspielers volles Mitspracherecht erkämpft und macht uns damit das Leben schwer. Am liebsten wäre es ihr, wir würden James Hamilton exhumieren und zum Leben erwecken, damit er sich selbst spielen kann.

Das wäre sicher kein schöner Anblick nach fast fünf Jahren. Mal abgesehen davon, dass James Hamilton bei der Beisetzung bestimmt auch nicht mehr der Hübscheste war. Nach dem fatalen Unfall hatte es mehrere Tage gedauert, bis man seinen toten Körper aus der Themse barg.

»Sie können sich dort auf den Stuhl setzen«, weist Steve Mr Russo an.

Folgsam nimmt Mr Russo Platz und wartet geduldig, bis die Beleuchtung und die Kamera eingestellt sind. Dann wird er verkabelt, damit die Tonübertragung ebenfalls gewährleistet ist.

Anschließend führe ich ein kleines Interview mit ihm, frage ihn ein bisschen aus. Er ist in dieser Hinsicht ganz Profi. Man merkt, dass er häufig im Rampenlicht steht. Vollkommen entspannt und authentisch wirkend spult er die Antworten runter. Sein Akzent ist allerdings immer noch unüberhörbar.

Als Nächstes reiche ich ihm die Seiten mit den Textpassagen, die er vorsprechen soll. Sie enthalten Szenen, in denen unterschiedliche Emotionen auszudrücken sind, damit wir eine gewisse Spannbreite begutachten können.

Ich muss sagen, Mr Russo stellt sich nicht so dumm an, wie ich befürchtet habe. Sein Akzent tritt jetzt nicht mehr so deutlich hervor und Mr Russo vermittelt die Emotionen sehr lebensnah.

»Gut«, sage ich am Ende seiner Sprechprobe. »Jetzt brauchen wir noch eine Aufnahme im Stand und ein paar

Bewegungen, das heißt, Sie können hier einfach ein paarmal auf und ab gehen. Aber das dürfte für Sie ja kein Problem darstellen.«

Er sieht mich lange an, bevor er aufsteht. Hat er mir den Kommentar etwa übel genommen? Muss er denn als Model nicht den Laufsteg auf und ab gehen?

Unsicher wende ich mich ab und überlege, ob das zu frech von mir war.

Unterdessen gibt Steve Mr Russo ein paar Anweisungen und kurz darauf ist die Aufnahme beendet.

Meine Aufgabe ist nun, den Bewerber wieder zu verabschieden. Wir begeben uns gemeinsam auf den Weg zum Ausgang.

»Ich denke, dass Mr Shaws Sekretärin sich bald bei Ihnen melden wird.« Mit Mr Shaw meine ich Oliver Shaw, meinen Chef.

»Werden Sie sich nicht bei mir melden?«

»Nein, im Normalfall gehört das nicht zu meinen Aufgaben.«

»Das ist aber schade.« Er sieht mich verschmitzt lächelnd von der Seite an.

Überrascht davon, dass er ein Vorstellungsgespräch für einen Flirt nutzt, weiß ich gar nicht, was ich darauf antworten soll.

Dafür weiß Mr Russo es. »Jetzt haben Sie in Ihren Unterlagen meine Telefonnummer und ich habe Ihre nicht. Ist das nicht ungerecht?«

»Ja, das Leben ist ungerecht.« Ich finde ihn ja ganz schnuckelig, aber ich bin hier in der Arbeit und nicht zum Vergnügen. Außerdem wundere ich mich darüber, dass dieser Mann offenbar keine anderen Probleme in seinem Leben hat, als nach meiner Nummer zu fragen.

»Dann versprechen Sie mir wenigstens, dass Sie den Anruf tätigen und nicht irgendeine Sekretärin.«

»Wenn es Sie glücklich macht.« Ich bleibe stehen, weil wir am Ausgang angekommen sind. Der Pförtner beobachtet uns neugierig.

»Darüber sprechen wir, wenn Sie mich anrufen. Auf Wiedersehen.« Mr Russo reicht mir kurz die Hand und verlässt dann das Gebäude.

Ich bleibe noch einen Moment stehen und überlege, ob mit ihm ein schnelles sexuelles Intermezzo ohne Probleme möglich wäre. Ich bin mir nicht sicher. Ist auch egal, weil ich nämlich ganz andere Sorgen habe, die sich in Form eines Telefonanrufes bei mir ankündigen. Ich nehme den Anruf meines Chefs entgegen.

»Oliver?«

»Natürlich Oliver! Wer denn sonst? Wo steckst du?« Oh, oh! Olivers Bellen gibt mir zu verstehen, dass er äußerst unzufrieden ist.

Ich bin mir sicher, dass seine Aufregung vermutlich nichts mit mir zu tun hat, sondern vielmehr mit Clarice van Boyd.

»Ich habe gerade Mr Russo zum Ausgang begleitet«, erkläre ich ruhig.

»Dann solltest du jetzt schnellstens herkommen und mich aufmuntern. Wir haben ein Problem, und wenn ich dich sehe, geht es mir gleich besser.«

»Ja, sofort«, sage ich und freue mich darüber, wie er es immer wieder schafft, seine Anweisungen in kleine Komplimente zu verpacken. Nicht, dass er zu der Sorte Chef gehören würde, die das unangemessen häufig praktiziert.

»Ach, und … Juna?«

»Ja?«

»Bring mir einen starken Kaffee mit!« Mit diesen Worten legt Oliver auf.

Ich beeile mich, möglichst schnell mit einem Kaffee in sein Büro zu kommen. Wenn ich Oliver nicht im Grunde meines Herzens gut leiden könnte, hätte ich ihm schon oft einen Vortrag darüber gehalten, dass Kaffee zu holen nicht zu meinen Aufgaben gehört.

Aber da ich meinem Chef keine Ansprache halten möchte und er – wie gesagt – eigentlich ganz in Ordnung ist, tue ich ihm den Gefallen. Außerdem entschuldigt sein Schlafmangel aufgrund der Geburt von Zwillingen so einiges.

Seine Sekretärin Ana winkt mich durch, und als ich Olivers Büro betrete, legt er gerade frustriert den Hörer seines Telefons auf. »Probleme, Probleme, Probleme!«

»Gleich drei?«, versuche ich zu scherzen, aber er steigt nicht drauf ein.

Wenigstens greift er erfreut nach dem Kaffee, den ich ihm über den Tisch reiche. Oliver deutet auf einen freien Stuhl und schlürft lautstark aus der Tasse. »Ah, danke.«

»Du solltest nicht so viel Kaffee trinken, Oliver!«

»Das sagt meine Frau auch immer.« Jetzt lächelt mich Oliver kurz an, wobei ich mir sicher bin, dass der verträumte Gesichtsausdruck seiner bildschönen Frau gilt. Mit einem Mal wird sein Ton aber sofort wieder ernst. »Die Zeit drängt! Clarice will endlich, dass ein Hauptdarsteller bekannt gegeben wird. Sie will wohl schon im Vorfeld ein Pressespektakel daraus machen. Kommt dem Studio ja auch entgegen. Wie war es mit dem Italiener?«

Er hat die Aufnahmen also noch nicht gesehen?

»Was soll ich sagen? Er wäre vom Aussehen her perfekt, hat aber einen unüberhörbaren Akzent. Wie du schon sagst, er ist Italiener. Leider ist er nicht viel größer als ich ohne High Heels.«

»Ein Zwerg also?«

»Danke!«

Oliver geht nicht auf meine Beschwerde ein. »Auch das noch! Clarice war von seinen Fotos so angetan.«

»Es muss doch irgendwo ein Mann zu finden sein, der annähernd so aussieht wie James Hamilton.« Während ich das sage, drängt sich erneut die Frage aller Fragen auf. »Warum ist das der Produzentin überhaupt so wichtig?«

»Das wissen nur die Götter. Ich vermute mal, sie fand ihn selbst ganz toll und ist sich sicher, dass mit einem Doppelgänger das Ganze zum Kassenschlager wird. Da hat sie auch nicht ganz unrecht.«

»Was soll ich tun? Ich kann ihr schließlich keinen James Hamilton backen«, erkläre ich frustriert.

»Wenn du das Rezept gefunden hast, gib mir Bescheid! Sie macht jeden Tag mehr Druck. Ich brauche Ergebnisse, und das am besten gestern. Im Prinzip steht alles. Der Drehstart, die Produktionsorte sind gebucht, alle Schauspieler wissen, wann es losgeht. Aber wir haben noch keinen Hauptdarsteller.«

Hilflos zucke ich mit den Schultern. Ich wünschte, ich könnte Oliver helfen.

»Ich hatte gehofft, wir könnten ihr vor dem Wochenende einen Kandidaten präsentieren«, sinniert Oliver.

»Machst du Witze? Es ist Freitag.«

Seufzend macht Oliver mir klar, dass er das selbst weiß. »Meinst du, ich kann sie mit dem Italiener hinhalten?«

»Wenn du den Ton abstellst.«

»Ganz toll!« Oliver atmet geräuschvoll aus. Dann fährt er sich mit einer Hand über sein dunkelblondes Haar.

Er sieht müde aus und blass. Außerdem scheint er um Jahre gealtert zu sein. Dabei ist sein vierzigster Geburtstag noch nicht lange her. Ob das an den Zwillingen liegt oder an dem aufreibenden Castingprozess? Wahrscheinlich ist es eine Mischung aus beidem.

»Also gut«, sagt er dann. »Ich rufe sie an und bringe sie auf den aktuellen Stand. Mach Feierabend!«

»Wirklich? Ich könnte noch bleiben.«

Er winkt ab. »Wir machen nächste Woche weiter.«

Weil er so entschlossen wirkt, stehe ich auf. »Dann bis Montag.«

Schweigend hebt Oliver seine Hand zum Gruß, und ich erkenne, dass er mit den Gedanken längst bei dem unangenehmen Telefonat mit Clarice van Boyd ist. Ich möchte nicht in seiner Haut stecken.

Als er zum Telefon greift, bin ich bereits auf dem Weg aus seinem Büro. Ich winke Ana, die auch schon dabei ist, ihre Sachen zu packen, und gehe erschöpft zu meinem Arbeitsplatz. Dort lasse ich mich auf meinen Stuhl sinken, während ich das Klemmbrett mit dem schönen Portrait auf den Schreibtisch lege. Ja, lach du nur, denke ich mal wieder und strecke James Hamilton die Zunge raus. Dann lehne ich mich entspannt zurück und lege den Kopf in den Nacken.

Was für ein Tag! Was für eine Woche! Ging ich vor Kurzem noch davon aus, dass dieser Auftrag mein Sprungbrett sein könnte, bin ich aktuell nicht mehr so zuversichtlich. Wenn das so weitergeht, dann werde ich niemals Teamchefin in der Castingabteilung.

Ana verlässt die Abteilung und mit einem Mal ist es richtig still hier. Anscheinend haben sich alle in den Feierabend verabschiedet.

»Clarice, bitte …«, höre ich Oliver plötzlich laut sagen, »das kannst du nicht machen. Wir …«

Interessiert hebe ich den Kopf und lausche. Hatte ich die Tür zu seinem Büro nicht hinter mir geschlossen?

Für eine Weile höre ich kein Wort mehr aus Olivers Mund. Dann grummelt er leise, sodass ich ihn nicht verstehen kann.

Das Gefühl, das sich in mir ausbreitet, gefällt mir ganz und gar nicht. Ich wünschte, ich wäre sofort nach Hause aufgebrochen und hätte von dem Telefonat nichts mehr mitbekommen. Stattdessen weiß ich nun, dass Olivers Wochenende nicht so entspannt werden wird, wie ich es ihm gegönnt hätte. Die herrische Clarice hat ihm wohl die freien Tage versaut.

Zum wiederholten Male fängt mich James Hamiltons Blick von dem Foto ein. Der hat gut lachen! Entschlossen greife ich nach dem Klemmbrett und drehe es schwungvoll um, sodass es mit einem Knallen auf dem Tisch aufschlägt.

Ich zucke zusammen, als ich auf dem Flur plötzlich eine Gestalt sehe. Oliver, der eben die Tür hinter sich zuzieht, sieht irritiert in meine Richtung.

Kein Wunder. Ich sitze im Halbdunkel an meinem Schreibtisch, während alle anderen längst in Richtung Wochenende verschwunden sind.

»Juna«, sagt Oliver beinahe tonlos. »Was machst du noch hier?«

Langsam richte ich mich auf.

»Ich weiß auch nicht.« Es wird Zeit zu gehen. Ohne großen Elan packe ich meine Sachen zusammen, kontrolliere, ob alles in meiner Handtasche ist, und geselle mich zu Oliver, der vor seinem Büro steht.

Je näher ich ihm komme, desto mehr verstärkt sich mein

Eindruck, dass sein Telefonat mit Clarice unangenehmer war als gewöhnlich.

»So schlimm?«, frage ich und schelte mich direkt für die dämliche Nachfrage, denn dass es übel ist, ist Oliver deutlich anzumerken.

Er nickt auch sofort, weicht meinem Blick aus und wirkt mit einem Mal regelrecht verzweifelt. »Sie dreht uns den Hahn ab, wenn wir nicht bis Montag ihren James Hamilton haben.« Die Art, wie Oliver den Namen James ausspricht, zeigt mir deutlich, dass nicht nur ich ihn nicht mehr hören kann. Dabei ist die Produktion noch nicht einmal angelaufen. Aber das ist mein geringstes Problem.

»Was?« Das ist unfair und entsetzlich. »Das kann sie doch nicht machen!«

»Und wie sie das kann. All das Geld, das sie uns bereits vorgeschossen hat, wäre dann zurückzuzahlen. Alle Planungen, alle gebuchten Schauspieler, die Locations … Ich darf gar nicht daran denken, welches Finanzloch sich da auftut.«

»Warum ist sie so?«

»Keine Ahnung. Sie befürchtet wohl, dass ein anderes Studio eine ähnliche Geschichte rausbringen will, und sie will unbedingt die Erste sein.«

»Damit hat sie nicht ganz unrecht.« Es wäre nicht das erste Mal, dass ähnliche Storys gleichzeitig im Fernsehen oder Kino laufen.

»Aber wenn sie uns jetzt hängen lässt, dann macht das Studio Verluste, die nicht mit einer Ausbuchung getan sind. Verstehst du? Wir werden unseren Job verlieren und das kann ich mir momentan beim besten Willen nicht leisten.«

»Unsere Jobs?«, hauche ich und will den Gedanken überhaupt nicht zulassen.

16

Hatte ich vor wenigen Stunden nicht über eine bevorstehende Beförderung spekuliert? Warum steht ausgerechnet mein Job auf dem Spiel? Ich habe Clarice van Boyd immer nur von Weitem gesehen und bisher kein einziges Wort mit ihr gewechselt.

»Es tut mir so leid, Juna.«

»Aber wir werden ein neues Projekt bekommen. Wir ziehen etwas anderes auf. Das Studio ist groß und wir sind nur ein Projekt von vielen.«

»Du verstehst nicht«, sagt Oliver und sieht mich mit einem Blick an, der mir sagt, dass ich noch viel zu lernen habe. »Clarice hat gesagt, wenn wir ihr am Montag keinen geeigneten Kandidaten präsentieren, wird sie persönlich dafür sorgen, dass mein Team und ich gefeuert werden und wir nie wieder in der Branche Fuß fassen.«

Also die Frau hat sie doch nicht mehr alle! Die ist ja regelrecht besessen von dem Projekt. Hat sie wirklich so viel Macht, uns für alle Zeit aus der Filmbranche zu verbannen?

All diese Gedanken verfliegen aber genauso schnell, wie sie gekommen sind, da ich nur die blanke Panik spüre. Dabei geht es mir nicht nur um mich. Für Oliver wäre das tatsächlich eine Katastrophe. Seine Frau kümmert sich momentan um die beiden Neugeborenen, und es schläft sich deutlich besser, wenn der Hauptverdiener einen sicheren Job hat.

»Ich finde jemanden«, sage ich entschlossen, weil ich es nicht ertrage, Oliver so verzweifelt zu sehen.

Er lacht auf. »Wie willst du das anstellen?«

»Keine Ahnung, aber ich finde jemanden … bis Montag. Versprochen.«

Oliver schüttelt zweifelnd den Kopf und ich kann sogar den Hauch eines Lächelns auf seinen Lippen sehen. »Das ist wirklich mutig von dir und sehr lieb, aber stell dich mal lieber darauf ein, dass wir am Montag unsere Sachen packen!«

Das will ich mir nicht vorstellen.

»Noch ist nicht Montag!«, gebe ich kämpferisch von mir, doch gleichzeitig schießt mir die Frage durch den Kopf, ob ich zu Hause einen Karton habe, in den ich meinen ganzen Kram packen kann, sollte ich am Montag meinen Schreibtisch räumen müssen.

Oliver atmet tief ein und ich kann die Zweifel auf seinem Gesicht deutlich sehen. Trotzdem wagt er es nicht, mir zu widersprechen. Stattdessen wendet er sich ab. »Wir sehen uns Montag«, brummt er kraftlos und schleicht den Flur entlang wie ein geprügelter Hund.

Während ich ihm nachsehe, überkommt mich tiefe Verzweiflung. Obwohl meine erste Reaktion auf Angst immer der Angriff ist, verpufft diese vermeintliche Stärke leider schnell. All die Hoffnungslosigkeit, die ich bis eben noch verdrängen konnte, schlägt so heftig über mir zusammen, dass ich auf der Stelle losheulen möchte.

Tapfer dränge ich die Tränen zurück, warte aber sicherheitshalber, bis sich die Aufzugtür hinter Oliver geschlossen hat, bis ich mich auf den Weg zum Lift mache.

Als ich in der Kabine abwärts rausche, fällt mir auf, dass ich meine High Heels trage. Verdammt! Ich habe meine bequemen Schuhe unter dem Schreibtisch stehen gelassen.

Auch das noch! Schlimmer kann der Tag wirklich nicht werden.

Schon durch die Glasfront der Lobby sehe ich, dass es draußen regnet. Die Tropfen schlagen so heftig auf den Asphalt, dass der Boden zu einer einzigen spritzenden Fläche mutiert ist.

Das ist London. Ganz gleich, welche Jahreszeit herrscht: Für Regen ist England immer zu haben.

Wie praktisch, dass mein Schirm bei den Schuhen unter dem Schreibtisch liegt.

Trotzdem werde ich nicht noch einmal nach oben fahren. Nach »aufwärts« ist mir überhaupt nicht mehr, wo ich mich doch so am Boden fühle.

Dann gönne ich mir heute eben ausnahmsweise ein Taxi. Und wenn ich jetzt gleich losheule, sieht es niemand, weil mein Gesicht sowieso vom Regen nass sein wird.

Kapitel 2

*F*rustriert begebe ich mich ins Freie und verlasse den überdachten Bereich, auf dem der Regen ein regelrechtes Trommelkonzert vollführt. Von einer Sekunde auf die andere bin ich klatschnass. Besonders unangenehm ist der Moment, an dem sich meine Seidenstrumpfhose mit Spritzwasser vollsaugt und die Feuchtigkeit auf die Haut trifft.

Währenddessen rauscht auf der Hauptstraße der Verkehr vorbei und spritzt Fontänen auf den Gehweg.

Triefend nähere ich mich der Fahrbahn, winke einem Taxi. In dem Moment fährt ein Wagen durch eine der unzähligen Pfützen, die sich am Straßenrand gebildet haben. Ein Schwall Wasser schwappt über mich, als hätte jemand mit einem riesigen Wassereimer auf mich gezielt und perfekt getroffen.

Ich lasse kraftlos meine Arme hängen, starre ins Nichts und beginne zu weinen. Mein Körper bebt. Warum muss das Leben immer wieder so ungerecht und so verdammt gemein sein? Kann es sich nicht auch einmal jemand anderen suchen, dem es zusetzt?

Da hupt es direkt vor mir, und als ich die Tränen weggeblinzelt habe, sehe ich ein Taxi. Der junge Mann am Steuer winkt mich heran.

Es gibt noch Hoffnung.

Ohne lange zu überlegen, steige ich ein und bin heilfroh, die Tür hinter mir zuziehen zu können. Ich nenne dem Mann meine Zieladresse. »Das wird dauern«, sagt er, weil die Strecke zwar übersichtlich, aber die Straßen verstopft sind. Aber das ist auch schon egal. Ich blende alles um mich herum aus, trommle nervös mit den Fingern auf meiner aufgeweichten Handtasche herum und überlege fieberhaft.

Wo bekomme ich bis Montag ein perfektes James-Hamilton-Double her? ‚James Hamilton, James Hamilton, James Hamilton‘, schreit es in meinem Kopf.

»Was ist mit James Hamilton?«, fragt der Taxifahrer plötzlich.

»Hab ich etwas gesagt?«, frage ich überrascht.

»Mehrfach. Haben Sie ihn gekannt?«

»Nein.« Gott sei Dank! Das hätte mir gerade noch gefehlt. Der Mann verfolgt mich schließlich selbst in seinem Tode.

»Jährt sich nicht bald sein Todestag?«, sinniert der Fahrer.

»Sie sind erstaunlich gut informiert.«

»Ich bin Taxifahrer«, lautet seine Antwort, als erkläre das alles.

Ich ziehe die Augenbrauen hoch und starre aus dem Fenster. Der Regen hat nachgelassen. Super! Jetzt, wo ich im Auto sitze, hört es auf. Mit einem Handgriff betätigt der Taxifahrer einen Hebel neben seinem Lenkrad, und die Scheibenwischer, die eben noch hektisch quietschend über die Frontscheibe wischten, verlangsamen ihr Tempo.

»Also, wo drückt der Schuh? Was hat James Hamilton damit zu tun?«, versucht es der Taxifahrer erneut und sieht mich dabei neugierig an.

Immer wieder huscht sein Blick nach vorn, damit er die nächste grüne Welle an der Ampel nicht verpasst.

So viel Neugierde ist mir wirklich noch nie untergekommen. »Sie sind kein Engländer, oder?«

»Ich komme aus Irland«, erwidert der junge Mann, und

weil er mich jetzt so frech im Rückspiegel angrinst, beschließe ich, ihm von meinem Problem zu erzählen.

Was habe ich schon zu verlieren?

»Ich arbeite für JJO«, beginne ich.

»Das Studio, vor dem ich Sie aufgelesen habe?«

»Richtig. Wir arbeiten an der Verfilmung von James Hamiltons Leben.«

»Das hört sich interessant an.«

»Ist es auch. Aber leider fehlt uns der Hauptdarsteller. Wenn ich bis Montag keinen Hamilton-Doppelgänger gefunden habe, platzt alles.«

»Das ist es also, was Sie suchen? Seinen Doppelgänger?« Er sagt das so, als sei das kein Problem.

»Genau das suche ich.«

»Dann würde ich mal sagen, Sie sind ins richtige Taxi gestiegen, Lady. Dabei habe ich noch überlegt, ob ich anhalten soll, so nass wie Sie waren. Trotzdem: Ihr Tag ist gerettet.«

»Machen Sie keine Scherze! Es geht hier um mehrere Jobs und eine Menge Geld.« Wenn er nicht bald Ruhe gibt, werde ich richtig wütend.

»Lady, wie weit würden Sie sich trauen zu gehen, um den Doppelgänger zu treffen?«

Meine Wut schlägt in Unglauben um.

»Hören Sie, ich finde das nicht witzig.«

»Ich mache keine Scherze. Ich habe einen Kerl gesehen, der hatte diesen Blick, diese Statur. Er lebt in … sagen wir ›etwas merkwürdigen Verhältnissen‹. Aber wenn Sie mich fragen, sieht er Ihrem James Hamilton verdammt ähnlich.«

Okay, er hat mein Interesse geweckt. Ich beuge mich zu ihm vor. »Wo?«, frage ich knapp.

Der Fahrer nennt mir eine Adresse.

»Das ist im Industriegebiet Stratford. Nicht sehr kuschelig. Schon gar nicht um diese Tageszeit.«

Das ist eine längere Fahrt, aber meine Entscheidung steht.

»Fahren Sie mich hin!«

Der Taxifahrer grinst und nickt.

Den Rest der Fahrt schweigen wir. Jetzt, da ich Zeit habe, über mein irres Vorhaben nachzudenken, kommt es mir immer dämlicher vor. Eine gute Idee ist es auf keinen Fall, aber ich hatte schlechtere in meinem Leben.

Äußerlich unbeeindruckt lasse ich die Hallen des Industriegebiets an mir vorbeiziehen. Haben wir hier nicht auch schon einmal gedreht? Ich erinnere mich dunkel daran. Außerdem gab es in der Gegend vor Kurzem einen Großbrand, soweit ich weiß.

Zielstrebig lenkt der Taxifahrer sein Fahrzeug durch das Labyrinth der Straßen, bis wir schließlich am gefühlten Ende der Welt vor einer Industriehalle halten, die offensichtlich leer steht. Mehrere Fensterscheiben sind gesprungen und die fehlende Eingangstür war ursprünglich mit Brettern versiegelt worden. Jetzt klafft dort ein Loch und direkt daneben zieren Graffiti die Wand.

Das ist doch alles nicht wahr! Ich fühle mich wie im falschen Film. Für wie doof hält mich der Fahrer?

»Sind Sie sicher, dass es hier ist?«

»Dort wohnt er.«

»Der James-Hamilton-Doppelgänger, von dem Sie mir erzählt haben?« Meine Vernunft sagt mir etwas ganz anderes, nämlich, dass ich hier in eine Situation geraten bin, aus der ich schnellstens verschwinden sollte. »Gehen Sie mit rein?«

»Nee, das kann echt fies für mich enden.«

Ich will nicht wissen, woher er den Kerl kennt.

»Na toll! Warum meinen Sie dann, dass er mich willkommen heißt?«

»Weil Sie verzweifelt genug sind, es zu versuchen.«

Da trifft er meinen wunden Punkt.

»Er ist harmlos, aber sein Hund …«

»Er hat einen Hund?« Die Skurrilität scheint ihren Höhepunkt noch nicht erreicht zu haben.

»Das meine ich nicht. Ich habe eine Hundehaarallergie. Ich kann mich dem Kerl nicht nähern.«

»Also gut. Nehmen wir einmal an, ich glaube Ihnen, dass ich in dieser verlassenen, einsamen Lagerhalle einen Doppelgänger von James Hamilton finde und er gute Laune hat und ich mich gut mit seinem Hund verstehe …«

»Sie schaffen das schon!«, sagt der Taxifahrer grinsend.

Schön wäre es. Oliver kommt mir in den Sinn, der seinen Job genauso braucht wie ich. Außerdem denke ich an diese Oberzicke Clarice, der ich es gerne so richtig zeigen würde.

Tatsache ist auch, dass es mich wohl ewig verfolgen würde, wenn ich nicht alles versucht hätte, um meinen Job zu retten. Immerzu würde mich James Hamiltons Bild vom Klemmbrett anstarren und sein Lächeln würde mit jedem Tag fieser und gehässiger werden.

»Können Sie warten?«, frage ich den Taxifahrer leise. Meine Stimme klingt fremd und vollkommen verängstigt.

»Sorry, Lady, aber ich bleibe hier ungern länger stehen.«

»Aber Sie fahren mich hierher und setzen mich aus?«

»Lady, ich schwöre, Sie finden Ihren Doppelgänger hier. Wenn Sie nicht möchten, dann fahre ich Sie jetzt sofort nach Hause.«

Ich lache verzweifelt auf. Der Mann hat sie nicht mehr

alle, und ich offensichtlich auch nicht, denn ich bezahle meine Rechnung und schicke mich an, das Taxi zu verlassen.

»Sind Sie sicher, dass er zu Hause ist?«

»Er wohnt in der Halle. Da finden Sie ihn.«

»Wenn Sie mich verarschen, dann Gnade Ihnen Gott!«

»Lady, sehe ich etwa aus wie jemand, der junge Frauen in verlassene Industriehallen lockt?«

Ich hadere mit mir. Soll ich das sichere Taxi verlassen und allein hier herumstromern?

»Ach, verdammt!«, schimpfe ich und steige aus.

Die kühle Luft macht mir sofort wieder klar, dass ich klatschnass bin. Mich fröstelt augenblicklich, und als könnte jede überflüssige Bewegung zu mehr Kälte führen, arbeite ich mich verkrampft mit kleinen Schritten vorwärts. Meine Füße erzeugen in den High Heels ein schmatzendes Geräusch und mein Rock klebt mir unangenehm an den Oberschenkeln. Hinter mir fährt das Taxi an, und ich umklammere mein Smartphone, checke, ob ich Netz habe.

Immerhin kann ich den Notruf betätigen, wenn mich eine Horde wilder Tiere anfällt … oder etwas Schlimmeres.

Kapitel 3

*E*s ist fürchterlich still, nachdem die letzten Geräusche des abfahrenden Taxis von der Dunkelheit verschluckt wurden. Die spärliche Beleuchtung der einsamen Laterne, die es hier in der Gegend noch gibt, hellt meine Stimmung nicht auf. Obwohl es nicht mehr regnet, scheint die Luft von Feuchtigkeit durchtränkt zu sein.

Zitternd kämpfe ich mich Schritt für Schritt auf den Eingang der Halle zu. Da kommt mir eine Idee. Vielleicht sollte ich ein letztes Lebenszeichen von mir an die Außenwelt schicken, damit jemand weiß, wo ich bin.

Also fotografiere ich den Eingang der Lagerhalle und sende das Foto zusammen mit meinem Standort an meine Freunde Amanda und Finley, in deren Haus ich wohne.

»Auf der Jagd nach James Hamilton«, schreibe ich unter das Bild. »Wenn ich mich in einer halben Stunde nicht melde, ruft die Polizei!«

Die Antwort von Amanda lässt nicht lange auf sich warten. »Du hast sie nicht mehr alle! Wir holen dich ab.«

Dagegen habe ich nichts. Die Fahrt vom Haus hierher wird zwar eine Weile dauern, aber wenigstens sind sie jetzt auf dem Weg zu mir. An diesen Gedanken klammere ich mich, als ich durch das Loch, wo einmal die Tür war, in das finstere Innere der Industriehalle steige. Unter meinen Füßen knirscht der Dreck. Die Geräusche hallen unendlich laut in dem Gebäude wider. Ein muffiger Geruch nach feuchten Pappkartons empfängt mich.

Unsicher aktiviere ich die Taschenlampe an meinem Smartphone und leuchte vor mich in die Halle. Der

Schein der Lampe reicht nicht weit, aber ich erkenne immerhin so viel, dass hier tote Hose ist. Am Boden liegen Schutt und Dreck, Papierfetzen, Müll und einige unbestimmbare Dinge. Vor mir kann ich nur undefinierbare Umrisse in der Dunkelheit erkennen. Sieht mir nach Teilen einer Maschine aus.

Da höre ich ein schlurfendes Geräusch. Vor lauter Angst halte ich den Atem an. Mein Herz explodiert fast in der Brust. Ich bin hier nicht allein. So viel ist sicher.

»Hallo!«, rufe ich laut in die Richtung, aus der ich die Geräusche gehört habe.

Wie immer löst Panik bei mir den Angriff aus. »Ist hier jemand?« Ich halte das Smartphone vor mich, als wäre es eine Waffe, mit der ich jeden Angreifer sofort außer Gefecht setzen kann.

Vor mir in der Halle bewegt sich etwas.

Wie konnte ich nur so dumm sein, allein hierher zu kommen?

Da höre ich ein leises Winseln. Der Hund!

Mir rutscht das Herz in die Hose. Mit aller Kraft stemme ich mich gegen den Drang, fluchtartig ins Freie auszubrechen. Dafür steht einfach zu viel auf dem Spiel.

Zumindest, was das Tier angeht, hat der Taxifahrer die Wahrheit gesagt. Was ist, wenn er mit allem recht hat?

»Ich möchte nur kurz mit Ihnen reden. Bitte!«

Die Anspannung ist kaum auszuhalten. Ich stehe wie angewurzelt da, muss mich zwingen, nicht rückwärts in Richtung des Ausgangs zu gehen. Mein Zittern bekomme ich nicht in den Griff. Keine Chance. Sogar mein Kinn bebt. Ich beiße die Zähne so fest aufeinander, dass es wehtut.

Amanda und Finley holen dich ab, sage ich mir selbst wie ein Mantra vor und mache einen Schritt ins Dunkel der

Halle. Und noch einen. Meine High Heels klacken so laut auf dem Betonboden, dass ich vor dem Geräusch erschrecke.

Finley ist ein riesiger Kerl, denke ich kurz. Wenn der hier auftaucht, schlägt er bestimmt jeden noch so üblen Angreifer in die Flucht – selbst den Kampfhund.

Wieder rührt sich irgendwo vor mir in der Dunkelheit etwas. Ich kann die Bewegung nur erahnen.

Eine Welle unglaublicher Hitze löst sich in meiner Brust und breitet sich in meinem Körper aus.

Die Spannung ist kaum auszuhalten. Ich wünschte, ich säße zu Hause auf der Couch und sähe mir diesen Thriller nur im Fernsehen an. Live dabei zu sein ist scheiße.

»Ich bin … Juna Adams. Ich bin von JJO. Ich bin auf der Suche nach dem Mann mit Hund, der hier wohnt.« Keine Ahnung, woher ich die Stärke nehme, so laut zu sprechen. Ob der Typ hier überhaupt weiß, dass JJO ein Filmstudio ist? Vielleicht meint er, ich komme vom Veterinäramt und will ihm seinen Hund wegnehmen.

Langsam taste ich mich Zentimeter für Zentimeter voran, immer den Ausgang im Rücken behaltend, und leuchte, soweit es möglich ist, den Bereich vor mir aus.

Irgendwo huscht jemand vor mir durch die Dunkelheit. Ich erschrecke mich zu Tode, in meinem Bauch kribbelt es. Doch dann sehe ich einen Schatten, der sich von mir weg bewegt.

»Warten Sie!«, flehe ich wie von Sinnen, erkenne nur schemenhaft einen großen Mann mit einem langen Mantel, mehr nicht.

Verdammt! Mein Herz hämmert in meiner Brust.

Da trifft meine Taschenlampe auf ein Paar Augen, die in der Dunkelheit reflektieren. Auf einer Matratze in einem aus Paletten behelfsmäßig gebauten Raum liegt eine Art Schäferhund, groß und schwarz wie ein Wolf.

»Hallo«, hauche ich, weil er mich hechelnd ansieht. Er ist ein stattliches Tier, das nicht nach Familienhund aussieht. Stockend nähere ich mich ihm, sinke dabei ein bisschen in die Hocke und strecke entwaffnend meine Hände vor mich.

Das Tier winselt leise. Je näher ich komme, umso sicherer bin ich mir, dass etwas mit dem Hund nicht stimmt. Überall in seinem Fell glänzt es verdächtig, und ich denke nicht, dass der Regen die Ursache ist. Ist das verkrustetes Blut? Es kommt mir vor, als würde das Tier gerne aufstehen, um sicherheitshalber die Flucht zu ergreifen, aber habe nicht die Kraft, sich zu erheben.

»Was hast du denn? Bist du verletzt?«, frage ich den Hund, den ich nun erreicht habe.

Vor ihm steht ein leerer Napf, in dem irgendwann einmal Wasser war.

»Hast du Durst?«, frage ich.

In meiner Tasche ist noch etwas Wasser. Ich lege das Smartphone kurz auf den Boden und wühle in der Tasche nach meiner Trinkflasche. Als ich sie gefunden habe, schütte ich mein restliches Wasser in den Napf. Meine geöffnete Handtasche lege ich irgendwo neben mir ab und widme mich ganz dem Hund. Dieser schiebt sich sofort mit der Schnauze an den Napf und beginnt, vorsichtig etwas Flüssigkeit daraus zu schlabbern. Jetzt kann ich einige Wunden in seinem Fell erkennen.

Plötzlich tritt jemand neben mich. Der Schreck fährt mir glühend heiß durch alle Glieder. Ich erstarre. Wie lange ist der Kerl schon so nahe bei mir?

Jemand greift nach dem Smartphone direkt neben mir,

und ehe ich michs versehe, geht das Licht der Taschenlampe aus.

Vor lauter Schreck falle ich auf den Hintern und schiebe mich ein paar Meter rückwärts. Vor mir in der Dunkelheit steht jemand, dessen Umrisse ich nur erahnen kann. Der Mann ist sehr groß. Eine Alkoholfahne schlägt mir entgegen.

»Sind Sie der Besitzer des Hundes?«, frage ich wie aus einer anderen Welt. »Ist Ihr Hund verletzt? Wie heißen Sie?«

Ich ignoriere mein wild klopfendes Herz und starre den bärtigen Hünen an. Irgendwie muss ich mit dem Mann in Kontakt kommen, damit ich einschätzen kann, wie diese Sache hier nun weitergehen wird.

»So viele Fragen«, kommt endlich eine erlösende Antwort aus der Dunkelheit. Die Stimme klingt nicht bedrohlich, aber lallend. Die Gestalt in der Finsternis schwankt.

Oje. Ich habe mich zu einem betrunkenen Kerl gesellt, der offenbar nicht hocherfreut über meinen Besuch ist.

»Ich wollte Sie nicht stören. Es tut mir leid, wenn ich in Ihr … Zuhause eingedrungen bin, aber –«.

»Sch!«, höre ich von dem Kerl und halte sofort den Mund. »Der Hund gehört zu mir. Ich heiße Joe und Sie sind in mein Zuhause eingedrungen.«

Während ich der rauen Stimme des Mannes lausche, bewegt er sich um mich herum. Mit einem Mal blendet mich das Licht meiner Smartphonelampe. Schützend halte ich mir die Hand vors Gesicht und versuche, die Gestalt hinter dem grellen Schein zu erkennen.

Erstaunt starre ich in stechend blaue Augen, die mich herausfordernd anblitzen. Das sind die Augen von dem Foto, das mich so sehr verfolgt. Wenn der Rest ebenso stimmig ist, habe ich hier tatsächlich den ersehnten Doppelgänger gefunden.

Als habe der Mann genug von meinem neugierigen Blick, wendet er sich ab. Das Licht meines Smartphones erlischt sofort.

»Was hat Sie in diese Gegend verschlagen?«, fragt er nun, und ich spüre, dass er mir sehr nah ist. »Es ist nicht ratsam für eine hübsche Dame wie Sie, sich alleine zu dieser Uhrzeit in dieser Gegend aufzuhalten.«

Als erwarte er keine Antwort auf seine Frage, bewegt er sich in Richtung des Hundes und geht neben ihm in die Hocke. Meine Augen haben sich wieder etwas an die Dunkelheit gewöhnt. Ich sehe, dass er seinen Hund krault.

»Ein Taxi hat mich hier abgesetzt«, platzt es aus mir heraus. »Meine Freunde holen mich gleich ab.«

»Woher wussten Sie, dass ich hier bin?«

»Wie?«

»Sie haben gezielt nach mir gerufen.«

»Der Taxifahrer … er meinte, ich könnte hier jemanden finden, den ich suche.«

Jetzt lacht der Mann leise. »Sie suchen mich? Sind Sie sicher?«, fragt er bitter. »Es scheint, Sie verwechseln mich mit jemandem.«

»Sie haben große Ähnlichkeit mit jemandem, den ich suche.«

Mit einem Mal hält der Mann in der Bewegung inne. Es ist totenstill um mich. Dann merke ich, dass er lauscht, weil draußen ein Auto zu hören ist, dessen Reifen langsam über den steinigen Boden vor der Halle rollen.

»Das werden meine Freunde sein«, sage ich, und schon hupt es.

Endlich traue ich mich, mich wieder zu bewegen.

»Dann sollten Sie mal besser gehen und lieber nicht wiederkommen.«

»Aber –«.

»Gehen Sie und lassen Sie mir meinen Frieden! Was oder wen Sie auch immer in mir zu erkennen meinten … vergessen Sie es!«

»Ich –«.

»Gehen Sie!«, brüllt er laut und jagt mir damit eine Heidenangst ein.

»Aber der Hund ist verletzt«, stottere ich. »Sollte er nicht zu einem Arzt?«

Ich muss wirklich von allen guten Geistern verlassen sein!

»Das geht Sie nichts an.«

Ich beschließe, die Geduld meines Gesprächspartners nicht überzustrapazieren.

Blind taste ich nach meiner Handtasche, erhebe mich mühsam und strecke meine Hand aus. Es dauert einen Augenblick, dann drückt er mir mein Smartphone in die Hand. Ich wende mich ab und gehe mit schnellen Schritten auf den Ausgang zu.

»Sie haben nicht zufällig auch etwas zu trinken für mich«, ruft er mir nach. »Aber kein Wasser.«

»Nein«, antworte ich leise.

Wie könnte ein Säufer eine Rolle fürs Fernsehen übernehmen, selbst wenn er noch so große Ähnlichkeit mit James Hamilton hat?

Ich steige durch das Bretterloch ins Freie. Die Anspannung fällt von mir ab, als ich Finleys rotes Auto unter der einsamen Laterne stehen sehe. Hastig stakse ich dem Fahrzeug entgegen, aus dem Amanda und Finley in diesem Augenblick aussteigen.

»Juna«, ruft Amanda, »um Gottes willen!«

Ich kann mir schon denken, dass ich vermutlich aussehe, als wäre ich Opfer eines Überfalls geworden.

»Alles in Ordnung«, sage ich rasch und gebe den beiden mit Handzeichen zu verstehen, dass sie wieder einsteigen sollen. Amanda lässt es sich nicht nehmen, sich auf die Rückbank zu setzen, damit ich vorn einsteigen kann. Eilig streiche ich meinen Rock glatt und bemerke, dass der hintere Teil mit Dreck paniert ist. Ich klopfe so viel von dem Zeug ab, wie es auf dem nassen Stoff geht, dann klettere ich in das Auto und bin heilfroh, als Finley losfährt. Möglichst unauffällig schiele ich zurück zu der Tür und bin mir sicher, dass dort ein bärtiger Kerl steht, der mir nachsieht.

***

Während Finley mir während der Fahrt immer wieder merkwürdige Blicke zuwirft, legt Amanda mir ihre Hand auf die Schulter.

»Also auf die Story bin ich aber echt mal gespannt«, keucht sie so atemlos, als wäre sie soeben aus der Lagerhalle entkommen.

»Ich weiß auch nicht, was ich mir dabei gedacht habe«, gebe ich zu.

Erst jetzt wird mir bewusst, in welcher Lage ich mich da befunden habe. Wie dämlich ich doch war!

»Hattest du mal wieder Stress?«, fragt Finley nach.

»Sie macht das nicht bei Stress, nur bei Panik.«

»Hallo, ich bin hier und ich kann euch hören!« Ist ja schön, wenn meine besten Freunde mich so gut kennen, dass sie meine Handlungsweisen auf die Ursachen zurückführen können, aber manchmal ist es auch extrem lästig.

»Du bräuchtest echt einen Panikknopf, der dich in solchen Situationen davon abhält, irgendeinen Blödsinn zu machen«, stellt Finley fest. »Wenn meine Pralinen wegen dir nichts werden, kannst du dir was anhören.«

Natürlich meint er es nicht so, wie es sich anhört. Sein sanftes Lächeln entschärft die harten Worte.

»Ach, Juna, jetzt raus mit der Sprache! Was ist passiert?«, hakt Amanda nach.

Kurz sehe ich mich zu ihr um, und wie immer fällt mir ihr perfekt geschminkter Lidstrich auf, den sie so gekonnt und geschwungen platziert. Ihre blasse Haut und die schwarz gefärbten Haare runden ihr Auftreten ab. Ich möchte gar nicht wissen, wie *mein* Make-up inzwischen aussieht.

»Ihr lasst mich ja gar nicht zu Wort kommen«, beschwere ich mich.

»Also, was treibst du in dieser Gegend?«, fragt nun auch Finley.

»Es fing damit an, dass Clarice uns die Pistole auf die Brust gesetzt hat«, beginne ich und berichte meinen Freunden alles von Anfang an.

»Ich bin sprachlos«, sagt Amanda schließlich.

Inzwischen stehen wir mit dem Wagen vor der Garage des kleinen Eckhäuschens in der Russell Street in Covent Garden. Der Motor läuft längst nicht mehr, aber da ich mit meiner Berichterstattung noch nicht fertig war, wollte keiner von uns aussteigen.

»Also ich sage dazu nur, dass das vollkommen unüberlegt und gefährlich war. Was, wenn der Kerl es auf dich abgesehen hatte? Schon der Taxifahrer hätte ein Psychopath sein können, von dem du dich blindlings in eine verlassene Gegend hast bringen lassen«, sagt Finley so sachlich, als zitiere er aus einem Polizeibericht.

Ich schlucke schwer, weil ich seine Sicht nachvollziehen kann.

»Er macht sich nur Sorgen um dich«, erklärt Amanda seine strenge Art.

»Ja, und er hat ein Faible für Serienkiller«, stelle ich fest.

Finley vermutet hinter jedem Eck einen Verbrecher. Dabei macht der große, kräftige Hüne nicht den Eindruck, als müsse er sich vor anderen Menschen fürchten.

»Also wirklich, Juna, du wohnst bei uns und du hast keinen Partner. Ich fühle mich für dich verantwortlich. Wenn dir etwas passiert, könnte ich mir das nie verzeihen«, verteidigt sich Finley.

»Finley, das ist lieb von dir. Aber ich bin alt genug, um auf mich selbst aufzupassen. Und danke, dass du nicht müde wirst, mich darauf hinzuweisen, dass ich Single bin.«

»Offensichtlich bist du alt genug, um dich in Schwierigkeiten zu bringen.« Dann grinst Finley amüsiert. »Komm schon, sei nicht beleidigt!«, besänftigt er mich und boxt mir auf den Oberarm.

Selbst wenn er sich bemüht, mich nur ganz sanft anzustupsen, spüre ich seine Kraft deutlich. Trotzdem lächle ich ihn an. »Danke, dass ihr mich abgeholt habt! Ich nehme jetzt eine heiße Dusche und gehe dann gleich ins Bett.«

»Ich dachte, du hilfst uns noch mit den Pralinen, die wegen dir nicht fertig sind«, sagt Finley sofort.

Amanda verkneift sich einen Kommentar. Aber da sie mich erwartungsvoll ansieht, stimme ich schließlich zu.

Wie könnte ich ihnen das auch abschlagen? Als Amanda und Finley mich bei sich aufgenommen haben, erwiesen sie mir einen großen Gefallen. Für die niedrige Miete, die ich zahle, helfe ich ihnen gern.

Außerdem liebe ich den Anblick von Finley, wenn er mit

einer Schürze am Küchentisch steht. Er, der mit seinem Kinnbärtchen und den Tattoos wie ein muskulöser Drummer einer Rockband aussieht, betreibt einen Laden für handgefertigte Süßigkeiten. Das Angebot stellt er mit solcher Liebe zum Detail her, dass ich gut nachvollziehen kann, warum Amanda sich in ihn verliebt hat.

Amanda, die ich schon seit meiner Kindheit kenne und von der ich früher dachte, dass sie eines Tages mit einem Motorradfahrer durchbrennen würde, hat in den letzten Jahren viele eigene Pralinen-Kreationen entwickelt. Ich habe mir immer vorgestellt, dass sie die Welt bereisen würde, um ein Gothic-Festival nach dem anderen zu besuchen. Nie hätte ich ahnen können, dass sie einmal einen Süßwarenladen führen würde. Doch sie wirkt überaus glücklich auf mich. Nur manchmal, wenn sie verträumt aus dem Fenster sieht, fragte ich mich, ob sie sich insgeheim nach einem anderen Leben sehnt. Aber wer kann schon seiner wahren Liebe entfliehen?

Als Finley in ihr Leben trat, verglich er uns mit Schneeweißchen und Rosenrot. Damit wollte er deutlich machen, wie unterschiedlich wir doch sind, und das nicht nur äußerlich. Trotzdem fühlt es sich an, als wären Amanda und ich Schwestern.

Ich gehe ins Haus und dusche mich. Danach fühle ich mich einigermaßen erholt und helfe den beiden in der Küche mit der schnapshaltigen Pralinenfüllung. Dabei komme ich nicht umhin, immer wieder an den geheimnisvollen Fremden in dieser Halle zu denken. Obwohl er so heruntergekommen war, hat mich die Liebe, die er zu seinem Tier zeigte, und die Art, wie er sprach, äußerst neugierig gemacht. Wie gerne würde ich ihn einmal bei Tageslicht genauer ansehen. Schließlich könnte es sein, dass er tatsächlich eine große Ähnlichkeit mit James Hamilton aufweist.

Aber er hat deutlich gezeigt, dass er mich nicht in seinem Zuhause haben möchte.

Trotzdem werde ich an diesem Abend vorm Einschlafen von dem stechenden Blau seiner Augen heimgesucht, und dadurch wird mir klar, dass ich die Angelegenheit nicht auf sich beruhen lassen kann.

Kapitel 4

Am nächsten Morgen lasse ich mich absichtlich besonders früh von meinem Wecker aus dem Schlaf holen, da ich mir in der Nacht einen Plan zurechtgelegt habe.

Natürlich reiße ich mich nicht darum, am Wochenende so früh meine kuschelig warme Bettdecke zu lüften. Aber es muss sein.

Heute werde ich einen zweiten Versuch starten. Ich werde besser gerüstet sein, wenn ich in die Lagerhalle gehe. Dieses Mal wird es hell sein und ich werde Jeans und Turnschuhe tragen.

Nach einem schnellen Frühstück sehe ich mir den Weg zu der Halle im Internet an, damit ich weiß, in welche Richtung ich gehen muss, wenn ich dort aus dem Bus aussteige. Dann binde ich meine Haare zu einem Pferdeschwanz. Da sich die Regenwolken über Nacht verzogen haben, schlüpfe ich in ein helles Shirt. Geschminkt wird nicht ganz so stark wie fürs Büro. Dann mache ich mich mit den öffentlichen Verkehrsmitteln auf den Weg zu dem Industriegebiet, das ich gestern Abend so vorschnell verlassen habe. Da ich meinen Geldbeutel nicht finde, nehme ich mir etwas Bargeld aus meiner Spardose für Notfälle mit, damit ich über den Tag komme.

Vielleicht habe ich den Geldbeutel im Büro liegen lassen? Doch das kann nicht sein, denn wie hätte ich dann den Taxifahrer bezahlt? Das gute Stück könnte im Taxi liegen geblieben sein. Hoffentlich taucht er wieder auf!

Unterwegs kaufe ich etwas Hundefutter und eine Flasche billigen Wodka.

Ich bin mir nicht sicher, ob es eine gute Idee ist, den Mann mit Alkohol zu bestechen, aber ich bin mir sehr sicher, dass er mich wieder wegschicken wird, wenn ich mit leeren Händen dastehe.

Ich brauche ihn, um zu sehen, ob ich mich gestern Abend in der Dunkelheit vom Licht der Taschenlampe habe täuschen lassen oder ob tatsächlich die Hoffnung besteht, dass der ungepflegte Kerl Ähnlichkeit mit James Hamilton hat.

Ich mag gar nicht daran denken, was wäre, wenn es wirklich so ist. Die Aufregung in mir erinnert mich ein bisschen an das Gefühl beim Lottospielen. Man ahnt, dass man bestimmt nicht den Jackpot knacken wird, aber sich auszumalen, was wäre, wenn … Das allein verursacht schon eine Art Glücksgefühl.

Als ich endlich in der Buslinie sitze, deren Haltestelle am günstigsten für mich zu der Halle liegt, spüre ich die nervöse Aufregung von gestern Abend erneut in mir aufsteigen. Keine Frage: Das Treffen mit dem Fremden hat mir einen Adrenalinschub verpasst, und ich ahne, dass es mir heute ähnlich ergehen wird.

Doch ich zwinge mich, stark zu bleiben. Das Leben geht nicht immer die einfachen Wege, und manchmal muss man den steinigen Pfad wählen, um nicht in den Abgrund zu stürzen. Niemand weiß das besser als ich.

An der Bushaltestelle steigt außer mir niemand ein oder aus. Überhaupt ist es sehr ruhig hier. Wenigstens regnet es nicht, denke ich, als ich einen Blick nach oben auf die Wolken riskiere, die plötzlich wieder grau und schwer aussehen. Der frische Wind, der mir die Haare zerzaust, lässt vermuten, dass es jederzeit wieder zu regnen anfangen könnte. Ich hätte vielleicht doch nicht die hellen Sneakers wählen sollen.

Als der Bus abgefahren ist, sehe ich mich um und versuche, mich an gestern Abend zu erinnern. Hier sieht alles fremd aus, aber ich weiß, wohin ich gehen muss.

Ein paar Straßen weiter biege ich ab und da erkenne ich die Halle. Das Gebäude sieht auch bei Tageslicht nicht gerade einladend aus. Die im unteren Bereich verputzte Hallenwand kann den Putz an einigen Stellen schon nicht mehr halten, und die schmuddelige Verfärbung der Fassade gibt dem Anblick den Rest.

Trotzdem zieht es mich in Richtung des Lochs, das sich Eingang schimpft. Ich weiß nicht, was mich an dem Bewohner der Halle so fasziniert. Ich merke, dass es nicht ausschließlich das Gefühl ist, er könne Ähnlichkeit mit Hamilton haben und somit meine Rettung sein. Etwas in seiner Stimme, der Art, wie er sprach, passte überhaupt nicht zu dem Bild, das ich von einem Obdachlosen habe. Schande über mich, aber ich bin auch nur ein Mensch! Sehr beschämend, aber allzu menschlich, wenn man versucht, andere in Schubladen einzuordnen. Für diesen Mann finde ich bisher einfach keine passende. Vielleicht ist es auch diese Tatsache, dass ich nicht weiß, wie ich diesen Mann einordnen soll, die mich hierher zerrt. Oder ich will einfach nicht wahrhaben, dass es für mich und mein Leben keine Wunder mehr gibt. Es ist, als sei ich ständig auf der Jagd nach der nächsten Enttäuschung.

Entschlossen nähere ich mich der alten Industriehalle. Ich muss positiv denken! Wenigstens regnet es nicht und der Wind hat die Pfützen trockengelegt. Von irgendwoher dringt der Lärm einer Baustelle, auf der wohl auch am Wochenende gearbeitet wird.

Als ich das Loch in der Eingangstür erreicht habe, strecke ich den Kopf hinein. Sofort empfängt mich derselbe muffige Geruch von gestern Nacht, aber dieses Mal sehe ich wenigstens etwas. Das Gebäude ist riesig. Durch unzählige Glaselemente dringt Tageslicht ein und leuchtet den Raum vor mir aus.

Was hier wohl einmal produziert wurde? Einige undefinierbare Maschinenteile stehen herum, die Überreste eines Fließbandes, aber das war es dann auch schon. Der Rest des Inventars scheint nur aus Müll und Unrat zu bestehen.

»Hallo?«, rufe ich, weil ich weder den Mann noch den Hund sehen kann.

Das Lager von letzter Nacht ist weiterhin da. Ob er geahnt hat, dass ich wiederkomme, und sein Zuhause deshalb verlassen hat?

Ich gehe in die Halle.

»Sind Sie da?« Meine Stimme hallt merkwürdig durch den großen Raum.

Irgendwo gurrt eine Taube.

Wachsam nähere ich mich der Stelle, an der ich gestern Abend dem Hund etwas zu trinken gegeben habe. Vielleicht habe ich meinen Geldbeutel hier verloren, als ich in meiner Tasche nach der Wasserflasche gesucht habe. Ich sehe mich um, kann meine Geldbörse aber auf Anhieb nirgendwo erspähen.

Was wäre, wenn der Mann mich beklaut hat? Ich habe ziemlich viel Bargeld mit mir herumgetragen, weil ich morgens das Haushaltsgeld für den Monat abgehoben hatte. Die Erkenntnis, dass ich mich habe bestehlen lassen, raubt mir jeden Willen, mich länger mit dem Kerl zu beschäftigen. Ich sollte die Polizei alarmieren, ihn anzeigen und dafür sorgen, dass er eingebuchtet wird!

»Suchen Sie den?« Erschrocken wirbele ich zu dem Mann herum, der es erneut geschafft hat, mein Herz zum Rasen zu bringen.

Während ich vor Schreck fast laut aufschreie, erkenne ich, dass der haarige Kerl in dem braunen Ungetüm von Mantel meinen Geldbeutel in seiner Hand hält.

»Ja«, sage ich hart mit wild klopfendem Herzen und rühre mich nicht vom Fleck.

Kampfbereit recke ich das Kinn vor und verschränke die Arme, um meine Aufregung zu verbergen.

Mein Ärger verpufft, als ich den großen Mann genauer ansehe. Sein langes, zotteliges Haar und der wild wuchernde Vollbart verdecken viel von seinem Gesicht. Dort, wo Haut zu sehen ist, ist sie von Dreck verkrustet. Aber seine stechend blauen Augen erinnern mich tatsächlich unglaublich an die, die James Hamilton so gekonnt in Szene setzen konnte. Wenn das nicht der Blick ist, mit dem der echte Hamilton mich seit Wochen von diesem dämlichen Portrait anstarrt.

Da ist tatsächlich eine Ähnlichkeit, die einen vom Hocker haut! Das ist wesentlich mehr, als alle bisherigen Bewerber zu bieten hatten. Der Mann dreht den Geldbeutel in seiner Hand, die von einem verdreckten fingerlosen Handschuh umhüllt wird. So wie es aussieht, muss ich mir die Börse holen, wenn ich sie wiederhaben will.

Also gut! Mit schnellen Schritten marschiere ich zu dem Mann, greife nach der Börse, aber er lässt sie nicht los. Ich hänge zusammen mit dem Geldbeutel an dem riesigen Kerl, der mich provozierend ansieht. Dabei bin ich ihm viel zu nah. Noch mehr erschrecke ich darüber, dass mich diese Nähe nicht nur verunsichert, sondern körperlich elektrisiert. Das muss die Aufregung sein, denn betörend ist an diesem Mann nichts. Der Kerl sollte dringend duschen und etwas Sauberes anziehen. Die schreckliche Alkoholfahne ist auch nicht gerade ansprechend.

»Haben Sie einen Finderlohn für mich?«, fragt er nur.

»Wie bitte?«, platzt es aus mir heraus. Jetzt geht er zu weit! »Sie bestehlen mich und nun möchten Sie dafür belohnt werden?«

»Natürlich«, gibt er resigniert von sich. »Ein Mann wie ich kann in Ihren Augen nur ein Dieb sein.«

Mir klappt der Mund auf. Ich fühle mich ertappt. Ich weiß nicht, was ich noch entgegnen kann.

»Wäre ich äußerlich etwas gepflegter, hätten Sie mir dann auch Diebstahl unterstellt?«, hakt er nach.

Ich weiß nicht, was ich dazu sagen soll.

»Oder hätten Sie sich artig bei mir mit einem Finderlohn bedankt und mich mit Ihren Rehaugen freundlich dabei angesehen.«

Der Kerl verwirrt mich. Ich schaffe es nicht, dem Blick aus seinen klaren Augen standzuhalten.

Schließlich lasse ich den Geldbeutel los. Dann hole ich die Flasche Wodka aus meiner Tasche, um sie ihm zu überreichen.

»Ist es das, was Sie als angemessenen Finderlohn bezeichnen würden?«, frage ich provokant und drücke ihm die Flasche in die freie Hand.

Er öffnet den Mund, als hätte er eine passende Antwort für mich parat, aber dann scheint er es sich anders zu überlegen und schweigt. Endlich überreicht er mir meinen Geldbeutel. Er hat nur noch Augen für die Flasche.

Eilig lasse ich den Druckknopf an meiner Geldbörse aufschnappen und kontrolliere sofort, ob mein Ausweis und die Kreditkarte darin sind.

»Keine Sorge, ich habe Sie nicht beklaut, Miss Adams!«, brummt der Mann und öffnet die Flasche. Der metallene Schraubverschluss knirscht unangenehm auf dem gläsernen Gewinde.

Ich muss dem Mann wohl glauben. Natürlich kann es sein, dass mir der Geldbeutel aus der geöffneten Tasche gefallen ist und ich es in der Dunkelheit nicht bemerkt habe. Ich bin erstaunt, dass sogar mein Bargeld noch da ist.

»Gut! Ich bin nur gekommen, um meinen Geldbeutel zu holen«, erkläre ich mit einem freundlichen Lächeln und stecke die Geldbörse weg.

Wahrscheinlich muss ich das gute Leder erst einmal desinfizieren, aber das muss dieser Mann nicht wissen. Er nimmt einen kleinen Schluck aus der Flasche, schließt die Augen und atmet geräuschvoll aus. Jetzt hole ich Luft, weil ich ihm gerne sagen würde, dass er sich mit zu viel Alkohol nichts Gutes tut. Aber schon trifft sein Blick mich, als hätte er meine Gedanken längst gelesen.

»Was?«, faucht er laut. »Wollen Sie auch einen Schluck?«

»Nein«, erkläre ich mit einem Augenrollen. »Sie sollten nur nicht so viel trinken.«

»Warum nicht?« Er hört sich an, als ginge ich ihm richtig auf die Nerven.

»Weil es ungesund ist«, blaffe ich ihn an.

»Na und? Was interessiert Sie das?«

»Und der Hund? Was macht der, wenn Sie sich zu Tode gesoffen haben?«

Schweigend denkt er über meine Worte nach. Er wirkt, als habe er sich darüber bisher nie Gedanken gemacht.

Mir fällt ein, dass ich über den Hund zu ihm durchdringen wollte. Mein Vorhaben kommt mir zwar noch immer nicht besonders schlau vor, aber ich muss einfach wissen, wie das Gesicht des Mannes unter dem Wust von Haaren aussieht.

»Ich habe Hundefutter dabei«, sage ich.

»Danke, aber ich habe schon gefrühstückt«, entgegnet er.

Erschrocken sehe ich ihn an, aber das schiefe Lächeln unter seinem Bart entwaffnet mich. Ich schüttle den Kopf und grinse. Mein Plan mit dem Hund scheint aufzugehen. Er wird weich, wenn es um das Tier geht. Er kann sogar lächeln. Dieses Lächeln wird dem Studio gefallen, da die provokante Art, wie sich dabei die Wangen des Mannes bewegen, an James Hamilton erinnert.

»Wo ist der Hund überhaupt?«, frage ich und sehe mich um.

»Ich habe ihn zu einem Tierarzt gebracht. Eigentlich wollte ich die Behandlung von Ihrem Geld bezahlen, aber … jetzt habe ich Ihnen Ihren Geldbeutel leider schon zurückgegeben.«

Aha. Ehrlich ist er ja, das muss ich ihm lassen.

»Keine Sorge! Ich bezahle die Rechnung«, sage ich etwas zu schnell.

Aber das steht für mich außer Frage. Der süße Hund hatte es mir sofort angetan.

Leider hat meine selbstlose Art eher das Misstrauen des Mannes geweckt.

»Warum?«, will er nun wissen. Seine Augen sind zu schmalen Schlitzen verengt, und ich befürchte schon, dass er meine Absichten erkennt.

»Darf ich einem Tier nicht helfen, wieder gesund zu werden?«

»Miss Adams, Sie mögen vielleicht wie ein Engel aussehen, aber Sie sind ganz bestimmt keiner.«

»Ich? Sicher nicht.«

Ob er mir mit Absicht auf so ruppige Art und Weise zeigt, dass er mich hübsch findet? Sein Kompliment verursacht mir ein unangenehmes Gefühl. Nicht, weil dieses Kompliment nicht bei mir ankommt, sondern weil genau das der Fall ist. Wie kann ich zulassen, dass ein kleiner Satz aus dem Mund eines wohnungslosen Alkoholikers mich so berührt?

»Dann frage ich mich, wo der Haken an der Sache ist«, sagt er.

»Haken?«, echoe ich und versuche ein Lachen, das leider etwas gekünstelt klingt. »Es gibt keinen Haken.«

»Leider entpuppen sich harmlos aussehende Engelsfrauen allzu oft als Albtraum«, erklärt der Mann, als denke er laut.

Er kommt mir näher, und ich wage es nicht, ihn auf Abstand zu halten, obwohl seine schweren Stiefel auf dem Betonboden ein bedrohliches Schaben verursachen. Mit großen Augen sehe ich zu ihm auf, als er direkt vor mir steht. Er berührt mich nicht, lässt sich aber alle Zeit der Welt, mich anzusehen.

»Was führen Sie im Schilde?«, fragt er schließlich.

Weil er mich so ansieht, vergesse ich für einen Moment alles. Mein Kopf ist wie leer gefegt, und obwohl ich jetzt die perfekte Möglichkeit hätte, mir den Mann näher anzusehen, versinke ich haltlos im Blau seiner Augen.

»Ich stecke in Schwierigkeiten«, gebe ich zu.

Mit einem Auflachen sieht der Mann zur Hallendecke. »Ich bin nicht der Prinz, der die Jungfrau retten wird.« Er öffnet die Arme, geht rückwärts und verbeugt sich dabei. »Sehen Sie mich an!«

Eigentlich würde ich ihm gerne widersprechen, aber er kann sich wohl denken, dass ich keine Jungfrau mehr bin. Wirke ich so unschuldig auf ihn?

»Und wenn Sie es doch könnten?«

Ich muss ihn einfach gewaschen und frisiert sehen. Er könnte tatsächlich eine große Ähnlichkeit mit James Hamilton haben und damit meine Rettung sein.

Verdattert vergrößert der Mann den Abstand zwischen uns, hält sich theatralisch eine Hand an die Brust, nur um dann einen weiteren Schluck aus der Wodkaflasche zu nehmen. Dann lacht er und schüttelt den Kopf.

»Bitte!«, hauche ich. »Es geht um …« Leben und Tod? Hört es sich nicht reichlich abgedroschen an, wenn ich das jetzt zu ihm sage, wo er doch hier in einer verlassenen Lagerhalle haust?

Das alles hat doch keinen Sinn. Was habe ich mir nur dabei gedacht? Mit einem Mal fühle ich Tränen in mir aufsteigen, weil meine letzte Hoffnung dahinschwindet.

Ich merke, wie mir die Handtasche von der Schulter rutscht, aber ich habe keine Kraft, sie aufzufangen und daran zu hindern, mit einem Knall auf dem Boden der Halle aufzuschlagen. Das Geräusch lässt mich zusammenzucken.

Es ist aus und vorbei.

Weil ich so schockiert bin, merke ich erst gar nicht, dass der Mann neben mir in die Hocke sinkt, um meine Handtasche aufzuheben.

Erst als er sie mir reicht, kehre ich in die Wirklichkeit zurück.

»Sie sollten nicht schon wieder etwas hier vergessen.«

»Richtig«, gebe ich zu und erschrecke darüber, wie fremd meine Stimme klingt.

»Dann sollten wir los«, höre ich den Mann leise sagen.

»Los?«

»Zum Tierarzt.«

»Sicher«, sage ich rasch. Die letzte Sache, die ich noch erledigen muss, bevor ich mich zu Hause ins Bett legen und heulen werde.

Gemeinsam mit dem Mann verlasse ich die Halle, bleibe an seiner Seite, da ich keine Ahnung habe, wo hier der nächste Tierarzt ist. Die Wodkaflasche hat er dankenswerterweise in der Innentasche seines monströsen Mantels verschwinden lassen. Aber wir erregen trotzdem genug Aufmerksamkeit.

Da geht dieser Riese, an dem alles braun und schmuddelig ist, gemeinsam mit mir durch die Straßen Londons. Erstaunlicherweise fühle ich mich nicht unwohl an seiner Seite, ganz im Gegenteil. Mit ihm als Bodyguard würde es vermutlich niemand wagen, mir zu nahe zu treten. Zumindest bekomme ich nun eine Ahnung davon, wie Harry Potter sich fühlt, wenn er mit Hagrid unterwegs ist, aber das behalte ich mal lieber für mich. Irgendetwas sagt mir, dass der Mann über den Vergleich wenig erfreut wäre.

In der Nähe der Gleise, die die Hauptzugverbindung vom Zentrum Londons hier in den Osten der Stadt sicherstellen, lese ich schon von Weitem das große blaue Schild der Tierklinik. Das Gebäude aus rotem Backstein wirkt eher unscheinbar. Nie im Leben hätte ich darin eine Klinik für Haustiere vermutet.

»Ich wollte sie nicht alleine lassen, aber ich hatte den Geldbeutel vergessen«, gibt der Mann zu, als müsse er sich dafür rechtfertigen, seinen Hund beim Arzt gelassen zu haben.

»Was ist mit ihr passiert?«

»Sie hatte eine Rangelei mit einem Hund.«

»Die Arme.«

»Sie sollten den anderen sehen!«

An der Tür zur Tierklinik bleibt der Mann stehen und wendet sich mir zu. Die Art, wie er mich dabei ansieht, ist weich und wirkt so offen, dass ich überrascht die Augen aufreiße. »Hören Sie, Sie müssen das nicht tun! Ich stehe nicht das erste Mal beim Doc in der Kreide. Mir fällt schon etwas ein.«

»Ich möchte aber.«

»Sicher?«

»Sicher.«

»Warum nur habe ich das Gefühl, dass Sie eine Gegenleistung dafür verlangen werden?«

»Keine Gegenleistung«, sage ich.

Ich kann ihm nicht von meinem verrückten Plan erzählen. Er würde mich auslachen und er hätte recht damit. Wenigstens kann ich noch eine gute Tat vollbringen, bevor ich auf Jobsuche gehen muss.

»Hm«, brummt er nur, lässt meine Worte aber gelten.

Er deutet höflich mit der Hand an, dass er mir den Vortritt lässt, als er die Tür zur Klinik geöffnet hat. Sein Verhalten irritiert mich. Es passt so überhaupt nicht zu dem Bild, das ich von ihm habe.

Es kommt mir komisch vor, gemeinsam mit dem ungepflegten Mann die steril wirkenden Klinikräume zu betreten. Hier ist es hell und freundlich, es riecht nach Desinfektionsmittel und Zitrone. Ganz anders als der Mann neben mir. »Da bist du ja wieder«, sagt die medizinische Fachangestellte, die hinter der Anmeldung sitzt.

Vor ihr auf der Theke steht eine Duftlampe, die offensichtlich für den Zitronenduft sorgt.

Zu meiner großen Überraschung lächelt die Angestellte den Mann überaus freundlich an. Dabei kaut sie routiniert auf einem Kaugummi herum.

Ich sehe mich kurz zu meinem Begleiter um, weil ich auf seinen Gesichtsausdruck gespannt bin. Er grinst unter dem Bart, um seine Augen spielen ein paar neckische Lachfältchen, und da sind sie wieder, die provokanten Wangen.

»Ich sagte doch, ich muss nur schnell das Geld holen«, erwähnt er zwinkernd und hört sich dabei überaus charmant an. »Sie hat das Geld.« Er deutet auf mich, was mich in den Mittelpunkt rückt.

Die Fachangestellte, an deren knallengem hellblauem Shirt ein Namensschild mit der Aufschrift »Amber« prangt, mustert mich unverhohlen, was immerhin dazu führt, dass sie das eifrige Kaugummikauen für einen Moment einstellt. Sie scheint mir etwas jünger als ich zu sein, also noch nicht jenseits der 30. Bestimmt fragt sie sich gerade, wie der Mann es geschafft hat, mich dazu zu bringen, die Rechnung für den Hund zu übernehmen.

»Wie geht es ihr?«, fragt der Mann besorgt.

»Gut. Doctor Peters ist gleich so weit. Du kannst sie mitnehmen.«

»Okay, ich warte dann draußen«, sagt der Mann und deutet zum Ausgang.

»Ja, Doctor Peters bringt sie hinten raus«, erklärt Amber mit einem Zwinkern.

Ich will mich dem Mann anschließen, aber Amber lässt mich nicht davonkommen. »Zahlen Sie in bar?«

»Das kommt darauf an«, gebe ich offen zu.

»Wir haben auch alle Impfungen aufgefrischt«, murmelt Amber, während sie einen Notizzettel liest, auf dem so allerlei zu stehen scheint.

»Ach, haben Sie das?« Also das ist wirklich frech. Was hat sich der Mann nur dabei gedacht?

Mit einem Knall explodiert eine Kaugummiblase vor

Ambers Mund. »Das macht dann … Röntgenbilder … und wenn ich die Medikamente noch dazurechne …« Konzentriert rechnet Amber mehrere Summen auf einem Taschenrechner zusammen.

Ich fühle mich wie beim Frisör, wenn nach Ende meines langen Aufenthaltes alle Posten schier endlos in die Kasse eingetippt werden und mir jedes Mal schlecht wird, wenn ich die Endsumme erkenne.

Nach einer weiteren Kaugummiblasen-Explosion, die den Geruch von Pfefferminze zu mir weht, nennt sie mir den Preis. Ich schlucke, greife aber tapfer nach meiner Geldbörse.

Ein schneller Blick und ich sehe, dass ich tatsächlich genug Bargeld dabeihabe. Seufzend denke ich, dass ich diesen Monat etwas kürzertreten muss. Immerhin kann ich mich so auch gleich auf mein Leben nach der Kündigung einstellen.

Mein Abgang aus der Klinik ist mit einem kleinen Schweißausbruch gepaart, den ich vermutlich der unverhofften Ausgabe zu verdanken habe.

Ich entdecke den Mann ein paar Meter weiter ums Eck vor einer Seitentür.

»Warum warten Sie hier draußen?«, frage ich, aber sein überraschter Blick macht mir sofort klar, dass ich zu naiv war, um das Offensichtliche zu erkennen.

»Meinen Sie wirklich, die wollen mich in ihrem Wartezimmer sitzen haben? Mit den ganzen Ladys, die ihre Kätzchen und Rassehunde vorbeibringen?«

»Es gibt auch für … Menschen wie Sie die Möglichkeit, sich zu duschen und frische Bekleidung zu erhalten.«

Er brummt eine unverständliche Antwort, und ich kann

sehen, dass er an seinem Mantel nach der Flasche Wodka tastet, wahrscheinlich, um zu überprüfen, ob sie noch da ist.

Da schwingt die Tür vor uns auf und ein älterer Mann im weißen Kittel lehnt sich gegen den automatischen Türschließer. Er hat die riesige Hündin auf dem Arm. Es wirkt, als könne er das Tier kaum tragen.

»Ich nehme sie«, sagt der Mann neben mir sofort und lässt sich das fellige Etwas mit den kahl rasierten Stellen und einem monströsen rosafarbenen Kragen um den Hals überreichen. Der große Hund ist bestimmt nicht leicht. Der Arzt richtet sich erleichtert auf, als er das Schwergewicht los ist, aber für den Mann scheint es kein Problem zu sein, das Tier zu halten.

Beim Anblick der Hündin würde ich am liebsten laut loslachen. Sie verleiht dem Ausdruck »wie ein geprügelter Hund aussehen« eine ganz neue Bedeutung. Mit hängenden Lidern blickt sie den Mann an und scheint ihn fragen zu wollen, ob das mit dem Kragen wirklich sein muss.

Sogar der Mann weiß nicht, wohin mit dem Ding, das ihm nun die Sicht versperrt.

»Hier sind noch die Medikamente. Ich habe aufgeschrieben, wie sie sie einnehmen soll«, erklärt der Arzt und hält dem Mann eine kleine Tüte hin. Da dieser weder eine Hand frei hat noch genau sehen kann, wo er nach der Tüte greifen soll, nehme ich sie entgegen und packe sie in meine Handtasche.

»Danke«, sage ich.

»Ich bedanke mich«, entgegnet der Arzt lächelnd, und ich ahne, warum er so erfreut ist. Schließlich hat er gut an der verletzten Hündin verdient. »Bis zum nächsten Mal.«

»Hoffentlich nicht!«, raune ich leise und verabschiede mich.

Als wir ein paar Schritte gegangen sind, kann ich meine Neugier nicht zügeln. »Warum hat er Ihren Hund behandelt? Er konnte schließlich nicht wissen, ob er –«. Hastig beiße ich mir auf die Lippe.

»Sie meinen, er konnte nicht wissen, ob ein Mensch wie ich auch die Rechnung begleicht.«

Dazu sage ich jetzt lieber nichts.

»Ich kenne den Doc schon länger und ich bin ihm noch nie etwas schuldig geblieben. Außerdem gehört Doctor Peters zu den Menschen, die einem Tier immer helfen und für die die Bezahlung nicht im Vordergrund steht«, erklärt der Mann mit Nachdruck.

Ich merke deutlich, dass ich ihn verärgert habe. Er beschleunigt seine Schritte, was bei seiner Größe für ihn kein Problem ist. Ich versuche, ihn einzuholen.

»Soll ich Ihnen die Medikamente in die Manteltasche stecken?«, frage ich.

Er bleibt so plötzlich stehen, dass ich fast in ihn hineinrenne.

»Warum so eilig? Heute Nacht wollten Sie doch unbedingt mit mir sprechen.«

Das stimmt natürlich, aber diese ganze Idee ist im wahrsten Sinne des Wortes eine Schnapsidee. Wie konnte ich auch nur einen Moment lang annehmen, dass Clarice van Boyd damit einverstanden wäre, dass ein alkoholkranker Obdachloser die Rolle ihres geschätzten Freundes James Hamilton spielt? Es dürfte schon unmöglich sein, meinen Boss Oliver davon zu überzeugen, und er muss nun wirklich nach jedem Strohhalm greifen.

»Ich habe Ihnen aber versprochen, dass ich keine Gegenleistung verlange«, erkläre ich tapfer.

»Ihre Hautfarbe sieht etwas ungesund aus, seit Sie die

Klinik verlassen haben. War es sehr teuer?«

»Teuer genug.«

»Ich wünschte, Sie hätten nicht bemerkt, dass Ihr Geldbeutel bei mir liegt.«

»Ach! Weil Sie dann die Rechnung in aller Ruhe bezahlt hätten und ich davon nichts mitbekommen hätte?«

»Ja.«

Seine Ehrlichkeit raubt mir den Atem. Vor lauter Verwirrung kann ich nicht einmal etwas Gemeines zu ihm sagen.

Mit einem Mal sehe ich eine Sanftmut in seinem Blick, die ich nie für möglich gehalten hätte.

»Ich hätte Ihnen jeden Pence zurückbezahlt«, sagt er mit einem Lächeln, und ich kann gar nicht anders, als ihm zu glauben.

»Diese Rechnung ist das kleinste Problem, das ich momentan habe«, sage ich und gehe weiter.

Wie selbstverständlich schließt er sich mir an.

»Was kann eine Frau wie Sie schon für Probleme haben?«, höre ich ihn hinter mir fragen.

Es beruhigt mich, dass der kurze Anflug von Sanftmut verschwunden ist. Ich weiß nicht, wie ich damit umgehen sollte.

»Welchen Lippenstift nehme ich heute? Glätteisen oder Lockenstab?«, äfft er hinter mir.

»Das sind Naturlocken«, fauche ich, weil er keine Ahnung hat und ich über das Bild, das er von mir hat, entsetzt bin. Bloß, weil ich lange blonde Locken habe und auf ihn irgendwie unverdorben und unschuldig wirke, heißt das noch lange nicht, dass ich die bittere Härte des Lebens nie zu spüren bekam. Wenn er wüsste, welches Paket ich zu tragen habe, würde er vermutlich die Klappe halten.

»Auch ein Mensch wie ich hat Probleme«, erkläre ich weiter, schiebe aber die Gedanken an meine größte Lebenskrise beiseite, so wie ich es immer tue. Ich muss mich schnellstens ablenken.

»Dann erzählen Sie mir davon«, sagt der Mann und kommt wieder neben mich.

Irritiert sehe ich zu ihm auf, kann aber wegen des riesigen Kragens seiner Hündin nicht viel von seinem Gesicht sehen.

»Oder haben Sie heute schon etwas vor?«

»Nein, da ich jetzt pleite bin, kann ich mir keinen neuen Lippenstift kaufen, wie ich es eigentlich vorgehabt hätte.«

Er lacht leise.

»Also gut«, ergänze ich aufgebracht. »Ich erzähle Ihnen die ganze verrückte Geschichte, weshalb ich gestern Abend bei Ihnen aufgetaucht bin. Aber Sie versprechen mir, dass Sie den Wodka in der Zeit nicht anrühren.«

»Okay«, sagt er sofort, als wäre das kein Problem für ihn.

Während wir uns weiter in Richtung der Industriehalle vorarbeiten, schiele ich immer wieder zu dem bärtigen Mann hoch. Seine Nase sieht nicht schlecht aus. Sie kommt der von James Hamilton ziemlich nahe. Ich wette, wenn ich den Kerl zum Frisör bringen würde, wäre die Ähnlichkeit noch deutlicher.

Der Mann merkt vermutlich sehr genau, wie ich ihn immer wieder anstarre, aber er erträgt es, ohne einen Kommentar dazu abzugeben.

***

Als wir in der Halle angekommen sind, legt der Mann seine Hündin auf der Matratze ab, auf der ich sie gestern Abend mit Wasser versorgt habe.

»Ruh dich aus, mein Mädchen!«, raunt er ihr zu und streichelt ihr liebevoll über den Kopf.

Sie ist noch immer ein Bild des Jammers und schenkt ihrem Besitzer einen Blick, der mein Herz zum Schmelzen bringt.

»Wie heißt sie?«

»Sie hat keinen Namen.«

»Warum denn nicht?«

»Das ist meine Geschichte. Und jetzt …«, er deutet auf eine Sitzgelegenheit aus gestapelten Holzpaletten, »geht es um Ihre, Miss Juna Adams.«

Seufzend frage ich mich, ob er alle Daten aus dem Geldbeutel auswendig gelernt hat. Aber solange er nicht meine Sozialversicherungsnummer rezitiert, werde ich es hinnehmen.

»Warum wollen Sie das unbedingt wissen? Gestern hieß es noch, ich soll verschwinden und nie wiederkommen.«

»Weil ich neugierig bin. Was führt eine Frau wie Sie hierher? Ich habe darüber nachgedacht und mir ist wirklich kein einziger vernünftiger Grund dafür eingefallen.«

»Vernünftig ist in dem Zusammenhang auch wirklich nicht das passende Wort.«

»Also, Sie haben erzählt, ein Taxifahrer hat Sie hier abgesetzt?«, fragt er und setzt sich mir gegenüber. »Wenn das nicht mal der Depp war, der vor zwei Wochen in meine Halle gepisst hat.« Er greift nach der Flasche in seinem Mantel, zieht die Hand aber sofort wieder zurück.

Ich freue mich, dass er sich an unsere Abmachung halten will. Gedankenverloren starre ich vor mich auf den staubigen Betonboden.

»Ich weiß gar nicht, wo ich anfangen soll«, sage ich und überlege. »Kennen Sie James Hamilton?«

Weil der Mann nicht antwortet, suche ich schließlich seinen Blick. Nun ist er es, der ins Nichts starrt. Kein Muskel seines Körpers zuckt, und ich frage mich, ob er noch überlegt oder ob ihm der Name nichts sagt.

»Keine Sorge. Sie müssen ihn nicht kennen«, beschwichtige ich.

»Ist das nicht der reiche Typ, der diesen Autounfall hatte?«

Ich nicke. »Sein Leben soll verfilmt werden.«

»Ernsthaft?« Er wirkt überrascht und verärgert.

»Nun, ich arbeite für das Studio, das die Verfilmung an Land gezogen hat. Genau genommen bin ich im Casting-Team. Wir haben alle Schauspieler zusammen. Es fehlt uns lediglich ... wobei ›lediglich‹ das falsche Wort ist ... Wir haben noch keinen Hauptdarsteller. Der Produzentin ist einfach keiner recht, egal, wie geeignet er auch erscheint, sie findet immer etwas, was sie stört. Jetzt hat sie damit gedroht, ihr Geld aus dem Projekt zu ziehen, was bedeutet –«.

»Dass Ihr Job auf dem Spiel steht«, unterbricht der Mann meinen aufgebrachten Redeschwall.

Er blickt mich ruhig an, dennoch spüre ich ganz deutlich, dass etwas in ihm brodelt.

»Ich war gestern ziemlich aufgewühlt, als ich in das Taxi stieg, und kam mit dem Taxifahrer ins Gespräch. Er hat mich zu Ihnen gefahren, weil er meinte, Sie sähen James Hamilton sehr ähnlich.«

Der Mann lacht, und ich stimme mit ein, weil ich verstehen kann, warum er das amüsant findet. Klar, wer würde schon einen Obdachlosen mit James Hamilton vergleichen.

»Der Taxifahrer«, sinniert er und schüttelt den Kopf. »Irgendwie verrückt.«

»Finde ich auch.«

»Und wie wollten Sie mich dazu überreden, an diesem … überflüssigen Projekt teilzunehmen?«

»Nun, zuallererst wollte ich Sie über Ihren Hund weichkochen, dann hätten Sie mir aus der Hand gefressen.«

»Ach! Und außerdem wollten Sie mich mit Ihrem vollkommen durchnässten Look aus der Fassung bringen?«

»Ich weiß, dass Sie nicht mitmachen werden.«

Während ich das sage, denke ich zum ersten Mal darüber nach, wie ich wohl auf ihn gewirkt haben muss. Ich bin klatschnass, zitternd, zerzaust und mit verlaufener Schminke in der Halle aufgetaucht und muss wohl ziemlich neben der Spur gewirkt haben.

»Meinen Sie etwa, ich hätte nicht das Zeug zu einem großen Schauspieler? Mal abgesehen davon kann ich mir nicht vorstellen, dass die Darstellung von James Hamilton großes Können verlangt.«

»Sagen Sie das nicht! Ich glaube, er war grundsätzlich ein netter Kerl. Ein einfacher Mann, der zuerst großes Glück und dann einfach Pech hatte.«

Interessiert bleibt sein Blick an mir hängen. »Haben Sie über ihn recherchiert?«

»Ich habe das Drehbuch gelesen.«

»Und das ist mit Sicherheit ein hundertprozentiges Abbild der Realität.«

Schon wieder bringt er mich zum Lachen. »Nein, ich fürchte nicht. Aber wollen die Zuschauer nicht auch ein bisschen angeflunkert werden? Wollen sie nicht etwas mehr Drama, mehr Emotion und mehr Romantik sehen, als sie in ihrem eigenen Leben haben?«

Dabei brauche ich mir um die Dramatik in meinem Leben wirklich keine Gedanken zu machen. Davon gibt es reichlich.

Ich stehe auf. »Ich muss mich verabschieden. Schließlich ist das mein letztes Wochenende, das ich als Angestellte mit festem Gehalt verbringe.«

Ohne mir meinen Frust anmerken zu lassen, strecke ich dem Mann versöhnlich die Hand hin. Er kann schließlich nichts für mein Dilemma. »Auf Wiedersehen. Alles Gute für Sie und Ihre süße Hündin.«

Er schlägt ein. »Auf Wiedersehen«, sagt er leise und sieht mich dabei mit einem undefinierbaren Ausdruck an. »Und danke für …« Er macht eine Kopfbewegung in Richtung der Hündin.

»Das habe ich gern gemacht.«

Mit zusammengebissenen Zähnen gehe ich aus der Halle. Erst als ich im Freien bin, nimmt die Traurigkeit in mir überhand. Ist es mein Job wirklich wert, einen armen Mann ohne Wohnsitz zu einer Fernsehrolle zu überreden? Nein! Es hat ihm bestimmt gerade noch gefehlt, dass eine wie ich daherkommt und ihn ins Rampenlicht zerren will.

Niedergeschlagen mache ich mich auf den Weg nach Hause. Obwohl es nicht einmal Mittag ist, ist der Tag für mich gelaufen.

Von der Underground-Haltestelle Covent Garden aus ist es nur ein kurzer Fußmarsch bis zu dem im wahrsten Sinne des Wortes »süßen« Geschäft meiner Freunde. »Sugar Rush« strahlt mir schon von Weitem von der türkis gestrichenen Holzfassade im Erdgeschoss entgegen. Es wirkt absolut einladend. Wie immer gehe ich nicht sofort zum Seiteneingang am Eck, der in die gemeinsame Wohnung mit Finley und Amanda führt, sondern sehe kurz im Laden vorbei.

Es riecht so extrem süß, dass ich schon satt bin, bevor ich überhaupt an Mittagessen denken kann. Dabei, muss ich ehrlich sagen, ist mir jetzt eher nach etwas Salzigem zumute. Trotzdem wirkt der Laden wieder einmal wie ein Paradies auf mich. Der schwarz-weiß gestreifte Holzfußboden und das helle Mobiliar bringen die kunterbunten Leckereien wunderbar zur Geltung. Und der Geruch erst!

»Du bist heute aber schon früh los«, stellt Amanda fest, die gerade die kleinen Keramikschaufeln in den unzähligen Schütten so ausrichtet, dass sie einheitlich liegen. Obwohl Amanda normalerweise schwarz trägt, lässt sie es sich nicht nehmen, im Geschäft die türkis-weiß gestreifte Schürze anzulegen.

»Ich bin müde«, erkläre ich nur.

»So siehst du aus. Ist auch kein Wunder nach der Nacht.«

Ich weiß nicht, ob sie auf meine unheimliche Begegnung mit dem Obdachlosen anspielt oder die zähe Pralinenproduktion danach.

»Ich lege mich ein bisschen hin.«

Mit diesen Worten schleppe ich mich in den zweiten Stock des Hauses.

Während sich im Erdgeschoss des Eckhäuschens der Verkaufsladen sowie unsere Küche und das Bad befinden, bewohnen Finley und Amanda das erste Stockwerk. Ganz oben unter dem Dach lebe ich in meinem Zimmer. Und direkt daneben gibt es noch den staubigen Dachboden, der darauf wartet, irgendwann einmal ausgebaut zu werden.

Kapitel 5

*J*una.«

Ist es schon Morgen? Habe ich verschlafen?

»Juna«, haucht Amanda und hört sich dabei so beunruhigt an, dass ich schlagartig wach bin.

»Hm?«, brumme ich und sehe irritiert auf die Uhr. O Mann! Es ist mitten in der Nacht!

»Draußen ist jemand«, flüstert Amanda.

»Hä?« Ich rapple mich auf. »Ist Finley nicht da?«

»Er ist mit ein paar Kumpels unterwegs.«

»Dann wird er es sein.«

»Nein, ist er nicht. Komm! Ich zeig ihn dir.«

Merkwürdig. So ängstlich kenne ich Amanda gar nicht. Ohne große Lust schwinge ich die Beine aus meinem warmen Bett und fröstle augenblicklich. Ich folge Amanda, die mich lautlos zu sich auf den Flur winkt und auf eines der Fenster deutet.

»Da ist jemand«, haucht sie. Der Klang ihrer Stimme verursacht mir eine Gänsehaut.

»Du spinnst«, versuche ich ihre Angst niederzureden.

»Aber wenn ich es dir doch sage! Da war ein riesiger Kerl auf der anderen Straßenseite und er hat die ganze Zeit auf das Haus gestarrt. Da ist Finley *ein Mal* nicht da ... *ein Mal!*«

»Wo hast du ihn gesehen?«, frage ich und nähere mich gemeinsam mit Amanda dem Fenster.

Immerhin sind wir hier im zweiten Stock, sodass ich mich einigermaßen sicher fühle.

»Da drüben«, sagt Amanda leise und deutet hinaus in die pechschwarze Nacht.

Angespannt bis zu den Haarspitzen schleiche ich an der Wand entlang zum Fenster. Mit größter Sorgfalt schiebe ich mich nur so weit nach vorn, dass ich die Straße vor dem Haus erkenne. Von diesem Stockwerk des Eckhauses aus hat man einen wirklich guten Überblick über die gesamte Kreuzung.

Alles, was ich sehe, ist, dass es stark regnet und die Tropfen auf der Fensterscheibe alles verzerren. Natürlich sind auch um diese Uhrzeit draußen noch einige Menschen auf der Straße unterwegs, aber außer ein paar Passanten mit Regenschirmen kann ich nichts erkennen, was beängstigend wäre.

»Da ist niemand«, stelle ich fest und merke, wie meine Schultern sich entspannen.

Sofort ist Amanda an meiner Seite. »Aber …« Sie verstummt, weil sie genau dasselbe sieht wie ich. Nämlich nichts.

Gemeinsam wagen wir uns weiter nach vorn an die Scheibe.

Plötzlich packt Amanda meinen Oberarm und erschreckt mich damit fast zu Tode.

»Da!«, haucht sie und hält sich die Hand vor den Mund.

Voller Panik sehe ich, was sie meint. Da ist jemand direkt vor unserem Haus! Ganz eindeutig schleicht da irgendeiner unten vor dem Laden herum.

»Ich rufe die Polizei«, piepst Amanda.

»Nein, warte! Lass uns erst einmal nachsehen, wer das ist. Vielleicht hatte Finley eine Panne, hat seinen Schlüssel vergessen und sieht nach, ob noch jemand wach ist.« Es ist wirklich nichts Ungewöhnliches, dass unten im Geschäft oder in der Küche dahinter zu später Stunde noch jemand herumwerkelt.

Aus Amandas Mund kommt ein Wimmern. »Aber würde er dann zuerst ewig auf der anderen Straßenseite stehen und bedrohlich zu uns herüberstarren?«

»Hat Finley dich schon angesteckt mit seinen Serienmördergeschichten?«

»Juna, ich schwöre dir, der Kerl hat einen riesigen Fellsack auf dem Arm gehalten. Da war bestimmt eine Leiche drin.«

»Ich gehe jetzt runter und sehe nach.«

»Nein! Du bist auch in Panik, stimmt's? Denn immer, wenn du in Panik gerätst …«

Toll! Sie braucht mich nicht daran zu erinnern, dass ich mich in solchen Situationen oft nicht ganz zurechnungsfähig verhalte. »Natürlich bin ich in Panik, verdammt!«, zische ich, aber Amanda hält sofort den Finger vor den Mund.

»Das ist doch total bescheuert!«, stelle ich fest, weil ich es einfach furchtbar finde, dass wir hier mitten in der Nacht im Haus stehen und uns nicht einmal trauen, ein Geräusch zu machen, geschweige denn das Licht anzuschalten.

»Wenn das ein Einbrecher ist, sollten wir ihm nicht zeigen, dass wir zu Hause sind?«

Ich knipse das Licht an, bevor Amanda es verhindern kann. Dann gehe ich in mein Zimmer, ziehe mir meinen pinkfarbenen Frotteebademantel über und suche nach einer Waffe. Leider sehe ich auf die Schnelle nur den Wischmopp, der an einem nicht sehr gefährlich aussehenden Plastikstiel befestigt ist. Doch das ist besser als nichts.

Amanda sieht mich an, als hätte ich vor, das Haus zu wischen.

»Komm!«, sage ich und nicke in Richtung der Treppe.

Sie schüttelt zwar den Kopf, folgt mir aber dann doch. Offenbar möchte sie nicht allein bleiben.

Ohne im Erdgeschoss Licht zu machen, schleiche ich langsam die Treppe hinunter. Amanda klebt an mir, als würde sie am liebsten von mir huckepack genommen werden. Ich halte den Wischmopp vor mich, als handle es sich um ein Laserschwert.

Die Treppe führt direkt bis zur Haustür. Da diese teilweise verglast ist, lasse ich sie für keine Sekunde aus den Augen.

Von draußen kann ich nur die Geräusche des prasselnden Regens hören.

Kaum habe ich die letzte Stufe hinter mir gelassen, krallt Amanda ihre Hände in meine Schultern. Ich unterdrücke einen Schrei, als ich erkenne, dass soeben jemand vor unsere Haustür getreten ist.

Schockiert reiße ich die Augen auf in der Hoffnung, dass sich der Schatten als optische Täuschung erweist. Aber da ist wirklich jemand. Er bewegt sich, als suche er in der Dunkelheit nach etwas.

Das Geräusch der Türglocke lässt mich zusammenfahren. Der Einbrecher klingelt?

Amanda wimmert, und ich würde jetzt kehrtmachen und die Treppe nach oben flüchten, wenn meine Freundin nicht direkt hinter mir stünde.

Da passiert es wieder. Meine Panikreaktion bricht aus mir heraus. Ich richte mich auf, benutze den Wischmopp als Gehhilfe und marschiere zur Haustür.

Amanda klebt immer noch an mir.

Mit Schwung reiße ich die Haustür auf. Der riesige Kerl, der davor steht, zuckt zusammen. Der kalte Luftzug von draußen weht mir die Haare aus dem Gesicht. Amanda kreischt auf, als sie den Hünen sieht, und ich bemerke die Erleichterung, die sich in mir breitmacht.

Vor der Tür steht der klatschnasse Mann aus der Industriehalle mitsamt seiner Hündin. Sein Blick fällt auf mich, danach auf Amanda. Besorgt mustert er ihre Hände auf meinen Schultern. Dann sieht er den Wischmopp.

»Medikamente«, raunt er nur, und ich weiß sofort, was er meint.

Ich habe die Medikamententüte des Arztes in meiner Handtasche vergessen und sie mitgenommen, als ich mich von dem Mann in der Industriehalle verabschiedete. Das hätte mir auffallen können, wenn ich in der Tasche nach dem Hausschlüssel gesucht hätte, als ich heimkam, aber ich habe ja den Weg durch den Laden genommen und brauchte daher meinen Schlüssel nicht.

»Wir haben nichts«, keucht Amanda verängstigt. »Gehen Sie weg, sonst —«.

»Erschlägt mich Miss Adams mit dem Mopp?«, fragt der Mann und sieht dabei belustigt aus, obwohl ihm die Regentropfen aus den Haaren übers Gesicht laufen.

Amanda schnappt nach Luft und spart sich die Frage, ob ich den Mann kenne. Ich denke, sie zählt eins und eins zusammen.

Trotz der amüsierten Frage kann ich in seinem Blick die Sorge um die Hündin sehen, die vollkommen erschöpft in seinen Armen hängt. Wie hat er das große Tier nur bis hierher gebracht? Und warum hat sie den wunderschönen Kragen nicht mehr um? Hatte der harte Kerl etwa Mitleid mit ihr?

Amanda drängt sich so nah an meinen Rücken, dass ich die Haustür kaum weiter öffnen kann.

Der Mann sieht mich an, und ich weiß, dass er nicht fragen wird, ob wir ihn hereinlassen. Dennoch sagt sein Blick mehr als tausend Worte.

Ich drücke die Tür weiter auf, muss mir aber dafür einen kleinen Schiebekampf mit Amanda liefern.

»Spinnst du?«, flüstert sie mir ins Ohr. »Der raubt uns aus und bringt uns um und dann vergewaltigt er uns.«

»Wir lassen den Mann jetzt rein!«, zische ich leise hinter zusammengebissenen Zähnen in Amandas Richtung und lächle dabei verkrampft, während ich weiter an der Tür zerre.

Amanda gibt mit einem tiefen Seufzen nach.

Als der Mann sich dankbar ins Haus schiebt, wendet er sich an Amanda. »Ich würde eine andere Reihenfolge wählen«, sagt er, was nicht gerade zu ihrer Beruhigung beiträgt.

Ich weiß nicht, warum ich keine Angst vor ihm habe. Vielleicht wäre es angebracht, aber ich bin mir sicher, dass er nur wegen seiner Hündin hier aufgetaucht ist. Er muss sich die Daten, die ihm mein Geldbeutel preisgab, sehr genau angesehen hat. Immerhin hat er sich meine Adresse gemerkt. Ich möchte gar nicht wissen, ob er vom Industriegebiet in Stratford bis hierher gelaufen ist und dabei den Hund die ganze Zeit getragen hat.

»Hier«, sage ich zu Amanda und drücke ihr den Wischmopp in die Hand.

Wie hypnotisiert greift sie zu, und als ich mit dem Mann in Richtung Badezimmer gehe, höre ich doch tatsächlich, dass Amanda anfängt, den nassen Boden hinter uns zu wischen. Sie steht offensichtlich unter Schock.

»Legen Sie sie hierhin!«, sage ich, ohne den Mann anzusehen, und deute auf den flauschigen Badezimmerteppich.

Das Bad, die Küche und der Laden sind alle Räume, die das Erdgeschoss hergibt.

Während der Mann sich vorsichtig bückt und die Hündin sachte absetzt, hole ich ein paar Handtücher aus einem der Schränke. Eines gebe ich dem Mann für den Hund und die anderen lege ich auf der Waschmaschine ab.

»Ich hole die Tabletten. Und irgendwelche alten Sachen von Finley für Sie. Ziehen Sie die nassen Sachen aus!«

Er nickt und ich lasse ihn im Bad allein. Zurück im Flur empfängt mich eine aufgebrachte Amanda. »Ist das der Kerl?«

»Ja.«

»Warum hast du ihn reingelassen?«

»Weil er Hilfe braucht und seine Hündin auch. Wir haben Medikamente vom Arzt bekommen, und ich hatte vergessen, sie bei ihm zu lassen.«

»Und jetzt verfolgt er dich?«

»Natürlich nicht! Sieh bitte zu, dass seine Sachen in die Waschmaschine wandern! Er kann duschen. Darf ich Kleidung von Finley für ihn holen?«

Zu meinem größten Erstaunen nickt Amanda, als habe sie sich plötzlich damit abgefunden, dass der Mann hier ist. »Nimm etwas von ganz hinten raus! Das zieht er eh nie an.«

»Danke.«

Ich eile die Treppe hinauf, nicht, weil ich denke, dass Amanda etwas von dem Mann zu befürchten hätte, sondern weil ich schnell wieder an ihrer Seite sein will. Und an seiner.

Aus meinem Zimmer hole ich die Tüte mit den Tabletten, laufe dann in Amandas und Finleys Schlafzimmer und greife wahllos nach einigen Klamotten ganz hinten in Finleys Schrank. Ein schwarzes T-Shirt, eine Jogginghose und ein paar Socken müssen für den Moment reichen.

Als ich atemlos wieder im Erdgeschoss ankomme und um die Ecke in Richtung Badezimmer biege, kommt mir Amanda mit hochrotem Kopf entgegen. Allerdings sieht sie nicht ängstlich aus. Sie presst beschämt die Lippen aufeinander und hat einen Gesichtsausdruck, den ich nicht deuten kann.

Ohne auf ihre Gemütsverfassung einzugehen, husche ich an ihr vorbei, direkt ins Bad.

»Ich habe –«. Weiter komme ich nicht.

Mein Blick fällt auf einen halb nackten Mann, der mit dem Rücken zu mir steht und soeben die letzten Hüllen fallen lässt.

»Oh!« Ich mache kehrt und geselle mich zu Amanda.

Jetzt kann ich ihren Blick durchaus verstehen, ebenso die Röte in ihrem Gesicht, weil mir verdächtig warm wird.

Ich hätte nicht gedacht, dass unter der Fülle an Klamotten und dem langen Mantel so ein gut gebauter Mann steckt. Und was waren das für Tattoos?

Amanda kichert und presst ihre Lippen noch fester zusammen, als habe sie dieselben Gedanken. Ich grinse wissend und atme tief ein. Dabei halte ich noch immer Finleys Kleidung umklammert.

»Ich habe frische Sachen«, rufe ich in Richtung Badezimmertür.

»Ja, danke«, antwortet der Mann nur, und dann höre ich schon, wie die Schiebetür unserer Dusche zur Seite gleitet.

Ich strecke die Klamotten in Amandas Richtung, aber sie winkt ab. Sie macht mit dem Kopf eine auffordernde Bewegung zur Badezimmertür. Warum zum Teufel duscht der mit offener Badtür?

Also gut, ich kann ihm die Sachen ja kurz reinlegen.

»Warte, ich mach es!«, flüstert Amanda plötzlich und schon reißt sie mir die Kleidungsstücke aus der Hand.

Eigentlich will ich protestieren, aber sie ist schon auf dem Weg. In dem Moment höre ich, wie jemand die

Haustür aufsperrt. Es dauert nur wenige Sekunden, dann steht Finley neben mir.

Er wirft einen fragenden Blick in Richtung Bad. »Ihr seid noch wach?«

»Ja«, kann ich nur sagen, da geht er bereits zum Bad.

Er sieht bestimmt die ganze Bescherung, als Amanda ihm entgegenspringt und ihn nach bester Fußballermanier abdrängt.

»Das ist nicht so, wie es aussieht«, sagt sie hastig.

Das ist der Moment, an dem ich nicht mehr kann. Ich lache aus vollem Hals, muss mir den Bauch halten wegen Finleys verstörtem Blick. Amandas Mimik tadelt mich, und ich versuche, mich zu beruhigen.

»Es ist wirklich nicht so, wie es aussieht. Wie sah es denn aus?«, frage ich grinsend.

»Sehr knackig«, gibt Amanda zu, schweigt dann aber sofort betreten.

Finley meldet sich per Zeigefinger, sein Mund klappt auf, aber Amanda hakt sich bei ihm unter und zieht ihn in Richtung Küche. »Ich mache uns einen Tee.«

»Ist das ein Hund auf unserem neuen Teppich?«, fragt Finley, als Amanda mit ihm am Badezimmer vorbeigeht.

Aus dem Raum fluten inzwischen heiße Dampfschwaden in den Flur. Es duftet nach Duschgel. Endlich! Ich bin gar nicht böse, wenn der Geruch nach nassem Hund und nassem Kerl davon überdeckt wird.

Geduldig harre ich aus, bis das Wasser abgedreht, die Duschschiebetür erneut betätigt wird und Geräusche eines sich abtrocknenden Mannes an mein Ohr dringen.

»Im Hängeschrank über dem Waschbecken ist eine noch verpackte Zahnbürste. Die schenke ich Ihnen.«

Dann überlege ich, ob ich ihm meine Haarbürste anbieten soll, entscheide mich aber dagegen.

»Ich habe die Medikamente hier«, ergänze ich, weil ich auf keinen Fall ins Bad platzen will, während er noch nackt ist.

Mag sein, dass sein Leben auf der Straße sein Schamgefühl beeinträchtigt hat, aber meines funktioniert noch ganz gut.

»Tee für vier?«, fragt Amanda aus der Küche.

»Ich denke schon, und einen Napf mit Wasser für den Hund.«

»Natürlich für den Hund«, tadelt Amanda mich und rollt mit den Augen, bevor sie wieder aus meinem Sichtfeld verschwindet.

»Ich bin so weit«, sagt der Mann schließlich.

Da wage ich ein paar Schritte auf die Badtür zu, spähe in den Raum und bin wirklich baff. Ich hätte nicht gedacht, dass das eng anliegende schwarze Shirt seinen muskulösen Oberkörper so betonen würde. Das meine ich im positiven Sinne!

Die Jogginghose verbirgt so einiges, aber allein das Wissen, dass er keine Unterwäsche trägt, jagt meinen Blutdruck in die Höhe. Der dünne graue Stoff liegt auf seinem … O verdammt … da wird doch nicht so viel versteckt, wie ich dachte. Ich zwinge mich, den Blick von seinen Lenden zu lösen, und konzentriere mich auf sein frisch gewaschenes, nasses Haar. Es wellt sich leicht, aber die Art, wie er es glatt nach hinten gestreift hat, lässt seine Stirnpartie noch viel mehr James Hamilton ähnlich sehen. Faszinierend!

»Hier«, sage ich kurz angebunden und überreiche dem Mann die kleine Tüte mit den Medikamenten, während ich mich an seinem Aussehen, seiner ganzen Erscheinung festsauge. Er wäre perfekt für die Rolle!

Er nimmt die Tüte sofort entgegen, dreht sich dem Hund zu, und anhand des folgenden Knisterns ahne ich, dass er wie verrückt darin herumwühlt.

»Hat der Doc gesagt, für was das alles ist?«, fragt er und geht neben seiner Hündin in die Hocke.

»Nein, er war nur hocherfreut, dass ich alles bezahlt habe.«

Diesen Kommentar konnte ich mir nicht verkneifen und der verwunderte Blick aus den Augen des Mannes ändert daran auch nichts. Im Gegenteil: Es fühlt sich gut an, kleine Wortgefechte mit ihm zu führen.

»Zeigen Sie mal! Was ist das alles?«, frage ich und betrete das dampfende Bad. Die Hündin sieht mich von unten her an, als erwarte sie jeden Moment wieder den Kragen um ihren Hals.

»Wo ist der Kragen?«

»Sie hat gelitten wie ein Hund«, sagt der Mann und grinst mich an. »Hätte ich ihn mitbringen sollen? Ihnen scheint die Farbe gut zu gefallen.«

Während ich seinem Blick auf meinen Bademantel folge, fischt er eine Packung aus der Tüte und liest, was darauf steht. »Ist das ein Antibiotikum?«

Während ich mich nach vorn beuge, um auch etwas lesen zu können, klafft mein Morgenmantel auseinander. Blitzschnell erhascht der Mann einen Blick in Richtung des Ausschnittes, aber ich löse das Problem, indem ich die Aussicht mit einer Hand verschließe. Der intensive Blick aus seinen Wahnsinnsaugen trifft mich nur für den Bruchteil einer Sekunde, dann wendet er sich wieder dem Medikament zu, als wäre nichts gewesen.

»Sieht ganz danach aus«, beantwortet er sich seine Frage selbst.

»Kommen Sie doch in die Küche, wenn Sie hier fertig sind! Es gibt Tee. Bringen Sie Ihre Hündin ruhig mit!« Meine Stimme zittert ein wenig, wirkt unsicher und verrät viel zu viel von meiner emotionalen Befangenheit.

Täusche ich mich oder hat es da gerade gewaltig gefunkt zwischen uns?

»Haben Sie vielleicht ein Stück Wurst? So wie ich sie kenne, bringe ich nie im Leben eine Tablette ohne angemessene Entschädigung in sie rein«, sagt der Mann und erstickt meinen Gedanken.

»Klar«, antworte ich lächelnd. Dann wende ich mich ab und verlasse das Bad.

Kaum habe ich den Flur erreicht, atme ich einmal ruhig ein und aus. Was war das denn eben? Dieser Blick! Ich werde das flaue Gefühl in meinem Bauch nicht los. Dann lenkt mich glücklicherweise die angeregte Unterhaltung von Amanda und Finley ab.

Natürlich dreht es sich dabei um den nächtlichen Gast.

»Und wenn er nun doch gefährlich ist? Vielleicht wird er polizeilich gesucht?«, brummt Finley müde. »Was weiß sie denn schon über ihn, außer dass er einen Hund hat?«

»Stimmt«, gebe ich zu und unterbreche das Gespräch, indem ich den Stuhl neben Amanda vom Tisch wegziehe und mich hinsetze. »Ich weiß nicht viel, aber er ist ein Tierfreund, ganz eindeutig. Fangen Serienkiller nicht mit Tieren an, bevor sie sich auf Menschen stürzen?«

»Nicht alle«, erklärt Finley mit ernster Miene.

»Kann ich ein Stück von deiner Kochsalami haben, Finley?« Ich hoffe, dass das Thema »Serienmörder« damit endlich vom Tisch ist. »Der Hund muss eine Tablette nehmen.«

»Wenn es sein muss«, lenkt Finley seufzend ein und steht auf, um das Stück, das er abtreten kann, eigenhändig zuzuschneiden.

Amanda beugt sich zu mir. »Dein Kerl sieht bestimmt richtig gut aus, wenn er geduscht ist.«

»Er ist nicht *mein Kerl,* aber ich weiß schon, was du meinst.«

Wieder schleicht sich dieser kurze Blickkontakt, der mich tief im Inneren berührt hat, in meine Gedanken. Wann hat mich ein Mann zuletzt so angesehen, als wolle er wirklich mich sehen und nicht nur einen oberflächlichen Blick auf mein Äußeres riskieren? Das ist verdammt lang her.

»Ich dachte wirklich, du hast dich da mit dieser James-Hamilton-Sache in etwas reingesteigert, aber ich muss dir recht geben. Mit dem Kerl könnte es klappen«, sinniert Amanda, und ich bin froh, dass hier niemand meine Gedanken lesen kann.

»Reicht das?«, unterbricht Finley unser Tuscheln und hält ein für seine Verhältnisse wirklich großes Stück seiner Lieblingssalami hoch.

»Ich denke schon. Danke, Finley.« Ich kann mir ein Grinsen nicht verkneifen.

In dem Moment kommt der Mann mit seiner Hündin in die Küche. Sie läuft selbst, ist aber sehr wackelig auf den Beinen. Zumindest hat die Behandlung beim Tierarzt auf die eine oder andere Weise angeschlagen. Gezielt fixiere ich die Hündin und nicht das stattliche Etwas, das sich in der Jogginghose mitbewegt. O Shit! Seit wann bin ich denn so primitiv?

Unsicher sehe ich zu Finley, ob er meinen Blick auf das beste Stück des Besuchers bemerkt hat. Aber als Finley den Mann sieht, klappt ihm der Mund auf. Ich will schon loslachen und einen Kommentar abgeben, weil sogar er mächtig von ihm beeindruckt zu sein scheint, aber dann registriere ich, dass er sein schwarzes T-Shirt erkannt hat. Er möchte etwas sagen, aber der Mann bedeutet in der Zwischenzeit seiner Hündin, wo sie sich hinsetzen soll. Als das perfekt funktioniert, sind wir alle sprachlos.

»Kann ich den Teppich aus dem Bad für sie nehmen?«, fragt der Mann.

Wieder holt Finley Luft, aber Amanda ist schneller. »Klar.«

Kaum ist der Mann weg, raunt Amanda zu Finley: »Was? Wir müssen ihn sowieso waschen.«

»Er hat mein Iron-Maiden-T-Shirt an!«, jammert Finley. Dabei hält er noch immer die Scheibe Wurst zwischen zwei Fingern. Ein Wunder, dass sie ihm nicht aus der Hand fällt.

Amandas Blick schnellt zu mir und ich zucke mit den Schultern. »Ganz hinten im Schrank?«

»Es liegt da, weil ich es schonen möchte.«

»Es passt dir sowieso nicht mehr«, winkt Amanda ab.

Ich muss ihr recht geben. Finley ist zwar groß und muskulös. Die Entwicklung seines kleinen Wohlstandbauches ist aber auch nicht zu verachten. Wahrscheinlich probiert er zu viele seiner Süßigkeiten.

»Es ist ein Sammlerstück«, raunt Finley, als der Mann mit dem Vorleger zurückkommt.

»Komm, mein Mädchen!«, sagt dieser zu seiner Hündin, und wir alle beobachten fasziniert, mit wie viel Liebe er den Teppich für seine Hündin ausbreitet und ihr dabei behilflich ist, sich gemütlich hinzulegen.

Amanda seufzt sogar leise.

»Ist die für mich?«, fragt der Mann schließlich und deutet auf die Scheibe Kochsalami in Finleys Hand.

»Ja, sicher«, schreckt Finley auf, als sei er eben erst in die Realität zurückgekehrt.

Er reicht die Wurst hastig weiter.

Der Mann drückt blitzschnell die Tablette in die Wurstscheibe. »Mal sehen, ob sie es merkt. Normalerweise ist ihre Nase ziemlich empfindlich.«

Wieder werden wir Zeugen, wie geschickt er mit seiner Hündin umgeht. Anhand der unwilligen Geräusche, die sie macht, vermute ich, dass sie sehr wohl gemerkt hat, dass in der Wurst etwas ist, was ihr nicht schmeckt. Aber der Mann redet so bestimmt auf sie ein, dass sie schließlich die Salami frisst, als könne sie jedes seiner Worte verstehen.

»Braves Mädchen«, lobt der Mann und krault sie.

Ich komme nicht umhin, seine Hände anzustarren. Wie sich seine männlichen Finger sanft und doch eindringlich ins Haar der Hündin graben, lässt mir einen Schauer über den Rücken laufen. Unwillkürlich schüttle ich den Kopf.

Als er zu uns sieht, lösen wir uns aus unserer Erstarrung.

»Tee?«, frage ich wie aus einem anderen Universum.

»Gerne. Danke«, erklärt der Mann und steht auf.

Nein, dieses Mal werde ich ihm nicht in den Schritt starren! Das grenzt ja schon an Schamlosigkeit. Dafür riskiere ich einen Blick aus dem Augenwinkel auf die vielen Tattoos auf seinen schön geformten Armen.

Er setzt sich mir gegenüber und ich schenke ihm eine Tasse ein. Ich bin froh, dass er so friedlich ist und seine mürrische Art in der alten Industriehalle zurückgelassen hat. Dafür hat er eine männliche Präsenz entfaltet, die wirklich spektakulär ist.

»Also, wo werden Sie heute Nacht schlafen?«, fragt Finley, als wolle er den potenziellen Konkurrenten am liebsten sofort loswerden.

Echt jetzt? Ich lege den Kopf schief und kann es nicht glauben.

»Na, hier natürlich«, antworte ich, weil das meine gute Erziehung einfach verlangt.

Nein, das hat überhaupt nichts damit zu tun, dass ich den Mann faszinierend finde.

»Nein, nicht nötig«, erklärt dieser sofort. »Und können wir uns nicht duzen? Ich bin Joe.«

»Klar«, stimmt Amanda zu. »Ich bin Amanda. Das ist Finley.«

Wie es aussieht, habe ich Amanda auf meiner Seite, oder besser gesagt ist sie wohl auf der Seite des Mannes. Es ist wirklich extrem selten, dass sie nicht mit Finley einer Meinung ist.

Mit einem Mal scheint es nur noch den Mann und mich zu geben. Er sitzt mir gegenüber und sieht mich aus seinen hellblauen Augen an.

»Juna?«, fragt er.

»Juna«, bestätige ich lächelnd.

Da räuspert sich Finley und hustet künstlich in seine Faust. »Also was den Hund angeht«, fängt er an, weil ihn Amandas böser Blick weichgekocht hat, »und Sie … ich meine … du darfst natürlich auch bleiben.«

»Wie gesagt, das ist nett gemeint, aber nicht nötig. Ich gehe wieder. Ich wollte nur die Medikamente für mein Mädchen holen.«

Das passt mir überhaupt nicht. »Wo willst du denn hin? Zurück bis nach Stratford bei dem Wetter?«

Eigentlich ist es eine Farce, in London zu wohnen und sich über regnerisches Wetter zu echauffieren, aber ich mag weder Joe noch seiner Hündin zumuten, wieder in die kalte Nacht hinauszumüssen.

Joe zuckt mit den Schultern, nimmt einen Schluck von dem Tee und scheint zu überlegen. »Ich würde bleiben, aber ich halte es in engen Räumen nicht sehr lange aus. Ich bin das nicht mehr gewohnt.«

»Klar, der Herr ist an Hallen gewöhnt«, platzt es aus mir heraus. »Entschuldige!«

Aber Joe lacht nur.

»Und deine Sachen? Die sind noch in der Waschmaschine, und es dauert, bis wir sie getrocknet haben.« Das Monstrum von Mantel benötigt sicher eine Woche dafür.

»Aber wirklich, mein Band-Shirt bleibt hier!«, traut sich Finley zu sagen und dieses Mal erntet er dafür auch keinen bösen Blick von Amanda.

»Wir haben doch oben neben meinem Zimmer noch den Speicher. Der ist groß und hoch und –«.

»Mit jeder Menge Gerümpel voll«, sagt Amanda in einem Ton, als hätte ich nicht alle Tassen im Schrank.

Um nicht erneut ins Fettnäpfchen zu treten, verkneife ich mir den Kommentar, dass der Dachboden weitaus idyllischer ist als die Halle in dem Industriegebiet.

»Es macht keine Umstände«, erkläre ich Joe, der mich mehr als skeptisch ansieht.

Aber je länger ich seinem Blick standhalte, umso weicher werden seine Gesichtszüge. Ich bemerke, wie er einen Blick auf seine Hündin wirft, die inzwischen entspannt auf dem Badezimmerteppich schläft.

»Also gut, aber nur, wenn ihr alle damit einverstanden seid.«

Amanda und ich fixieren Finley, der sofort beschwichtigend die Handflächen in unsere Richtung hält. »Schon gut, schon gut.« Dann steht er auf, um seine leere Tasse in den Geschirrspüler zu räumen. »Nichts für ungut«, sagt er noch zu Joe, der die versuchte Entschuldigung mit einem Nicken annimmt. »Ich gehe jetzt ins Bett«, erklärt Finley und stapft aus der Küche.

»Also wirklich … der Dachboden«, höre ich Amanda neben mir flüstern. Dann legt sie mir eine Hand auf die Schulter und steht ebenfalls auf. »Kommst du klar?«

»Ja«, antworte ich mit fester Stimme.

Mit wenigen Worten verabschiedet sich auch Amanda und lässt mich mit Joe allein in der Küche.

Bilde ich mir das nur ein oder schwillt die elektrisierende Atmosphäre sofort wieder an? Ich traue mich nicht, Joe in die Augen zu sehen.

»Ich wollte dich nicht vor deinen Freunden … Verwandten …«, sagt er leise.

»Freunden.«

»Ich wollte dich jedenfalls nicht vor deinen Freunden in eine schwierige Lage bringen. Es tut mir leid, dass ich euch erschreckt habe, aber ich wollte sie …«, er macht eine Kopfbewegung in Richtung seiner Hündin, »einfach nicht ohne die Tabletten lassen.«

»Schon okay«, antworte ich lächelnd und schenke ihm endlich meine volle Aufmerksamkeit.

Das Blau seiner Augen heißt mich warmherzig willkommen.

Weil wir uns viel zu lange schweigend ansehen, ergänze ich: »Ich zeige dir, wo du schlafen kannst. Bist du dir sicher, dass der Speicher für dich in Ordnung ist?«

»Mach dir keine Gedanken! Der ist vermutlich besser als alles, was ich in den letzten Jahren hatte.«

Mit einem Mal frage ich mich, welche Geschichte Joe hat. Was ist passiert, dass ein Kerl wie er auf der Straße gelandet ist?

Natürlich weiß ich auch aus erster Hand, dass das Leben nicht immer den perfekten oder schönen Weg wählt, dass es Schicksalsschläge geben kann, die einfach nicht zu verarbeiten sind. Manche Menschen haben auch kein soziales Netz, das sie auffängt. Ach, es gibt vermutlich unzählige Möglichkeiten, warum jemand ohne Dach über dem Kopf auskommen muss.

Bei Joe war ich so auf James Hamiltons Geschichte und deren Verfilmung fixiert, dass ich überhaupt nicht darüber nachgedacht habe, wie seine Chronik aussieht. Dabei wäre die vermutlich auch eine filmische Verarbeitung wert und bestimmt interessanter, weniger sensationsträchtig und sogar noch mit einer Hoffnung auf ein Happy End.

Erschöpft stehe ich auf. Obwohl ich schon ein paar Stunden Schlaf hinter mir habe, fühle ich mich unglaublich müde.

Joe folgt mir, nimmt wie selbstverständlich seine große Hündin auf den Arm, die sofort aufwacht, sich aber ruhig verhält. Sie leckt ein paarmal über Joes Hals und schmiegt sich dann an ihn, wie eine verliebte Freundin. Ja, sie ist wirklich sein Mädchen, und sie hat großes Glück, ihn zu haben.

Joe folgt mir die Treppen hinauf bis ganz nach oben. Hier oben habe ich mein Zimmer, und dann gibt es da noch den Raum, der nicht ausgebaut ist und als Stauraum für alles dient, was man eben momentan nicht entsorgen oder gebrauchen kann. Hier finde ich auch die klappbare Gästematratze, mehrere Decken und Bezüge, sodass ich für Joe ein provisorisches Bett aufbauen kann.

»Danke«, sagt er, als ich fertig bin.

Schweigend und reglos stehen wir für einen Augenblick gemeinsam vor dem Bett. Ich frage mich, ob er die Spannung zwischen uns auch spürt oder ob ich langsam verrückt werde. Ich wage es nicht, mich in seinen Augen zu verlieren, weil ich befürchte, unkontrolliert seufzen zu müssen.

»Dann gute Nacht«, raune ich ihm leise zu und lasse ihn mit seiner Hündin allein.

»Juna?«, ruft er mir nach, und ich bleibe stehen, ohne mich noch einmal zu ihm umzudrehen. »Du hast mich heute überrascht«, sagt er in einer so sanften Art, dass mein Nacken zu kribbeln beginnt.

»Dito«, gebe ich zurück und ziehe dann die Tür hinter mir zu.

Als ich im Bett liege, kann ich lange nicht einschlafen. Meine Gedanken kreisen um Joe und kommen nicht zur Ruhe.

Kapitel 6

*K*ontinuierlich rüttelt jemand an meiner Zimmertür. Das penetrante Quietschen der Türklinke weckt mich.

»Juna«, zischt Amanda von draußen.

Widerwillig lasse ich es zu, dass mein Schlaf erneut ein Ende findet. Durch meine Vorhänge dringt bereits Tageslicht ins Zimmer – immerhin besser, als mitten in der Nacht geweckt zu werden.

»Ja«, brumme ich, damit Amanda endlich Ruhe gibt.

Ich schäme mich ein bisschen, weil ich mich in mein Zimmer eingesperrt habe. Aber bei all dem Vertrauen, das ich Joe gerne schenken würde, musste ich in diesem Fall Finley recht geben und ein wenig Vorsicht walten lassen.

Ich tapse zu meiner Tür und drehe den Schlüssel herum.

Sofort öffnet Amanda die Tür, huscht in mein Zimmer und schließt sie hinter sich, um sich dagegen zu lehnen. »Wir haben ein Problem.«

Alarmiert warte ich, was jetzt kommt, während alle möglichen Horrorszenarien durch meine Gedanken wirbeln: Joe hat uns ausgeraubt, der Hund ist tot, Finley hat Amanda verlassen …

»Dein Joe war im Laden«, keucht Amanda atemlos.

Damit ist die Bombe geplatzt.

»Nein, hat er …?« Die Kasse leer geräumt? Ich traue mich gar nicht, zu fragen.

»Schlimmer! Er hat ein paar Pralinen gegessen, aber das wäre es noch gar nicht mal. Er hat die teuerste Flasche Whiskey mitgenommen, die wir haben.«

Finley kreiert gerne ganz besondere Pralinenfüllungen, und mit den exquisiten Trüffeln lockt er auch das entsprechende Publikum an.

»Ist er noch da?«, frage ich.

»Ich weiß nicht. Ich habe nicht nachgesehen«, wispert Amanda.

Jetzt ist mir klar, warum sie mich geweckt hat. Sie traut sich nicht auf den Dachboden.

»Finley schläft«, ergänzt sie, als gäbe uns das noch etwas Handlungsspielraum, bevor das Drama um den Whiskey seinen Lauf nimmt.

Die Szene von heute Nacht wiederholt sich auf skurrile Art und Weise. Ich fische nach meinem Morgenmantel und schleiche den Flur entlang auf die Tür des Dachbodens zu. Amanda kommt mir nach, aber wenigstens verzichtet sie dieses Mal darauf, mir die Finger in die Haut zu bohren. Meine Schultern schmerzen ohnehin noch, und es würde mich nicht wundern, wenn ich ein paar blaue Flecken darauf sehe.

Da Amanda auf das Festkrallen verzichtet, kann ich doch bestimmt auf den Wischmopp verzichten. Das muss ich wohl auch, weil er vermutlich immer noch im Erdgeschoss irgendwo in der Nähe der Haustür zu finden ist.

Obwohl die ganze Angelegenheit nicht so aufregend ist wie die Ungewissheit heute Nacht, gefällt mir doch die Vorstellung nicht, dass Joe etwas geklaut haben könnte und damit die Biege gemacht hat.

Dabei passt das nicht zu dem Bild, das sich gestern in mir von ihm geformt hat. Wie schnell so ein sympathischer Eindruck doch zerstört werden kann!

Endlich habe ich die Tür erreicht. Zuerst greife ich schon nach der Klinke, aber dann traue ich mich nicht, sie herunterzudrücken. Zaghaft klopfe ich stattdessen an.

»Joe?«, frage ich genauso behutsam, wie Amanda zuvor meinen Namen an der Tür geraunt hat.

Keine Antwort. Totenstille.

Nein! Erschüttert presse ich die Lippen aufeinander und gestehe mir ein, dass ich wohl ein neues Bild von dem Mann malen muss.

Plötzlich höre ich ein leises Japsen hinter der Tür und werfe Amanda einen überraschten Blick zu. Sie hat es auch gehört, da bin ich mir sicher. Mit einem Mal keimt die Hoffnung in mir, dass es für all das eine Erklärung gibt. Joe würde seine Hündin niemals allein zurücklassen, außer vielleicht, er hätte die Flasche leer getrunken und wäre dann wie benommen aus dem Haus getorkelt.

Jetzt muss ich es aber wissen. Entschlossen drücke ich die Klinke hinunter. Die Tür klemmt ein bisschen, und es gelingt mir kaum, sie leise aufzudrücken. Plötzlich springt sie regelrecht auf und knarrt dabei laut.

Die Qual der Sekunde, die ich brauche, um die Lage zu erfassen, verpufft schnell.

Mit aufgewecktem Gesichtsausdruck und aufrechter Sitzhaltung blickt uns die Hündin an und hechelt. Ihr Schwanz beginnt voller Aufregung auf den ungeschliffenen Dielenboden zu schlagen. Dabei wirbelt er eine gehörige Menge Staub auf. Es scheint ihr deutlich besser zu gehen.

Ich atme erleichtert auf und sehe nun auch, dass Joe offensichtlich noch schläft. Jedenfalls liegt da eindeutig eine Gestalt unter den Decken, die ich ihm gegeben habe.

»Joe?«, frage ich, aber er rührt sich nicht.

Als habe er im Schlaf meine Frage gehört, antwortet er mit einem tiefen Atemzug, der dann von friedlich schnarchenden Geräuschen abgelöst wird.

»Da«, sagt Amanda plötzlich und deutet auf den Fußboden neben Joes Matratze. Da steht die vermisste Flasche Whiskey.

Er hat sie also wirklich genommen!

Amanda ist schneller bei der Flasche, als ich etwas dazu sagen kann. Sie nimmt sie an sich, als wäre sie ein Schatz. Das ist dieser Whiskey ja auch. Ich möchte nicht wissen, wie viele hundert Pfund Finley dafür hingeblättert hat. Ich bin kein Kenner auf dem Gebiet, aber dass dieser Whiskey etwas Besonderes ist, ist mir klar.

Offensichtlich Joe auch, denn er hat die Flasche nicht geleert. Wenn er überhaupt etwas davon genommen hat. Soweit ich mich an den letzten mir bekannten Füllstand erinnern kann, fehlt da kein Tropfen.

Irritiert sieht Amanda mich an. »Ich glaube nicht, dass er etwas davon getrunken hat.«

»Dachte ich auch gerade.«

»Ich bringe sie mal lieber zurück in den Laden«, erklärt Amanda und verlässt den Speicher.

Ich bleibe noch einen Moment stehen, freue mich lächelnd, dass es der Hündin besser geht, und wundere mich, warum ihr Herrchen noch nicht mit ihr vor der Tür war. Müssen Hunde nicht immer sehr früh rausgebracht werden, um ihr Geschäft zu machen? Das ist auf jeden Fall einer der Gründe, warum ich mir niemals einen Hund zulegen würde. Ich genieße es, wenn ich ausschlafen darf. Wahrscheinlich war die Hündin schon mit Joe draußen, als wir alle noch seelenruhig schliefen.

In dem Moment wird das friedliche Schnarchen unterbrochen und es kommt Leben in Joe. Er bewegt sich, dreht mir sein Gesicht zu. Seine Hündin widmet ihm ihre ganze Aufmerksamkeit. Sie japst leise.

Joe tastet mit geschlossenen Augen nach ihr und sie schmiegt sich an ihn.

»Guten Morgen«, sage ich, bevor er mich von sich aus entdeckt.

Mit einem Mal sind Joes Augen offen. Er bewegt sie nicht, sieht sich nur stumm im Raum um.

»Amanda hat sich erlaubt, die Flasche mit dem Whiskey wieder mit runterzunehmen«, bemerke ich streng und verschränke die Arme.

Joe atmet tief ein und dreht sich auf den Rücken. Er reibt sich mit beiden Händen übers Gesicht, was im Bereich seines Bartes ein kratzendes Geräusch erzeugt. Dann setzt er sich auf.

»Danke, ich wollte sie zurückstellen. Ich habe übrigens nichts davon getrunken.«

»Aber dafür ein paar Pralinen gegessen«, stelle ich fest.

»Schuldig. Es war eine Art Abschiedsgetränk. Ich bin kein Alkoholiker, das musst du mir glauben.«

»Sagen das nicht alle Alkoholiker?«

»Wahrscheinlich«, erkennt er lächelnd an und lässt es so stehen. »An dem Whiskey habe ich nur gerochen. Es ist schon eine Weile her, dass ich so einen erlesenen Geruch in der Nase hatte.«

Überrascht frage ich mich, was der Mann noch für Qualitäten hat. Wieder werde ich darauf gestoßen, dass er ein Vorleben jenseits der Obdachlosigkeit gehabt haben muss.

»Dann wirst du dich von uns verabschieden?«, frage ich, um seine Worte wieder aufzugreifen.

»Nein, das wollte ich damit nicht sagen.«

»Nicht?« Irritiert wage ich nicht, zu fragen, was er damit meint.

»Komm, setz dich für einen Moment zu mir!«

Ich gehe nicht davon aus, dass er mich zu sich auf die Matratze einlädt, aber da in der Nähe ein alter Klappstuhl sein Dasein fristet, greife ich nach ihm, stelle ihn auf und setze mich zu Joe.

»Ich habe sehr lange nachgedacht«, beginnt Joe. »Ich mache es.«

»Du machst was?«

»Ich stehe dir für das Casting von James Hamilton zur Verfügung.«

»Was?« Unfassbar! Ich kann es nicht glauben. »Warum so plötzlich?«

Joe weicht meinem Blick aus und schüttelt den Kopf. »Wenn ich das wüsste. Sagen wir einfach, es fühlt sich richtig an. Du hast mir in den letzten Tagen mehr geholfen als irgendjemand in den letzten Jahren. Ich möchte mich revanchieren.«

»Bist du dir sicher, dass du nichts von dem Whiskey getrunken hast?«, frage ich.

Vor Freude könnte ich aufspringen und würde am liebsten gleich alles in die Wege leiten. Gedanklich erstelle ich eine Liste von Aufgaben, die ich sofort erledigen muss.

Joe straft mich mit einem Blick, der Bände spricht. Dann sieht er mir sehr lange sehr ernst in die Augen. Ich bin mir nicht sicher, was das zu bedeuten hat, aber ich spüre, welch großzügige Geste er mir zuteilwerden lässt.

Ich frage mich, ob er diese magische Verbindung zwischen uns auch spürt.

»Danke«, hauche ich, weil mich mit einem Mal alle unterdrückten Emotionen der letzten Tage überwältigen.

Vielleicht war es das doch noch nicht mit meinem Job.

»Freu dich nicht zu früh! Wenn diese – wie hieß sie noch gleich? – Produzentin mich sieht, rennt sie schreiend davon.«

»Das glaube ich nicht.«

Schon laufen in meinem Kopf wieder die Planungen an. »Ich rufe sofort meinen Chef Oliver an, damit du ihn kennenlernen kannst. Wir besorgen dir etwas Vernünftiges zum Anziehen und dann ...« Meine Gedanken überschlagen sich.

Nichts hält mich mehr auf dem Stuhl. Ich versuche meine Gedanken zu sortieren und eine Vorgehensweise festzulegen. Dabei gehe ich ein paar Schritte hin und her.

»Du brauchst einen Wohnsitz. Wir müssen uns überlegen, was du bisher gemacht hast ...«

»Aber deinem Chef gegenüber bleibst du schon ehrlich, oder?«

»Natürlich! Er muss alles wissen. Aber Clarice van Boyd wird niemals einen Mann ohne festen Wohnsitz akzeptieren. Entschuldige!«

»Kein Problem. Mach du deine Pläne und ich gehe in der Zwischenzeit mit meinem Mädchen vor die Tür! Es geht ihr viel besser.«

»Ja, das ist einfach wunderbar.«

Wie er sie immer »mein Mädchen« nennt, löst ganz ungeahnte Gefühle in mir aus. Ob es jemals eine Frau in seinem Leben gab, die er auch so nannte? Wie es sich wohl anfühlt, wenn er mich so nennen würde? Hastig wische ich die Gedanken beiseite.

Ich glaube, ich zerspringe gleich vor Glück. Was auch immer Joe dazu gebracht hat, sich die Sache noch einmal zu überlegen, es ist mir egal. Er macht mit, und das ist es, was zählt!

»Ich muss los«, erkläre ich und deute in Richtung Tür.

Mit einem Blick auf meinen Bademantel nickt Joe verständnisvoll, und ich warte nicht ab, bis er aufsteht, sondern tänzle vergnügt in mein Zimmer. Dort rufe ich sofort Oliver an.

»Juna?«, meldet er sich voller Verwunderung. »Ist etwas passiert?«

»Kannst du bei mir zu Hause vorbeikommen? Ich muss dir jemanden vorstellen.«

Kapitel 7

Da ich Oliver noch nie an einem Sonntag angerufen habe, steht er keine halbe Stunde später bei mir auf der Matte. Das ist ziemlich beeindruckend, da ich ihm nicht gesagt habe, warum ich ihn sprechen möchte.

Ohne große Erklärungen führe ich ihn in die Küche, in der Joe gerade mit Finley und Amanda beim Frühstück sitzt. Ich brauche nicht viel zu sagen. Oliver reißt die Augen auf und erstarrt für ein paar Sekunden.

Dann geht er mit ausgestreckter Hand auf Joe zu. »Ich bin Oliver Shaw, Castingdirector bei JJO. Es freut mich sehr, Sie kennenzulernen.«

Joe wischt sich in aller Seelenruhe mit der Serviette den Mund ab, legt sie beiseite und steht auf, bevor er Olivers Hand greift. Nach einem intensiven Händedruck, bei dem er sich als Joe vorstellt, setzt er sich wieder.

Oliver wirft mir einen begeisterten Blick zu, formt seine Lippen zu einem lautlosen »Wow!«.

»Willst du etwas mit uns essen?«, frage ich ihn und deute auf den freien Stuhl am Tisch.

Er reagiert gar nicht auf meine Frage, setzt sich aber blitzschnell zu Joe und mustert ihn fasziniert.

Armer Joe! Er muss sich wie ein Affe im Zirkus fühlen.

»Es freut mich wirklich ungemein, Sie kennenzulernen«, wiederholt Oliver und lacht dann auf, als stünde er kurz davor, wahnsinnig zu werden. »Wie hat Juna Sie gefunden?«

»Da kommen Sie niemals drauf«, nuschelt Finley mit vollem Mund.

Er wirkt noch immer ein bisschen griesgrämig wegen seines Bandshirts. Aber vielleicht ist er auch einfach beleidigt, weil sich seine schlimmen Prophezeiungen über den Serienmörder, den wir uns ins Haus geholt haben, nicht bewahrheitet haben. Zum Glück weiß er nichts von den Pralinen und der Sache mit der Whiskyflasche. Das nähme er nur zum Anlass, seine irren Befürchtungen erneut vorzubringen.

Mit verklärtem Gesichtsausdruck wendet sich Oliver mir zu. »Er ist fantastisch«, sagt er atemlos, als wäre Joe nicht da.

Joe lässt sich offenkundig von dieser Begeisterung nicht anstecken. Er nimmt in aller Seelenruhe einen Schluck von seinem Tee.

Oliver muss sich augenscheinlich zurückhalten, um nicht zu schreien vor Freude, und ich kann nicht leugnen, dass ich seine Gefühle nur zu gut nachvollziehen kann. Ein Wunder, dass mein Dauergrinsen noch nicht zu einem Gesichtsmuskelkrampf geführt hat.

Immer wieder dreht er sich zu Joe und nimmt die Einzelheiten von dessen Profil genau in Augenschein.

Joe sieht mich kurz an. Obwohl er keine Miene verzieht, kann ich erahnen, dass er gerne einen bissigen Kommentar abgeben würde.

»Wie wäre es, Oliver, wenn wir uns kurz mal unterhalten …« Ich überlege, wo ich mit Oliver hingehen könnte, da steht Joe auf. »Ich gehe schon.«

Was? Überrumpelt von seinem plötzlichen Aufbruch eile ich ihm in den Flur nach.

»Du hast es dir doch nicht anders überlegt? Oliver ist ein echt netter Kerl. Er kann es nur nicht fassen, dass wir jemanden gefunden haben, der unserer Vorlage so ähnlich sieht«, flüstere ich.

Joe legt den Kopf in den Nacken und bleibt stehen. Dann dreht er sich zu mir, senkt den Kopf und sieht mir in die Augen. Er steht so nah bei mir, als wären wir enge Vertraute. Es fühlt sich aufregend an und verboten. Nur zu gerne begebe ich mich in diese Nähe und genieße sie.

»Keine Sorge! Ich laufe nicht davon. Nicht mehr.« Sein Blick nimmt mich gefangen und lässt mich nicht mehr los.

»Was meinst du damit?«

»Das ist eine lange Geschichte. Ich meine damit, dass ich meine Zusage nicht zurücknehme. Ich will nur nicht dabei sein, wenn du mit Oliver über mich sprichst.«

»Okay.« Ich bin erleichtert und kann ihn gut verstehen. »Aber wirst du das alles auch durchstehen? Ich meine, es geht jetzt gerade erst los.«

Joe schließt kurz die Augen, dann trifft mich sein intensiver Blick erneut. »Wenn es dir hilft, halte ich es aus.«

Wow! Noch nie hat sich jemand so für mich eingesetzt. Ich wüsste wirklich zu gerne, ob es ihm eigentlich nur darum geht, sich bei mir zu revanchieren, oder ob da noch mehr dahintersteckt.

»Du findest mich oben«, sagt er, deutet zur Decke und geht auf die Treppe zu.

Für einen Moment sehe ich ihm nach, wie er mit großen Schritten den Flur entlanggeht und dann ins Treppenhaus abbiegt. Wie kann es sein, dass ich mich zu einem Menschen, den ich gerade erst kennengelernt habe, so hingezogen fühle? Und nicht nur das – da ist so etwas Vertrautes, Intimes zwischen uns, als gäbe es eine nicht greifbare Gemeinsamkeit, die uns miteinander verbindet.

Zurück in der Küche erwartet mich ein aufgeregter Oliver, dessen leuchtende Augen nur das Glück unterstreichen, das seinen ganzen Körper auszufüllen scheint.

»Juna! Wie auch immer du das gemacht hast … Er ist sein verdammter Zwilling.«

»Wie könnt ihr das sehen unter den vielen Haaren?«, fragt Finley.

»Wir suchen wirklich schon eine ganze Weile«, erkläre ich.

Dabei denke ich an die vielen Stunden, die ich Fotos von James Hamilton angestarrt und mit Bildern von Bewerbern verglichen habe. Immer und immer wieder habe ich mir dabei gedacht, wie bescheuert es ist, dass wir nicht nach schauspielerischem Talent, sondern nach einem Double suchen.

»Er braucht auf jeden Fall einen Haarschnitt«, stellt Oliver fest.

»Das mach ich«, meldet sich Amanda blitzschnell zu Wort.

Oliver sieht mich fragend an, aber ich zucke mit den Schultern und kläre ihn auf. »Sie kann das. Sie hat mal als Friseurin gearbeitet, bevor Finley sie auf den Süßkram brachte. Außerdem kann sie es sicher kaum erwarten, Joe noch einmal mit nacktem Oberkörper zu sehen.«

Amanda rollt mit den Augen, lächelt aber, als hätte ich sie ertappt. Finley setzt eine stoische Miene auf und tut, als hätte er kein Wort unserer Unterhaltung mitbekommen.

»Die Tattoos«, fällt es mir siedend heiß ein, sodass ich die Hände vor den Mund schlage und einen Blick mit Amanda tausche.

»Tattoos?«, fragt Oliver sofort.

»Joe hat leider ein paar Tattoos, aber die wird man unter langärmeligen Hemden nicht sehen. Sonst müssen wir sie überschminken.«

»Das ist machbar«, bestätigt Oliver, was ich mir auch schon gedacht habe.

»Okay, der Haarschnitt ist gebongt …«, zählt Oliver an den Fingern ab. »Dann kümmere ich mich um einen Anzug im James-Hamilton-Style.«

»Das musst du auch. Er hat nämlich nichts.«

»Amanda hat es mir eben erzählt«, sagt Oliver.

»Wir haben ein bisschen geplauscht, während du und Joe auf dem Flur gekuschelt habt.«

»Wir haben nicht gekuschelt«, wehre ich mich und ärgere mich sofort darüber, dass ich solche Anspielungen von Amanda nicht einfach kommentarlos übergehe. Sie könnte sonst meinen, dass ich wirklich mehr für Joe empfinde.

»Er ist also obdachlos?«, fragt Oliver mich trotzdem noch.

Ich nicke. »Es gibt nichts. Keine Wohnung, keine Bekleidung, kein Geld. Vermutlich nicht einmal einen Ausweis.«

Oliver nickt eifrig, während ich das alles aufzähle. »Das ist alles kein Problem. Wir verpassen ihm einen Künstlernamen, besorgen ihm über das Studio eine Wohnung und die Erstausstattung an Garderobe. Mit seiner Gage wären dann auch die finanziellen Probleme geklärt. Ich habe gehört, er hat einen Hund.«

Mit einem Seitenblick auf Amanda frage ich mich, wie sie es geschafft hat, in den paar Minuten, die ich mit Joe auf dem Flur stand, Oliver alles haarklein aufs Brot zu schmieren.

»Eine Hündin«, ergänze ich. »Sie ist ziemlich groß, eine Art Schäferhundmischling.« Ich betone das so, weil das bei der Auswahl der Wohnung für Joe sicher eine Rolle spielt. Da fällt mir noch etwas ein: »Vielleicht hast du eine Halle, also ich meine ein Loft? Er wird es in einer engen Wohnung nicht aushalten.«

»Sonst noch Wünsche?«, fragt Oliver, scheint aber bereits über eine Lösung nachzudenken. »Da hätte ich vielleicht tatsächlich etwas an der Hand. Aber jetzt erst einmal ein Schritt nach dem anderen. Für heute besorge ich ihm ein paar Klamotten und für morgen einen Anzug. Wenn Clarice anbeißt, wagen wir uns daran, eine Unterkunft zu finden.«

»So machen wir es.«

»Kann er bis morgen noch bei euch bleiben?«

Bevor Finley den Mund aufbringt, bejaht Amanda entschieden.

Ich werfe ihr einen dankbaren Blick zu, da ich hier kein Mitspracherecht habe. Ich bin ja selbst nur Mieterin in diesem Haus.

»Wunderbar!«, sagt Oliver zufrieden und steht auf. »Ich mache mich jetzt vom Acker und bringe die Sachen vorbei, sobald ich sie habe.«

Als ich Oliver zur Tür bringe, kann ich förmlich sehen, wie die Anspannung der letzten Zeit von ihm abfällt. Ihm ging es sicher genauso schlecht wie mir. Nur, dass er in den letzten Tagen nicht wusste, dass es vielleicht eine Lösung für unsere Misere geben könnte.

Voller Elan öffne ich die Haustür, er tritt an mir vorbei, dreht sich dann aber noch einmal zu mir um. »Du hast uns gerettet.«

»Das liegt in den Händen von Clarice van Boyd. Und wenn, dann hat Joe uns gerettet.«

»Richtig«, stellt Oliver lächelnd fest. »Trotzdem … gut gemacht!«

Zurück in der Küche bemerke ich sofort, dass dort dicke Luft herrscht. Ich kann es Finley nicht einmal übel nehmen.

»Ich verspreche dir, wenn es mit der Rolle klappt, wird Oliver eine Wohnung für ihn zur Verfügung stellen«, erkläre ich deshalb sofort.

»Und wenn es nicht klappt?«, fragt Finley. »Zieht er dann hier ein?«

»Nein, natürlich nicht!«, sage ich schnell. Dennoch muss ich mich damit befassen, was geschehen soll, wenn Clarice van Boyd Joe ablehnt. Sollte sie sich gegen ihn entscheiden, stehe ich vor einem Gewissenskonflikt. Kann ich den Mann einfach so zurück in die Industriehalle ziehen lassen? Soll ich so tun, als hätte ich ihn niemals kennengelernt? Geht dann jeder wieder seiner Wege? Bestimmt gibt es in London genug Möglichkeiten für Wohnungslose, irgendwo zu übernachten. Aber hätte Joe das nicht schon längst in Anspruch genommen, wenn er daran Interesse hätte? Keine Frage: Ich muss mich mit dem Thema beschäftigen, aber erst, wenn Clarice ihn wirklich nicht für die Rolle will. Ehrlich gesagt kann ich mir das kaum vorstellen. Was mich zurück zu der Aufgabe bringt, die Amanda so großzügig übernommen hat.

»Schneidest du ihm die Haare?«

»Ja, natürlich.«

Jetzt verschränkt Finley demonstrativ die Arme vor der Brust und schmollt.

»Keine Sorge, Juna bleibt die ganze Zeit dabei und wir legen ein Handtuch über den nackten Oberkörper.«

Finley brummt missmutig, traut sich aber wohl nichts dagegen zu sagen.

»Bist du etwa eifersüchtig?«, ziehe ich ihn auf.

»Nein, bin ich nicht. Ich weiß doch, dass Amanda mir dazu niemals Anlass geben wird, aber seit Jahren bin ich der einzige Mensch auf der Welt, dem sie die Haare schneidet. Das ist etwas sehr Persönliches.«

»Zwischen uns ist es das, Finley. Aber früher habe ich etlichen Menschen die Haare geschnitten und den Bart gestutzt. Glaub mir, das ist etwas ganz anderes!«, säuselt Amanda mit unschuldigem Augenaufschlag.

Finley gibt sich geschlagen. »Was soll ich dagegen sagen? Ihr macht doch sowieso, was ihr wollt.« Versöhnlich stellt sich Finley hinter die immer noch sitzende Amanda und drückt ihr einen Kuss ins Haar. »Außerdem möchte ich nicht daran schuld sein, dass Junas Job flöten geht«, ergänzt er brummig.

»Wirklich? Träumst du nicht schon länger davon, dass sie bei uns im Laden einsteigt?«, fragt Amanda und dreht sich zu Finley um.

»Wirklich?«, gebe ich überrascht von mir. Das ist mir vollkommen neu.

»Na ja«, beginnt Finley und kratzt sich verlegen am Hinterkopf. »Das ist nur so ein Gedanke. Amanda und ich sind ja mehr oder weniger rund um die Uhr eingespannt, und es könnte nicht schaden, wenn wir die Arbeit auf mehrere Schultern verteilen. Natürlich wärst du nicht nur Angestellte. Wir würden dich als Teilhaberin mit aufnehmen. Mehr Gehalt, aber auch mehr Risiko.«

Mir klappt der Mund auf. Ich weiß gar nicht, was ich dazu sagen soll. Mir war nicht bewusst, dass sich Finley solche Gedanken macht.

»Aber keine Sorge! Schneidet Joe erst mal die Haare! Natürlich drücke ich dir die Daumen, dass er die Rolle bekommt«, beschwichtigt Finley sofort. »Ich wollte dich nur wissen lassen, dass es noch andere Optionen für dich gibt.«

»Danke, Finley«, murmle ich und sehe an Amandas Miene, dass sie von Finleys Worten ganz gerührt ist.

»Ich bin dann im Laden, ein bisschen aufräumen«, sagt Finley und verlässt die Küche.

Amanda sieht mich lächelnd an. Bevor sie sprechen kann, seufzt sie wohlig. »Sein Timing finde ich zwar mehr als ungünstig, aber du solltest wissen, dass es für Finley wirklich eine Leistung war, dir das zu sagen. Er grübelt schon so lange darüber nach! Ich habe ihm ständig gesagt, dass er einfach mit dir darüber reden soll.«

»Davon habe ich überhaupt nichts mitbekommen. Ich habe nicht einmal etwas geahnt.«

»In der Hinsicht ist Finley verschlossen. Du kennst ihn ja.«

»Wem sagst du das«, stimme ich zu.

»Was ich dir nur sagen möchte: Du sollst jetzt deshalb kein schlechtes Gewissen haben, wenn sich beruflich für dich alles zum Guten wendet.«

Ich nicke. Schade, dass Finley mir nicht schon früher von seinen Ideen erzählt hat. Wer weiß, vielleicht hätte ich seinen Vorschlag ernsthaft in Betracht gezogen. Die Arbeit im Laden macht mir Spaß. Es ist so leicht, die Kunden mit Schokolade glücklich zu machen, und ich müsste keinen Gedanken mehr an Clarice van Boyd verschwenden.

»Wollen wir?«, fragt Amanda. Mit zwei Fingern deutet sie die Klingen einer Schere an.

»Ich warne Joe schon einmal vor.«

Während Amanda Schere, Kamm und Langhaarschneider holt, gehe ich direkt zum Dachboden hinauf und klopfe an Joes Tür, die einen Spalt offen steht.

»Ja?«, sagt er laut und deutlich.

Als ich eintrete, sitzt er auf dem von mir zuvor benutzten Klappstuhl und krault seine Hündin.

Er lächelt mich freundlich an. »Und? Hab ich bestanden?«

»Oliver ist hin und weg.«

»Dann wird es jetzt ernst?«

»Amanda holt gerade die Schere.«

»Das muss wohl sein?«

»Ja.«

Schon tritt Amanda ein. Sie hat einen Hocker unter den Arm geklemmt, und ich eile ihr entgegen, weil es den Anschein hat, als entgleite er ihr jeden Moment. Gemeinsam stellen wir den Hocker hinter Joes Stuhl auf. Ich nehme Amanda das Handtuch ab und zeige es Joe.

»Du solltest dein Shirt ausziehen, sonst hast du später überall Haare.«

Mit hochgezogenen Augenbrauen und einem amüsierten Blick auf mich atmet Joe tief ein. Dann greift er nach dem Shirt und zieht es aus.

Mein Blick fällt auf seine Tattoos und den Oberkörper, der erstaunlich trainiert aussieht. Außerdem verströmt er einen Duft, der regelrecht animalisch anziehend auf mich wirkt. Es riecht nach Duschgel und männlicher Haut. Da ich mich kaum vom Anblick seiner Muskeln lösen kann, verbiete ich mir schleunigst jeden unanständigen Gedanken, aber es ist zu spät.

»Was ist?«, fragt Joe provokant. »In der Halle gibt es jede Menge Möglichkeiten, die Muskeln nicht verkümmern zu lassen.«

»Bestimmt«, entkommt es mir, bevor ich meine Lippen versiegeln kann.

Zeit zum Trainieren hatte er anscheinend genug. Ich lenke mich damit ab, indem ich Amanda zusehe, die mit dem Verlängerungskabel hantiert. Konzentriert entwirrt sie das schwarze Kabel.

»Wofür ist das?«, fragt Joe sofort und sieht wirklich nicht erfreut aus. Zwischen seinen Augenbrauen hat sich eine Falte gebildet.

»Für den Langhaarschneider«, erklärt Amanda. »Der Bart …«

»Muss das sein? Kannst du das nicht übernehmen?«, fragt er mich, und ich sehe Amanda hilflos an, die nur mit den Schultern zuckt.

Schließlich nicke ich Joe zu. »Ich kann den Bart übernehmen, aber deine Haare rühre ich nicht an.«

»Dann fange ich mit den Haaren an?« Amanda legt den Langhaarschneider beiseite, als handle es sich dabei um ein hochexplosives Stück. Dann blickt sie ständig von mir zu Joe und wieder zurück.

Ich will sie schon fragen, was sie meint, als ich bemerke, dass ich noch immer das Handtuch für Joes Schultern in den Händen halte.

»Oh, natürlich«, sage ich schnell.

Ich will Joe das Handtuch geben, aber dieser lehnt sich übertrieben entspannt in dem Stuhl zurück, als erwarte er eine fürsorgliche Rundumversorgung. Also gut. Ich muss ihm noch näher auf die Pelle rücken. Amanda hebt Joes lange Haare an und ich lege ihm das Handtuch über die muskulösen Schultern. Die Nähe konfrontiert mich wieder mit dem unglaublichen Duft seiner Haut, der sofort meine Sinne betört.

Jetzt reicht es aber! Mich selbst ermahnend richte ich mich ruckartig auf, gehe einen Schritt zurück und hoffe, dass Amanda mich ablenken kann.

Dann beobachte ich fasziniert, wie diese routiniert mit ihrer Arbeit beginnt, als hätte sie ihren Job als Friseurin nie an den Nagel gehängt. Zuerst besprüht sie Joes trockenes Haar mit einer gut duftenden Flüssigkeit und kämmt ihn. Na ja, sagen wir einmal, sie versucht, ihn zu bürsten, aber so wie es aussieht, hat der Herr schon länger keinen Kamm mehr benutzt. In akribischer Kleinarbeit dröselt Amanda Strähne für Strähne auf und kämpft sich mit eisernem Willen durch die Frisur. Die Art, wie sie ihre Oberlippe voller Konzentration in den Mund saugt, entlockt mir ein Lächeln.

Als Joes Haar wie glatt zurückgegelt am Kopf klebt, durchfährt es mich erneut wie ein Stromschlag. Die ganze Stirnpartie, ja die komplette Kopfform passt perfekt zu James Hamilton. Also wenn Clarice das nicht sieht, kann ich ihr auch nicht helfen.

»Wie kurz soll es werden?«, fragt Amanda mich.

»Nicht zu viel«, antwortet Joe vor mir, aber ich deute einfach auf eine Stelle unterhalb meiner Ohren. Sie nickt und setzt die Schere an. Immer wieder schnippen die scharfen Klingen durch die Haare, und in Windeseile verteilen sich mehr Haarsträhnen auf dem Boden, als sich noch auf Joes Kopf befinden.

Ich kann schon erahnen, dass Amandas Arbeit einen neuen Menschen aus Joe machen wird. Wenn jetzt zusätzlich der wuchernde Bart in seine Schranken gewiesen wird, sieht der Mann zwanzig Jahre jünger aus.

»Wie alt bist du eigentlich, Joe?«, frage ich spontan. Daran habe ich bisher gar nicht gedacht, aber auch hier kann Schminke ja bekanntlich wahre Wunder vollbringen.

»Sechsunddreißig«, antwortet Joe.

James Hamilton war zum Zeitpunkt seines Todes dreißig Jahre alt. Der Film spielt aber auch in den Jahren davor, als er mit seinem Start-up millionenschwer wurde und vom Nobody zum Liebling der Londoner Society aufstieg.

»Es kann sein, dass der Bart eingefärbt wird«, bereite ich Joe vor.

Wie es aussieht, liegt Joe sein Bart ja besonders am Herzen. Aber es ist nun einmal so, dass die Partien unterhalb des Kinns schon die ersten grauen Stellen zeigen. Der charismatische James Hamilton hatte erstens keinen so langen Bart und zweitens gab es in diesem kein einziges graues Haar.

Joe quittiert meine Ankündigung mit einem Seufzen, was Amanda dazu veranlasst, mir ein freches Grinsen zuzuwerfen.

Die nächsten Minuten verbringen wir schweigend. Amanda eilt mit Kamm und Schere geschickt durch Joes Haar und schnippelt, was das Zeug hält. An ihrer gebeugten Haltung und den Pausen, die sie zur Begutachtung nutzt, kann ich erkennen, dass sie sich besondere Mühe gibt.

»So, fertig!«, sagt sie schließlich und sieht sich um. »Wo ist der Spiegel? Habe ich den etwa unten gelassen?«

»Scheint so. Aber der Bart fehlt ja noch«, antworte ich.

Amanda bückt sich, überreicht mir den Langhaarschneider und flüstert vielsagend: »Ich warte dann mal draußen.«

Während ich noch mit dem Ding in der Hand dastehe, packt Amanda ihre Utensilien zusammen und verlässt grinsend den Dachboden. Hat sie es so eilig, weil sie beim Schneiden des heiligen Bartes nicht dabei sein will oder weil sie das Gefühl hat, zwischen Joe und mir wird es jeden Moment heiß hergehen? Ich vermute eher, sie redet sich Letzteres ein.

Tatsächlich heißt das aber, dass ich jetzt Joes Bart stutzen darf.

Als wolle er sich von der Haarpracht verabschieden, krault er sich das Kinn, was ein kratzendes Geräusch erzeugt.

»Hast du so ein Teil schon einmal bedient?«, fragt Joe mich mit zweifelndem Blick auf den Langhaarschneider.

»Ja, aber das ist eine Weile her.« Ich kann nicht verhindern, dass meine Stimme kalt klingt, denn durch die Frage werden Erinnerungen in mir geweckt, die eine schmerzhafte Episode meines Lebens wachrufen, an die ich lieber nicht denke. Dabei waren diese Erlebnisse eigentlich nicht qualvoll, sondern voller Gelächter, Wärme und Liebe. Nur leider hielt es nicht an.

Ich bemerke, dass Joe mich interessiert mustert, und verdränge die Erinnerungen. Stattdessen gestatte ich mir, Joe näher zu betrachten. Er sieht toll aus mit der neuen Frisur, und ich bin mir sicher, dass der gestutzte Bart das Tüpfelchen auf dem i sein wird.

»Dann mal los!« Joe deutet einladend auf sein Gesicht.

Sein entspanntes Lächeln, das freundliche Lachfältchen um seine Augen erzeugt, sorgt dafür, dass ich die geweckten Erinnerungen nun ganz und gar verdrängen kann. Stattdessen beschäftige ich mich mit dem Langhaaraufsatz des Schneiders. Schließlich möchte ich nicht aus Versehen zu viel wegnehmen. Als ich die Einstellung überprüft habe, nähere ich mich Joe. Obwohl wir uns schon aus der Nähe gesehen haben, trifft mich diese Intimität wie aus heiterem Himmel. Ich muss ihn sogar sehr intensiv ansehen, schließlich schneide ich ihm im Gesicht herum.

Zum Glück schließt er die Augen, was es mir etwas leichter macht, ihm hemmungslos auf die Pelle zu rücken.

Ich ziehe Amandas Hocker neben Joes Stuhl und setze mich. Dann betätige ich den Knopf des Gerätes und ein überraschend leises Surren erklingt. Amanda hat eben die teure Variante gekauft und nicht so ein lautes Teil, wie ich es von früher kenne.

Joe zuckt mit keinem Muskel, als ich den Schneider an seiner Wange ansetze. Als er merkt, in welche Richtung ich schiebe, hilft er mit vorsichtigen Kopfbewegungen mit, um die Haut zu straffen.

Obwohl ich mich unglaublich darauf konzentriere, jedes Haar zu erwischen, komme ich nicht umhin, zwischendurch Joes Gesicht anzustarren. Keine Frage: Er ist ein wirklich gut aussehender Kerl. Je mehr von seinem Haar fällt, umso mehr wird das deutlich für mich. Allerdings war ja klar, dass er sehr schöne Gesichtszüge hat, da er James Hamilton ähnlich sieht. Der Herzensbrecher hat es ganz schön krachen lassen, bevor es seiner späteren Frau gelang, ihn zu zähmen. Dann die Traumhochzeit, die Schwangerschaft – das Glück schien so perfekt, bis ein Unfall alles zerstörte.

Ich verstehe nicht, warum das verfilmt werden soll. Zum Glück müssen Hamilton und seine Frau das nicht mehr miterleben. Ich wüsste nicht, was ich machen würde, wenn jemand mein Leben mit all seinen Höhen und Tiefen auf die Leinwand bringen wollte.

»Alles in Ordnung?«, fragt Joe. Als ich aus meinen Gedanken auftauche, sehe ich, dass Joe seinen stechenden Blick auf mich geheftet hat.

»Ja«, sage ich und räuspere mich.

Joe akzeptiert meine knappe Antwort, lehnt sich wieder entspannt zurück und schließt die Augen.

Ich hatte nicht bemerkt, dass ich aufgehört habe, seinen

Bart zu stutzen. Aber das Schicksal von James Hamilton hat mich von Anfang an berührt. Auch mein Glück schien so perfekt zu sein, bis zu dem Tag, der alles veränderte.

Nicht jetzt, ermahne ich mich. Lass nicht zu, dass der Schmerz dich einholt!

Also betrachte ich wieder Joes Gesicht und seinen Bart, lasse mir für das Schneiden unendlich viel Zeit und versuche, zumindest keinen Schaden anzurichten.

Die Hemmungen, ihn zu berühren, fallen nach und nach von mir ab. Wenn ich eine Stelle nicht erreiche, dann drücke ich sein Gesicht sanft, aber bestimmt in die Richtung, die ich brauche. Seine Haut fühlt sich fest und hart an, was ihn unglaublich männlich wirken lässt. Dazu der Duft des Duschgels. Dieser Mann betört meine Sinne, und ich muss aufpassen, dass ich noch klar denken kann.

Mit einem Mal wird mir bewusst, dass er die Augen nicht mehr geschlossen hält. Stattdessen sieht er mich an, und als seine Aufmerksamkeit auf meine Wange huscht, wird mir bewusst, dass sich eine Träne ihren unaufhaltsamen Weg über mein Gesicht bahnt.

Ich schalte sofort das Gerät aus und wische mir hastig mit dem Ärmel über meine Wange. Diese verdammten Erinnerungen haben dafür gesorgt, dass ich heulen muss!

»Ich wusste nicht, dass du meinen Bart so magst«, versucht Joe einen Scherz, aber sein aufmerksamer Blick straft ihn lügen. Joe sieht, dass mich etwas belastet, möchte mich aber wohl nicht bedrängen.

Ich lache über seinen Scherz. »Ich habe ein Haar ins Auge bekommen«, lüge ich. Dann betrachte ich das Ergebnis meines Barbier-Einsatzes. »Fertig!«

Joe fährt sich mit der Hand kreuz und quer über den Bart. »Wie sehe ich aus?«

»Gut.«

»Nicht mehr nach Höhlenmensch?«, fragt er weiter und entlockt mir erneut ein Lächeln. Seine Bemühungen, mich mit Scherzen auf seine Kosten zum Lachen zu bringen, wärmen mein Herz.

»Nein, mehr nach Neuzeit.« Auf Wiedersehen, Hagrid! Willkommen Augenschmaus!

»Dann bin ich beruhigt. Meinst du, ich kann dieser Produzentin so unter die Augen treten?«

»Aber so was von!«

Weil Joe aufsteht, gehe ich etwas auf Abstand. Aber ich kann nicht so schnell aus seiner Reichweite verschwinden, wie er mir mit der Fingerspitze eine Träne von der anderen Wange streift. Die Berührung lässt mich erschaudern. Mir wird sogar leicht schwindelig, und ich muss aufpassen, dass ich nicht schwanke.

»Ist wirklich alles in Ordnung mit dir?«

Vollkommen überrumpelt starre ich in seine blauen Augen, die nun von einem gut aussehenden Gesicht eingerahmt sind. Ich kann so viel Vertrauen darin sehen, so viel guten Willen. Diese innige Verbindung, die zwischen uns besteht, zerrt an mir. Ich wünsche mir nichts sehnlicher, als ihm mein Herz auszuschütten, wie ich es noch nie getan habe. Irgendetwas sagt mir, dass er mich verstehen würde.

Dennoch zwinge ich mich zu antworten: »Alles in Ordnung.« Jede andere Antwort würde den Rahmen von einfach allem sprengen.

»Gut, denn ich brauche dich, um das alles durchzuziehen. Ich mache das nur für dich, weil du ein guter Mensch bist.«

Ich weiß nicht, was ich dazu sagen soll. Auf der einen Seite geht mein Herz für ihn auf und auf der anderen Seite setzt mich das ziemlich unter Druck.

»Du sollst es aber nicht nur für mich tun.«

»Dann nenn mir einen anderen Grund!«

Ich überlege. »Weil du das Leben auf der Straße satthast? Weil du etwas ändern möchtest?«

»Ich hatte nicht vor, mein Leben jemals wieder zu ändern. Bis du in meine Halle gestolpert kamst. Ein kleiner blonder Engel, so unschuldig und doch so voller Willensstärke, so gütig und selbstlos, so kratzbürstig und streitsüchtig.«

Peinlich berührt versuche ich, seinem eindringlichen Blick auszuweichen, aber ich kann es nicht. Seine Worte treffen mich mitten ins Herz, und das auf eine Weise, die ich niemals wieder zulassen wollte.

»Wie du mich siehst …«, beginne ich, weil ich mich nie so beschreiben würde. Vor allem die Bezeichnung »selbstlos« trifft nun so wirklich überhaupt nicht zu.

»Es wird Zeit, dass die Welt dich auch so sieht. Lass dir von niemandem etwas anderes sagen!«

Plötzlich wird mir bewusst, dass seine Finger mein Gesicht nicht mehr verlassen haben, nachdem er die Träne dort entdeckt hat. Inzwischen streichelt er sanft meine Wange, und ich kann nicht beschreiben, was diese zärtliche Geste in mir auslöst. Ich sehne mich so sehr nach seiner tröstenden Nähe und nach viel mehr körperlicher Intimität.

Automatisch schmiege ich mich in seine Hand und schließe die Augen.

Und dann passiert es. Mit einem Mal kann ich seinen Atem ganz nah spüren. Joe küsst mich sanft. Die Welt steht still. Es ist, als würde ein kleiner Sandklumpen den feinen Sand in der Sanduhr der Zeit für einen Moment blockieren. Dann fällt er lautlos durch die gläserne Lücke und die Sekunden rieseln weiter.

Der Kuss ist so schnell vorbei, dass ich nicht einmal mit Sicherheit sagen kann, ob er wirklich stattgefunden hat. Zuerst traue ich mich nicht, die Augen zu öffnen, aber dann zieht Joe seine Hand zurück.

Ich muss wieder ins Hier und Jetzt zurückkehren. Etwas anderes bleibt mir gar nicht übrig.

Zum Glück ist es Amanda, die das für mich übernimmt.

»Seid ihr so weit?«, fragt sie laut und sorgt dafür, dass ich zusammenzucke, bevor ich die Augen aufreiße.

Joe hat sich längst abgewandt und betrachtet seine abgeschnittenen Haarsträhnen auf dem Boden.

»Wow, sieht spitze aus«, stellt Amanda fest, die zum Glück nichts davon bemerkt hat, was Sekunden zuvor hier geschehen ist.

Hastig drehe ich mich zu ihr um. Diesmal hat sie den Handspiegel aus dem Bad dabei.

»Willst du mal sehen?«, fragt sie.

Joe schlüpft in sein Shirt. Mir entgeht nicht, dass Amandas Blick über Joes nackten Oberkörper schweift, bevor der Stoff alles wieder verdeckt.

Lässig geht Joe zu ihr, um sich im Spiegel anzuschauen.

Die Hündin, die alles verschlafen hat, reckt jetzt den Kopf, als könne sie einen anstehenden Spaziergang verpassen.

Es ist, als sei meine Wahrnehmung seit dem unverhofften Kuss bis in die Haarspitzen geschärft. Dieser Kuss, der so unglaublich liebevoll und sexy war, hat mich tief berührt. Ich seufze und mache mich daran, den Langhaarschneider auszustecken und das Verlängerungskabel in Schlaufen aufzunehmen.

Joe mustert immer noch sein Spiegelbild, indem er mit dem Spiegel in der Hand und gezielten Kopfbewegungen so viel wie möglich von seiner neuen Frisur betrachtet. Dann fährt er sich mit der freien Hand durch den kurzen Bart. Aber als er schließlich anerkennend nickt, fällt Amanda wohl ein Stein vom Herzen, denn sie freut sich so offensichtlich über das Ergebnis unserer Arbeit, dass ich befürchte, sie hebt gleich vom Boden ab.

»Danke«, erklärt Joe knapp und gibt den Spiegel an Amanda zurück. Dann wendet er sich mir zu. »Dir auch, danke.«

Ich wage nicht, etwas darauf zu erwidern. Eigentlich müsste ich mich auch bei ihm bedanken für diesen Wahnsinnskuss. Aber wenn er beschließt, das nicht weiter zu erwähnen, werde ich das auch nicht tun.

Stattdessen lächle ich möglichst unverbindlich. »Gern geschehen.«

»Oliver ist wieder da«, hallt Finleys Stimme durchs Treppenhaus.

Ich kann es kaum glauben, aber ein Blick auf die Uhr bestätigt mir, dass wir hier schon recht lang zugange sind.

»Da bin ich aber mal gespannt«, sagt Amanda.

»O Gott«, ruft Finley, »er hat tausend Tüten dabei!«

Unsere Neugier ist geweckt. Amanda und ich lassen alles stehen und liegen und eilen nach unten. Joe folgt uns in aller Seelenruhe. Ob es daran liegt, dass seine Hündin noch nicht fit ist, oder ob ihn einfach die Neugier nicht so drückt?

Finley, der wohl vom Laden aus Olivers Ankunft beobachtet hat, scheint ins Haus zurückgekehrt zu sein, um ihm die Haustür zu öffnen. Olivers Anblick mit all den Tüten erschüttert ihn sichtlich.

So ist das erste Bild, das ich von Oliver sehe, tatsächlich das eines Mannes, der mit so vielen Einkaufstüten das Haus betritt, dass es sich um David Beckham handeln könnte, der die Einkäufe seiner Frau nach Hause tragen muss.

Es wundert mich nicht, dass Oliver am Sonntag Besorgungen machen konnte. Die meisten Geschäfte in der Londoner City haben täglich geöffnet. Was mich verblüfft, ist die finanzielle Vorleistung, die er auf sich genommen hat.

»Keine Sorge«, sagt er, als er mich begrüßt hat und ich ihm ein paar der Taschen abnehme, »ich habe die Kreditkarte genommen, deren Abrechnung auf das Projekt läuft. Wenn Clarice morgen aus dem Projekt aussteigt, macht das das Kraut auch nicht mehr fett. Wenn sie das Filmprojekt weiterhin unterstützt, sind die Ausgaben vom Budget abgedeckt.«

In dem Moment sieht Oliver Joe. »What the fuck!« Ihm bleibt der Mund offen stehen. »Ich nehme alles zurück! Clarice wird das Projekt auf jeden Fall weiter unterstützen. Joe, du bist der Hammer!« Oliver wendet sich an mich. »Wir haben unseren James Hamilton.«

Ich nicke erfreut, und doch bleibt ein Rest Verunsicherung, der damit zu tun hat, dass Joe mich geküsst hat und mir so offen seinen Eindruck von mir schilderte. Ich bin mir sicher, dass sein Bild von mir verzerrt und beschönigt ist.

Gemeinsam schleppen wir alle Tüten in den ersten Stock in Finleys und Amandas Wohnzimmer, weil dort genügend Platz ist und Finley die Küche im Erdgeschoss für Ladenzwecke in Beschlag genommen hat.

Daher verabschieden Amanda und er sich, um sich an die Pralinenherstellung zu machen.

Joe sieht interessiert, aber doch verhältnismäßig teilnahmslos dabei zu, wie Oliver ihm die verschiedenen Kleidungsstücke zeigt, die er besorgt hat.

»Du hast ganz schön übertrieben«, stelle ich mit einem Blick auf die unzähligen teuren Anzüge, Jeans und Hemden fest. Von wegen *ein* Outfit für momentan und *ein* Anzug für morgen … »Hast du auch eine Badehose gekauft?«, frage ich Oliver, als er mir einen Morgenmantel für Joe zeigt.

»Daran habe ich nicht gedacht«, antwortet Oliver, der die Ironie in meiner Stimme überhört hat.

Als ich lache, bemerkt er, dass ich ihn nur aufziehe, und wirft mit dem Bademantel nach mir.

»Kann ich gleich etwas anziehen? Finley möchte bestimmt nicht noch länger auf sein Lieblingsshirt verzichten«, unterbricht Joe uns.

»Seine Jogginghose vermisst er bestimmt auch schon«, ergänze ich. Dabei fällt mein Blick auf gewisse Regionen der Hose. Das lässt sich einfach nicht vermeiden, weil Joe so lässig auf dem Sofa sitzt und dazu auch noch die Beine leicht gespreizt hat.

»Ja, sicher«, antwortet Oliver und sucht alles Mögliche aus den raschelnden Papiertragetaschen zusammen.

Ich löse mich von der Jogginghose und ihrem Träger.

»Hier habe ich ein paar Jeans zur Auswahl, Shirts … Socken.« Oliver wühlt wie besessen in den Taschen und überreicht Joe bergeweise Kleidungsstücke.

Weil Oliver nicht damit aufhört, bedankt sich Joe nach einer gewissen Zeit. »Ich glaube, das reicht«, fügt er noch hinzu und zieht sich mit den Sachen zurück.

Kaum dass Joe verschwunden ist, eilt Oliver freudestrahlend auf mich zu. »Das klappt, Juna! Er sieht mit dem neuen Haarschnitt noch viel besser aus.«

»Finde ich auch. Die Ähnlichkeit ist beinahe beängstigend.«

»Sagt man nicht, dass jeder irgendwo einen Doppelgänger hat? Du hast James Hamiltons Doppelgänger gefunden.«

So viel Lob vom Chef an einem Tag. Kaum auszuhalten …

»Also wie sieht dein Plan aus? Wann kommt Clarice?«, lenke ich ihn ab.

»Sie hat sich für morgen um neun Uhr angekündigt. Joe und du solltet also vorher im Studio sein. Am besten ist, dass sie Joe nicht zu Gesicht bekommt, bis *wir* ihn ihr vorstellen, sonst schreibt sie sich seine Entdeckung noch auf die eigene Fahne.«

»Das wäre ihr zuzutrauen.«

»Wir machen gleich in der Früh ein paar Probeaufnahmen, bevor sie da ist. Nicht, dass er als Schauspieler total danebenliegt.«

»Dann sind wir um sieben Uhr im Studio?«

»Besser bereits um halb sieben. Ich geb Steve von der Technik Bescheid, dass wir ihn brauchen.«

Das ist ein Plan. Ich nicke und denke darüber nach, ob wir sonst noch etwas vergessen haben. »Ich könnte Joe das Skript schon einmal zeigen.«

»Gute Idee!« Mit einem Mal umarmt mich Oliver und drückt mich fest an sich. Ich kann seine Aufregung förmlich spüren. »Das wird wunderbar! Ich bin so froh.«

Ein Räuspern reißt uns auseinander, und Oliver stellt, etwas beschämt, sofort wieder Distanz zu mir her. Klar verstehen wir uns gut, aber normalerweise liegen wir uns nicht in den Armen.

Inzwischen steht Joe in der offenen Tür des Wohnzimmers. Nein, falsch! James Hamilton tritt auf den Plan.

»Wahnsinn!«, entkommt es mir. Eine Gänsehaut veranstaltet eine Hetzjagd auf mir, bei der es wohl darum geht, jeden Winkel meines Körpers einmal aufgesucht zu haben.

»Unglaublich!«, ergänzt Oliver fassungslos und lacht dann befreit, während sich auch auf meinem Gesicht ein breites Grinsen ausbreitet.

Da Joe etwas unschlüssig dasteht und offensichtlich nicht hereinkommen möchte, gehe ich ihm entgegen. Als ginge ein Ruck durch seinen Körper, hebt er das Kinn, setzt ein überaus smartes Lächeln auf und kommt auf mich zu.

Ich bin überrascht, als er mir die Hand zum Gruß reicht. »Gestatten? James Hamilton«, sagt er mit einer so vornehmen und galanten Art, die ich so noch nie an ihm gesehen habe.

Da ich wahrscheinlich eine miese Schauspielerin abgeben würde, lege ich gespielt theatralisch meine linke Hand auf den Brustkorb und reiche Joe die andere Hand, während ich mich zu Oliver umsehe. »Oh, wie aufmerksam! Ich bin Juna Adams«, säusle ich, während Oliver sich vor Lachen den Bauch hält.

Plötzlich zieht Joe an meiner Hand und ich pralle unvorbereitet gegen ihn. Die Gänsehaut verwandelt sich in elektrisierendes Prickeln. Ich weiß nicht mehr, ob ich wegen Joe so begeistert bin oder weil er ein genialer James Hamilton ist.

Ohne es zu wollen, befinde ich mich plötzlich in einer Tanzposition, und schon führt er mich mit geschmeidigen Bewegungen in den Raum, sorgt dafür, dass ich mich an seiner Hand drehe, und zieht mich dann erneut in seine Arme. Das Gefühl, seinem Körper so nah zu sein, will mich vereinnahmen, aber ich zwinge mich, einen Blick zu Oliver zu werfen. Der beobachtet unsere kleine Tanzeinlage amüsiert. Ich stattdessen bin einfach nur verwirrt. Joe steckt voller Überraschungen, aber zumindest *das* ist nichts

Neues für mich. Aber was zur Hölle stelle ich jetzt mit dem nervösen Prickeln an, das nicht mehr nachlässt?

»Ich lasse euch alle Sachen hier. Wenn etwas nicht passt, bringt es morgen einfach mit ins Studio!«, sagt Oliver schließlich.

Da entlässt mich Joe aus seinem Arm.

Ich sorge für etwas Abstand zwischen uns, damit ich mich überhaupt auf Oliver konzentrieren kann. Leider fällt es mir extrem schwer, Joe nicht anzustarren. Ich kann nicht glauben, wie herrlich normal er in der Jeans und diesem eng anliegenden Langarmshirt wirkt. Na ja, nicht nur normal, sondern absolut attraktiv! Keine Frage, so, wie er jetzt aussieht, ist er auf jeden Fall ein Blickfang im positiven Sinne. Es ist verrückt, wie stark ich mich zu ihm hingezogen fühle. Ich denke, ich muss mich hier ernsthaft hinterfragen. Ist es gerecht, den piekfeinen Joe zu mögen und sich von dem Kerl in der Halle zu distanzieren? Was bin ich nur für ein oberflächlicher Mensch!

»Ich muss nach Hause zu meiner Frau und den Babys«, erinnert mich Oliver. Natürlich möchte er seinen Sonntag lieber bei seiner Familie verbringen, vor allem jetzt, wo er sich keine Sorgen mehr macht, dass die Finanzierung des Films gesichert ist.

»Natürlich! Wir machen das hier«, erkläre ich und lasse meinen Blick über die vielen Einkaufstaschen gleiten, die darauf warten, von Joe und mir ausgepackt zu werden.

»Dann bis morgen«, verabschiedet sich Oliver. Er reicht Joe die Hand und sieht ihn besonders lange aufmunternd an. Sogar Oliver muss zu Joe aufsehen, obwohl er kein Winzling ist.

Ich begleite Oliver noch zur Tür. Er ist sicher, dass sich für uns nun alles zum Guten wenden wird. Er will von zu

Hause aus gleich mal vorfühlen, ob eine bestimmte Wohnung des Studios momentan frei ist, da er davon ausgeht, dass Clarice vor Begeisterung an die Decke gehen wird.

Nachdem Oliver sich von mir verabschiedet hat, kehre ich zu Joe zurück, der inzwischen in einem der Sessel sitzt und eher unmotiviert auf die vielen Einkaufstaschen schielt.

Plötzlich mit ihm allein zu sein, fühlt sich aufregend an. Aber ich habe überhaupt keine Lust, mich von meiner Unsicherheit dominieren zu lassen.

»Wollen wir?«, frage ich daher, deute auf die vielen Einkaufstüten, bis Joe endlich nickt.

Wir brauchen recht lange, um alle Sachen zu sichten. Der Tag vergeht wie im Flug. Jedenfalls für mich. Joe kann sich nicht für die vielen Kleidungsstücke begeistern, was er durch demonstratives Gähnen unterstreicht.

Am späten Nachmittag will Joe noch einmal mit dem Hund raus und ich schließe mich kurzerhand an.

Dank Olivers Einkaufsexzess finde ich mich neben einem komplett neu eingekleideten Mann wieder. Kein Vergleich zu unserem Trip zum Tierarzt! Während ich mich damals zwar auch unter den Augen der Passanten wiedergefunden habe, entgehen mir heute die Blicke der Leute nicht, denen wir auf der Straße begegnen. Dieses Mal ist es aber kein distanziertes Mustern, sondern eher Bewunderung für Joe. Das kann ich niemandem verdenken. Er sieht eindrucksvoll aus.

Ich hoffe, dass niemandem die Ähnlichkeit zu James Hamilton auffällt, dabei mache ich mir vermutlich zu viele Gedanken.

»Bist du aufgeregt wegen morgen?«, fragt Joe mich.

Seine Frage lässt mich kurz auflachen. Eigentlich bin ich

in seiner Gegenwart nervös und das hat nicht unbedingt etwas mit dem Casting zu tun.

»Ich? Ja, ein bisschen«, gebe ich zu. »Und du?«

»Ein bisschen«, erklärt Joe schmunzelnd, und ich bemerke, wie wohl ich mich in seiner Gegenwart fühle, obwohl er mich ziemlich durcheinanderbringt. Er ist seit Langem der erste Mann, mit dem ich Zeit verbringe und mich unterhalten kann. Es geht weder um einen schnellen Flirt noch um Arbeitsthemen. Für mich ist das ein ungewohnter Umstand, aber Joe schafft es, dass ich das annehmen kann.

Deshalb beschließe ich, mir keinen Kopf über unseren Kuss zu machen und einfach alles auf mich zukommen zu lassen. Ich möchte den Moment genießen. Huch! Habe ich das wirklich eben gedacht?

Kapitel 8

ie ruhige Melodie meines Weckers holt mich sanft aus dem Schlaf. Aber mein Körper weiß dennoch, dass es viel zu früh für mich ist. Meine Lider liegen schwer wie Blei auf meinen Augen. Normalerweise gönne ich mir noch eine gute halbe Stunde mehr Schlaf und muss dann nicht so kämpfen, um die Augen öffnen zu können.

Trotzdem muss ich mich nun aufrappeln, wenn Joe und ich rechtzeitig bei JJO in der Langham Street sein wollen. Zum Glück liegt meine Arbeit tatsächlich nicht weit vom Oxford Circus entfernt. Aber in der morgendlichen Rushhour kann das Umsteigen zur Qual werden.

Heute kümmere ich mich zuerst um mein Outfit, bevor ich Joe wecke. Meinen pinkfarbenen Bademantel kennt er schon zur Genüge.

Ich habe mir vorgenommen, gegenüber Clarice van Boyd besonders seriös aufzutreten. Bisher kam es mir immer so vor, als sehe sie in mir nur die dumme Assistentin von Oliver, die sie nicht ernst nimmt. Daher werde ich den elegantesten Hosenanzug anziehen, den ich besitze, und dazu einen kurzärmeligen Rollkragenpullover aus hauchzarter Wolle tragen.

Meine Haare frisiere ich zum Pferdeschwanz. Dann lege ich die übliche Ladung Schminke auf. Der knallrote Lippenstift darf heute auf keinen Fall fehlen!

Siegessicher schenke ich mir ein Lächeln im Spiegel, dann sehe ich nach Joe. Es wundert mich, dass ich noch nichts von ihm gehört habe, aber vermutlich hat er sich nach seiner morgendlichen Runde mit dem Hund wieder hingelegt.

Leise klopfe ich an, scheue mich dann aber nicht, sofort die Tür aufzudrücken. Die Pfoten der Hündin kratzen erfreut auf den Dielen, während sie auf mich zuläuft.

Ein kurzer Blick in den Raum genügt und ich weiß, Joe liegt noch auf der Matratze. Friedlich schlummernd wie ein Pharao hat er sich in Rückenlage gebettet und seine Hände halten … O nein. Nicht schon wieder!

Eilig husche ich zu Joe und sehe mir die verdächtige Flasche in seinen Händen genauer an. Den billigen Fusel hat er auf keinen Fall aus dem Sugar Rush gestohlen, aber besser fühlt es sich deswegen nicht an.

Wenn Joe die Flasche irgendwo gekauft hat – und ich gehe davon aus, dass sie da noch voll war –, dann hat er daraus getrunken. Nicht ganz die Hälfte würde ich schätzen, was bei dem hochprozentigen Gesöff aber schon reicht.

»Ach, Joe«, seufze ich kraftlos und sacke zutiefst enttäuscht und hilflos in die Hocke. Was soll ich nur mit ihm machen?

Joes Hündin gesellt sich zu mir und stupst mich an. Sie meint wohl, ich will mit ihr spielen, dabei habe ich dafür im Moment keinen Kopf. Stattdessen schüttelte ich Joe an den Schultern, um ihn zu wecken. Das gelingt mir erst nach ein paar Anläufen.

Mit einem Mal schreckt er aus dem Schlaf hoch, sieht zuerst mich an, erinnert sich dann wohl sofort an die Flasche in seinen Händen. »Müssen wir los?«

»Ja, verdammt! Wieder an einer Flasche gerochen?« Ich habe nicht vor, ihn meine Enttäuschung und Hilflosigkeit spüren zu lassen. Im Gegenteil!

»Sie ist nicht von unten«, erklärt er schnell.

»Das weiß ich. Was ist das für ein Zeug?«

»Es war billig. Aber es schmeckt nicht.«

»Dafür hast du aber eindeutig zu viel davon getrunken.«

»Ein Teil ist auch verdunstet.«

»Ganz bestimmt!« Warum kann ich nicht böse auf ihn sein?

»Ach, komm schon! So schlimm ist das auch wieder nicht.«

»Kann ich mich auf dich verlassen? Es wird verdammt ernst, wenn Clarice van Boyd mit im Boot ist. Es gibt dann kein Zurück mehr, das nicht mit dem Ende der Produktion verbunden wäre. Sag es mir lieber sofort, wenn du es dir anders überlegt hast!«

»Nein, nein! Ich bin dabei. Das hier … war nur ein Moment der Schwäche.«

Ich will ihm so gerne glauben, aber in mir bleibt eine stechende Ungewissheit, die mir furchtbare Angst macht. Noch nie in meinem Leben war ich mir so unsicher darüber, wie ich weiter vorgehen soll. Ich wünschte, ich könnte in die Zukunft sehen und den Weg einschlagen, der zum gewünschten Ziel führt.

»Bist du einigermaßen nüchtern? Hast du eine Fahne?«, frage ich leicht genervt.

Was ich nämlich mit Sicherheit weiß, ist, dass ich keinen Bock darauf habe, den Babysitter für diesen Kerl zu spielen. Da kann er noch so sexy lächeln und ich kann mich noch so sehr zu ihm hingezogen fühlen, so weit lasse ich es jedenfalls nicht kommen.

»Ich weiß nicht. Habe ich eine?«, fragt Joe und sieht mich auf provokante Art an, während er sich auf die Ellenbogen stützt und sich mir entgegenschiebt.

Davon lasse ich mich nicht einschüchtern. Ich nähere mich ihm und ziehe die Nase kraus, um ein bisschen zu schnuppern.

»Hm«, gebe ich skeptisch von mir. »Ich rieche nichts.«

»Du bist zu weit weg«, raunt er mir zu.

Der raue Unterton in seiner Stimme löst sofort eine Spannung in mir aus, die ich jetzt nicht entladen kann.

Mit einem Mal stupst mich der Hund so heftig an, dass ich das Gleichgewicht verliere und Joe förmlich in die Arme falle. Er heißt mich mit einer spontanen Umarmung willkommen. Seine Wärme umfängt mich einladend, und ich muss dem Drang widerstehen, mich an ihn zu schmiegen.

»Du riechst auf jeden Fall fantastisch«, brummt er mit wohligem Unterton in mein Ohr.

Ich schließe die Augen, und für den Bruchteil einer Sekunde genieße ich Joes Berührung hemmungslos, gebe mich ihr hin und vergesse alles um mich herum.

Aber nur für diesen einen Sekundenbruchteil. Dann fällt mir wieder ein, dass es hier nicht um eine kitschige Romanze mit Happy End geht, sondern um meine berufliche Zukunft, die hoffentlich zukunftsträchtiger ist als diese kleine Kuscheleinheit. Es ist Zeit für ein bisschen Strenge!

»Wir müssen los! Hast du den Anzug?«

»Alles hergerichtet. Wenn du mich loslässt, bin ich in fünf Minuten fertig.«

Wie schafft er es bloß, dass ich mich in seiner Gegenwart wie ein Teenager mit rosaroter Brille fühle, der sich in seine Nähe drängt?

Ziemlich heftig schiebe ich mich von ihm weg, obwohl sein Lächeln mir das nicht gerade leicht macht.

Ich versuche, Joe streng anzublicken, und schaffe es

schließlich, aufzustehen. Hastig kontrolliere ich mein Outfit und streiche das Jackett glatt.

»Brauchst du einen Kaffee?«, frage ich und beantworte mir die Frage selbst. »Wir holen uns unterwegs etwas. Beeil dich!«

»Zu Befehl!«, ruft er mir nach, während ich die Treppen hinuntereile.

War ich zu hart zu ihm? Er ist schließlich freiwillig hier und ich verlange einiges von ihm. Bestimmt hat er noch nicht die geringste Vorstellung davon, was da auf ihn zukommt. Für die meisten Männer wäre allein schon die tägliche Maske für den Dreh ein Grund, die Flucht zu ergreifen. Aber das sieht er dann selbst, wenn es so weit ist.

Heute geht es darum, das erste Etappenziel zu erreichen und damit die größte Hürde zu nehmen: Clarice.

»Und? Seid ihr fertig für Cruella de Vil?«, fragt mich Amanda, die meine Schritte auf der Treppe gehört hat. Sie gesellt sich in den Flur zu mir und wischt sich die Hände an einem Handtuch trocken, während sie über ihren coolen Vergleich grinst.

Ich finde ihn gar nicht lustig, sondern leider fatal zutreffend. Ein Wunder, dass ich bisher noch keine Albträume in der Richtung hatte. Es schüttelt mich. So wie Cruella de Vil hinter den kleinen Dalmatinern her ist, so besessen ist Clarice van Boyd von einem Schauspieler, der James Hamilton ähnelt. Irgendwie hat sie sogar die rauchige Stimme von Cruella. Das ist richtig unheimlich!

Na ja, das Aussehen passt nicht ganz. Clarice ist deutlich kurviger und blonder und operierter.

»Nicht witzig«, sage ich schließlich, weil sich Amanda noch immer köstlich über ihren Vergleich amüsiert.

»Meinst du, sie wird ihm schöne Augen machen?«

Auf die Idee bin ich bisher gar nicht gekommen, und ich sehe nicht ein, warum mich die Vorstellung stören sollte. Doch es fühlt sich schon jetzt schlecht an, wenn ich auch nur daran denke. Dieser Zusammenhang ist allerdings genauso treffend von Amanda erkannt wie die Cruella-Clarice-Ähnlichkeit. Warum nur wollte sie unbedingt einen Doppelgänger? Diese Frage ging mir nicht aus dem Kopf, und nun werde ich endlich die Antwort darauf erhalten, denn wir geben ihr, was sie verlangt.

»Pass auf ihn auf!«, raunt Amanda mir zu, aber ich rolle nur mit den Augen. Sie soll mal nicht Dinge sehen, die nicht sind! Noch während sie mich aufmerksam anlächelt, schweift ihr Blick für einen klitzekleinen Moment nach oben, wo ich Geräusche aus dem ersten Stock höre.

Weil Amanda mit einem Mal erstarrt und sich ihr Mund öffnet, wage ich einen Blick zur Treppe und muss höllisch aufpassen, damit mir meine Gesichtszüge nicht genauso entgleiten.

Da steht er. Joe alias James Hamilton. Wie er sein Haar frisiert hat, wie ihm der hellgraue Anzug auf den Leib geschneidert ist. Er sieht einfach fantastisch aus!

»Das nenne ich mal einen richtig geilen Auftritt«, gibt Amanda atemlos zu und entlockt Joe ein kleines Grinsen.

Während er locker Stufe für Stufe auf uns zukommt, kann ich die Augen nicht von ihm abwenden. Ist es nicht der Part des Mannes, am Ende der Treppe den Auftritt der Dame im schönen Abendkleid zu bewundern? Tja, mal wieder vollkommen danebengegriffen, denke ich mir und lächle trotzdem wohlwollend.

Als Joe endlich bei mir angekommen ist, hat er mein Herz längst erwärmt, und ich hoffe, man sieht mir meine Begeisterung nicht zu deutlich an.

»Kann ich aus deinem nebulösen Gesichtsausdruck schließen, dass du mit mir zufrieden bist?«, fragt er mit einer Sanftmut in der Stimme, die ein kleines Feuerwerk in mir entzündet.

»Se…«, beginne ich, breche ab und räuspere mich. »Sehr sogar.«

Ich bemühe mich um Sachlichkeit und schaffe es überdies, mein Pokerface aufrechtzuerhalten. Trotzdem bemerke ich die verdächtige Hitze auf meinen Wangen.

»Sie ist eine Sklaventreiberin«, sagt Joe nun zu Amanda.

Ich bin froh, dass er mich kurz aus den Augen lässt, und nutze den Moment, um tief ein- und auszuatmen. Leider gibt die Enge in meiner Brust nicht nach.

»Ja, und sie ist viel zu streng mit dir. Mach dir keinen Kopf! Du siehst toll aus, und ich werde das jetzt nicht noch einmal wiederholen, weil mein Freund in der Küche steht und auf mich wartet.«

»Nicht, dass er zum Serienkiller mutiert«, nuschle ich atemlos, aber Amanda macht nur große Augen, als halte sie das für durchaus möglich.

»Mal den Teufel nicht an die Wand!«, sagt sie, dann verabschiedet sie sich von uns. »Schreib mir, wenn du weißt, wie Joe bei Cruella ankam! Ich bin neugierig.«

»Mach ich«, verspreche ich ihr und einen Augenblick später bin ich mit dem begehrenswerten James-Hamilton-Verschnitt wieder allein.

Er pfeift und schon höre ich seine Hündin auf der Treppe. Als hätte ihr nie etwas gefehlt, tapst sie die Stufen herunter. Erst jetzt fällt mir die Hundeleine in Joes Händen auf. Ich habe mir noch keine Gedanken darüber gemacht, wie die Dreharbeiten mit der Hündin laufen sollen. Mir ist klar, dass Joe sich nicht von ihr trennen wird. Das braucht er gar nicht zu erwähnen, denn das habe ich von Anfang an gespürt. Dieses Tier ist seine Familie und er wird nichts zwischen sie und ihn kommen lassen.

»Gehen wir?«, fragt er und lächelt mich dabei an, als hätte er das einnehmende Herzschmelzlächeln von James Hamilton mit seiner Rundumerneuerung gleich eingeimpft bekommen. Dennoch wirkt es nicht aufgesetzt. Ich lasse zu, dass es mein Herz erwärmt, obwohl das absolut unpassend ist für den Kontext, in dem wir uns bewegen. Doch ich gönne mir das unbeschwerte Gefühl, das Joe in mir auslöst.

Kurze Zeit später eilen wir nebeneinanderher durch den zugigen Tunnel in Richtung Underground-Station, und ich akzeptiere, dass das schwerelose Gefühl mich begleitet und sich in mir ausbreitet. Obwohl die muffige Luft hier unten ein Garant für Kopfschmerzen am Abend ist, fühle ich mich trotz der morgendlichen Hektik so frei an Joes Seite.

Ich habe immer noch den Eindruck, von ihm beschützt zu werden, als könne mir in Joes Gegenwart kein Unheil geschehen. Auch muss ich zugeben, dass da nun ein gewisser Stolz ist, mit ihm unterwegs zu sein. Natürlich will sich das niemand gerne eingestehen, aber es ist nun einmal so, dass Kleider Leute machen. Dazu gibt es auch immer wieder Experimente. Die Menschen sind durch Äußerlichkeiten stark zu beeinflussen. Das muss kein böser Wille sein, sondern ist zumeist eine gesunde Vorsicht, die aufgrund gesellschaftlicher Konventionen, anerzogener Einflüsse und persönlicher Erfahrung besteht.

Meine Überlegungen entlocken mir ein Kichern. Nein, ich möchte mich nicht dafür rechtfertigen müssen, warum ich nun noch ein bisschen lieber mit Joe zusammen bin.

Schließlich fand ich ihn nach unseren ersten Anfangs-schwierigkeiten rasch sympathisch und setze mich gerne mit ihm auseinander. Seit er gepflegt aussieht und gut duf-tet, gibt es keinen augenscheinlichen Hinderungsgrund, sich in seiner Gegenwart nicht wohlzufühlen.

Wir erreichen den Bahnsteig und werden vom warmen Luftzug einer eben abgefahrenen Bahn begrüßt.

»Warum lächelst du?«, fragt Joe mich plötzlich, und als ich mich ertappt fühle und ihn ansehe, bemerke ich seinen interessierten Blick.

»Weil … weil ich mich freue«, gebe ich zu.

»Hat das was mit mir zu tun?«, hakt er nach und lehnt sich leicht an mich, um mich spielerisch abzudrängen.

»Kann schon sein«, gebe ich zu und halte dagegen. Er lässt sich nur zu gerne von mir verdrängen, obwohl ich wahrscheinlich keine Chance dazu hätte, wenn er es darauf anlegen würde, gegenzuhalten.

»Was meinst du? Wann werden wir Zeit haben, uns über gewisse Dinge zu unterhalten?«, fragt er plötzlich und kommt mir sehr nahe.

Der Schreck über seine Frage versetzt mich in helle Auf-regung. Natürlich habe ich kapiert, was genau er meint, aber damit kann ich mich jetzt nicht beschäftigen. Allein schon die Frage, ob es einen Platz für einen Mann in mei-nem Leben geben kann, ist seit Jahren unbeantwortet. Will ich das James-Hamilton-Projekt wirklich wegen einer klei-nen unbedeutenden Küsserei aufs Spiel setzen?

»Lass uns später darüber reden!«

Das Vibrieren der Schienen und das Quietschen der me-tallenen Räder auf den Gleisen kündigt glücklicherweise unsere Bahn an, und ich wende meine Aufmerksamkeit in Richtung des Tunnels, aus dem der Zug einfährt.

Trotzdem entgeht mir Joes Lächeln nicht, das von einem resignierten Seufzen begleitet wird und mich als Feigling entlarvt. Aber er gibt sich offensichtlich mit dem Aufschub zufrieden, da er ab diesem Moment nur belanglose Dinge erwähnt.

Unsere Unterhaltung endet, als wir uns am Covent-Garden in die Piccadilly Line pressen. Es ist der Wahnsinn! Obwohl die Rushhour noch nicht begonnen hat, stehen die Leute dicht gedrängt. Die Hündin japst aufgeregt, und Joe ist damit beschäftigt, ihr mit beruhigenden Blicken und Handzeichen zu zeigen, dass alles in Ordnung ist. Ich muss schon sagen: Sie gehorcht ihm aufs Wort, obwohl ihr die Unruhe deutlich anzusehen ist.

Ich unterstütze Joe, indem ich die Hündin zwischen unseren Füßen sitzen lasse, damit sie nicht von anderen Fahrgästen über den Haufen gerannt wird.

Die interessierten Blicke der anderen Frauen auf Joe entgehen mir nicht. Klar, er ist ein Hingucker geworden. Am liebsten würde ich laut rufen, dass der Mann in dem schicken Dreiteiler normalerweise in einer Halle in Stratford haust und Alkoholiker ist, dann würde das Interesse der meisten schnell nachlassen.

Obwohl mit der Hündin alles gut geht, atme ich erleichtert durch, als wir die Fahrt, das Umsteigen und das letzte Stück der Reise hinter uns haben. Es ist eine Wohltat, an die frische Luft zurückzukehren, sofern man in London davon überhaupt sprechen kann.

Jetzt muss ich Joe nur noch zu Oliver ins Studio bringen. Dann ist der erste Abschnitt des heutigen Tages geschafft.

Kapitel 9

*D*a seid ihr ja!«, freut sich Oliver, der in der Nähe der Aufzüge auf der Etage für die Probeaufnahmen auf uns gewartet hat.

Er lässt sich einen Augenblick lang Zeit, um Joe genau unter die Lupe zu nehmen. Dann nickt er hocherfreut. »Steve ist so weit fertig. Wir können sofort loslegen. Habt ihr euch das Skript angesehen?«

»Shit, nein!«, entkommt es mir. Vor lauter Schreck fasse ich mir an die Stirn. Wie konnte ich das nur vergessen?

»Nicht so schlimm. Ich bekomme das hin«, erklärt Joe in ruhigem Ton, der so geschäftsmäßig klingt, dass ich beinahe darüber lachen muss.

»Wunderbar! Du bist schon in der Rolle«, freut sich Oliver und bedeutet uns mit einer Geste, ihm zu folgen.

Während wir hinter Oliver durch den Flur eilen, muss ich mich immer wieder daran erinnern, dass der Mann neben mir Joe ist und nicht James Hamilton persönlich.

»Method acting«, erklärt Joe und zwinkert mir zu.

»Es freut mich, dass du dich dafür entschieden hast, die Sache so anzugehen. Du musst wissen, dass James Hamilton keinen Tropfen Alkohol angerührt hat.«

»Sagt wer?«

»Das haben die Recherchen ergeben.«

»Und die berufen sich worauf?«

»Ich glaube, Clarice hat mit den Schwiegereltern gesprochen.«

Joe lacht, als wäre das kein guter Leumund für James Hamilton. »Na, die müssen es ja wissen.«

»Immerhin standen sie für Gespräche zur Verfügung. Seine Eltern haben sich vollkommen zurückgezogen, wollen von all dem Trubel nichts wissen.«

»Verstehst du nicht, dass sie um ihren Sohn trauern … und um ihre kleine Enkeltochter. Kam James Hamilton nicht aus einer einfachen Familie, die mit der Öffentlichkeit nichts anfangen kann? Also ich verstehe sie.«

»Ich auch, aber wenn schon ein Film gedreht wird, in dem es um das Leben ihres verunglückten Sohnes geht, hätten sie sich Mitspracherechte sichern können. Sie haben sich aus allem herausgehalten und Menschen wie Clarice van Boyd das Spielfeld überlassen.«

»Und du kannst diese Frau nicht leiden?«

»Es mag ja sein, dass sie und James sich gekannt haben, aber manchmal zweifle ich an ihrer Version der Dinge. Außerdem lernte sie ihn erst relativ spät kennen, und ich bin mir nicht sicher, ob sie wirklich wusste, wer er war.«

Das alles sage ich reichlich unbedacht. Umso heftiger erschrecke ich, als Joe mich am Arm zurückhält, als ich Oliver in den Aufnahmeraum folgen will.

»Warte!«, sagt er.

Als ich ihn fragend ansehe, bin ich von der Leidenschaft in seinem Blick gefesselt. Er öffnet kurz den Mund, als wolle er mir etwas sagen, was ihm auf dem Herzen liegt, aber dann atmet er tief ein. Ist das Bedauern in seiner Mimik?

»Wirst du mich vor Clarice beschützen?«, fragt er und schmunzelt.

Dahin ist der Atemzug, in dem er mir so viel von sich preisgegeben hat. Dabei weiß ich nicht, was in meiner Rede ihn so berührt hat. Da war für einen Sekundenbruchteil klar, dass er mir nun etwas Weltbewegendes, Einzigartiges mitteilen wird, und dann zerplatzte dieser Moment wie ein Luftballon.

»Du kannst dich sicher gut selbst schützen, und wenn nicht, dann hetze deine Hündin auf sie!«

»Das ist auch eine Option«, sagt Joe, und wir sehen beide zu seiner wunderschönen Hündin, die Joe verliebt anschmachtet und sich wahrscheinlich wundert, warum sie so plötzlich ins Zentrum der Aufmerksamkeit geraten ist.

»Kann es losgehen?«, unterbricht Oliver uns ungeduldig mit einem Blick auf die Uhr.

Joe deutet mit einer Handbewegung an, dass ich vor ihm eintreten soll, was ich auch tue.

Nachdem Oliver den Techniker, der recht verschlafen und zerzaust aussieht, und Joe miteinander bekannt gemacht hat, darf Joe sich auf einen Hocker setzen. Kurz halte ich inne, um das Bild, das sich mir bietet, in mich aufzusaugen. Was für ein Unterschied zu dem kleinen Italiener, der am Freitag hier saß! Wirklich sehr eindrucksvoll, Joe … oder James.

Schließlich kann ich mich lösen, krame nach dem Skript, das mit Sicherheit seit Freitag auf dem Stapel mit den Papieren auf dem kleinen Tisch liegt.

Währenddessen spricht Oliver mit Joe, und Steve überprüft die Einstellungen an seiner Kamera.

Fasziniert lausche ich Joes Stimme, die sich jetzt so anders anhört als bei unserer ersten Begegnung. Klang sie damals zornig und rau, so kommt sie mir nun wesentlich weicher und dynamischer vor. Ich habe mir einige Interviews mit James Hamilton angesehen und Joe stellt sich gar nicht dumm an.

Dann wird er mit einem Mikro ausgestattet und schon läuft die Aufzeichnung des Vorstellungsinterviews.

Ich habe das Skript inzwischen vom Papierberg gefischt und blättere darin herum auf der Suche nach der perfekten Szene für Joe, um sich mit James Hamilton beziehungsweise mit dieser Rolle vertraut zu machen.

Immer wieder werde ich von Joe abgelenkt, der jetzt ein vollkommen anderer Mensch zu sein scheint. Souverän mit einem Lächeln im Gesicht sitzt er lässig auf dem Hocker, ein Bein entspannt auf dem Boden, während das andere angewinkelt auf der Fußstütze des Hockers ruht. Wie sich die feine Anzughose um seine trainierten Schenkel legt, wage ich mir gar nicht näher anzusehen. Puh! Warum ist es so heiß hier? Ich fächle mir mit einigen Seiten des Skripts Luft zu, während ich weiter nach der passenden Szene blättere. Äußerst angenehm, wie mir der Wind die Haare aus dem Gesicht weht.

Dann macht Steve ein paar Fotos von Joe. Als wäre er schon immer Model gewesen, folgt er Steves Anweisungen.

Oliver nutzt die Gelegenheit, um mich zur Seite zu nehmen. »Der ist ein Naturtalent. Unglaublich!«

»Vielleicht ist er ein arbeitsloser Schauspieler und deshalb auf der Straße gelandet?«, mutmaße ich, verwerfe den dummen Gedanken aber sofort wieder.

In mir brennt die Neugier auf Joes Vergangenheit. Aber ich werde mich zurückhalten. Denn was wäre, wenn ich etwas herausfinde oder er mir etwas erzählt, was gegen sein Engagement für die Rolle spricht? Könnte ich darüber hinwegsehen? Nein, denn wenn zum Beispiel aufkäme, dass er ein gesuchter Verbrecher ist, würde erneut alles auf dem Spiel stehen. Ich bin mir ziemlich sicher, dass ich für den Erhalt meines Jobs zwar weit gehen würde, aber so weit nun auch wieder nicht.

»Weißt du was? Ich will es gar nicht wissen«, gibt Oliver

zu, als hätte er meine Gedanken gelesen.

»Ich auch nicht.«

»Hast du eine Szene für die Aufnahmen gefunden?«

»Wie wäre es mit dieser?« Ich zeige Oliver den Text.

»Ist das der Teil, wo er seine zukünftige Frau auf dieser Party trifft?«

»Nein, das ist der vom Anfang, wo er die Idee für das Start-up hat.«

»Nimm lieber die Szene mit der Frau! Dann kannst du ihm einlesen.«

»Ich?«

»Du kommst doch gut mit ihm klar. Ich wette, er geht voll auf, wenn du das mit ihm machst.«

Sag mal, spinnen jetzt alle? Erst Amanda und jetzt auch noch Oliver.

»Du überschätzt mich.«

»Das glaub ich nicht.«

Na gut. Dann glorifiziert Oliver eben meine Wirkung auf Joe. Seit Joe sich praktisch über Nacht in einen Vorzelgeschwiegersohn verwandelt hat – ein bisschen Bad Boy ist noch immer dabei –, sind die Frauen ziemlich aus dem Häuschen.

»Nimm die Szene mit der Frau!«, bestimmt Oliver.

Ich werde nicht weiter widersprechen. Stattdessen blättere ich in dem Skript und suche die entsprechende Stelle. Dann warte ich, bis Steve mit den Fotografien zufrieden ist.

»Ich bereite die Fotos schnell am PC auf und dann drehen wir die Probeszene«, sagt er und eilt mit dem Fotoapparat in den Händen ins Nebenzimmer, wo der Computer steht.

»Also gut«, beginne ich und überreiche Joe das Manuskript. Dabei stelle ich mich neben ihn und deute auf die entsprechende Textstelle. »Hier, diese Szene werden wir aufnehmen. James ist auf einer exklusiven Party in London, auf der es von Promis nur so wimmelt. Er hat mit seinem ersten Start-up sehr großen Erfolg und genießt dies in vollen Zügen. Der Verkauf des Start-ups für eine unglaublich hohe Summe steht kurz bevor. Auf der Party lernt er eine Frau kennen, die er später heiraten wird. Kannst du es dir vorstellen?«

Joe nickt und seine Augen huschen über die Textstellen. Ich versuche zu erahnen, wo er sich gerade befindet, und merke erst, als ich an ihn stoße, dass ich ihm viel zu nah auf die Pelle gerückt bin. Schon wieder löst diese Nähe eine flaue Unruhe in mir aus.

Als ich mich von ihm entfernen will, lehnt er sich einfach ein Stück zu mir herüber, sodass wir uns immer noch berühren.

»Was meinst du? Soll ich eher den charmanten Kerl raushängen lassen oder wie soll ich Hamilton in der Situation darstellen?«, fragt er mich, sodass ich gezwungen bin, mir die entsprechende Textstelle genauer anzusehen.

Obwohl mein Verstand mir sagt, dass ich nicht so dicht hier bei ihm stehen sollte, registriere ich deutlich das prickelnde Gefühl in meinem Unterleib, das in dem Moment explodiert, als ich daran denke. Ich kann mich überhaupt nicht mehr auf die Szene konzentrieren, die gleich mitgeschnitten werden soll, weil mich Joes Präsenz gefangen nimmt. Keine Frage, er wird einen James Hamilton mimen, dass die Frauen schmachtend am Bildschirm kleben. Die Tatsache, dass die ganze Story kein Happy End hat, wird das Leid der Zuschauerinnen nur noch fördern und den Hype steigern.

»Lass dich einfach von deinem Eindruck leiten!«, sage ich, um ihm endlich zu antworten. »Probiere verschiedene

Gefühlslagen, bis du dir sicher bist! Versuche es einfach!«
Schließlich schaffe ich es, ein Stück auf Abstand zu gehen,
aber Joe steht auf, bevor ich mich entspannen kann.

»Darf ich stehen?«

»Klar.« Sosehr ich mich auch bemühe, locker zu wirken,
ich schaffe es leider nicht.

Ich möchte, dass Joe endlich anfängt, seinen Text zu
üben, aber Oliver lässt mich nicht davonkommen.

Er deutet auf Joe. »Gib ihm die Stichworte!« Mit anderen Worten: Ich soll in die Rolle der Gesprächspartnerin
schlüpfen und die elegante, wunderschöne Frau spielen,
der es gelang, den umschwärmten Junggesellen an die Leine zu legen.

Joe sieht mich aufmerksam an, als warte er auf meinen
Einsatz.

Also gut. Seufzend eile ich zu dem Tisch mit den Manu-
skripten und fische ein Duplikat heraus. Schnell blättere
ich nach der Szene, während ich eine Nervosität in mir
aufsteigen fühle, die vollkommen deplatziert ist. Deswegen
finde ich die richtige Stelle lange nicht. Joe muss ja denken,
ich sei total überfordert. Dabei füllt mich lediglich diese
aufgeregte Stimmung aus, die hier und jetzt nichts zu suchen hat. Was soll das? Ich muss nur die Übungsszene hinter mich bringen und die hat überhaupt nichts mit der Realität gemein.

»Also gut …«, murmle ich und suche den ersten Satz der
Szene. »Fängst du an?«

»Darf ich Ihnen etwas zu trinken anbieten?«, fragt Joe
sofort, als habe er nur auf den Startschuss gewartet. Er
spielt das so echt, dass ich beinahe verneint hätte, weil ich
keinen Durst habe. Sein Lächeln katapultiert mich emotional zwei Meter rückwärts, so heftig trifft es mich.

»Dein Einsatz!«, nuschelt Oliver wie ein Souffleur und ich starre auf das Manuskript.

»Sind Sie hier angestellt, um die Partygäste zu versorgen?«, frage ich mit einer unnatürlich spitzen Stimme, wie ich sie von Clarice kenne. James' Frau habe ich mir immer wie Clarice vorgestellt, so gestelzt und nobel. Dabei kann ich natürlich nicht wissen, wie seine Frau war, weil jemand wie ich erst gar nicht in die Nähe eines Topmodels kommt, abgesehen von den Momenten, wenn ich mir Fotos von ihnen auf den Titelseiten diverser Zeitschriften ansehe.

»Ich bin der Gastgeber«, kontert Joe alias James charmant.

»Oh, Sie sind James Hamilton?«, frage ich überrascht und merke, wie ich mit einem Mal in die Szene eintauche und alles um mich herum vergesse. Alles, außer Joe.

»Als hätten Sie das nicht gewusst.«

»Erwischt!«

»Also, Miss … wie sind Sie auf meine Party gekommen?«

»Ich bin das neue Werbegesicht für die Firma, von der man munkelt, dass sie Ihr Start-up kauft.«

»Model? Ach!« Joe deutet auf mich, als falle ihm in dem Moment ein, wer ich sei. »Anka Nowak!«

»Als hätten Sie das nicht gewusst.«

Joe reagiert so ehrlich überrascht und lacht, dass ich schon glaube, er amüsiert sich wirklich über meine Retourkutsche.

»Erwischt!«, sagt er dann ernst.

»Perfekt!«, unterbricht uns Oliver und applaudiert. »Je schneller wir das so im Kasten haben, umso besser. Steve?«

»Bin schon da.« Voller Elan beeilt sich Steve, die Kamera wieder in den Aufnahmemodus zu bringen, und dann wiederholen wir die eben geprobte Szene.

Joe bleibt genauso natürlich und echt wie in der Probe. Ich kann kaum glauben, wie gekonnt er sich die Rolle aus dem Ärmel schüttelt. Er wirkt so authentisch – einfach fabelhaft!

Nachdem die Aufnahmen abgeschlossen sind, tausche ich mit Oliver einen Blick, der mir deutlich signalisiert, dass er nicht nur zufrieden, sondern euphorisch ist.

»So!«, sagt er sofort. »Jetzt möchte ich dich noch in einem längeren Monolog aufzeichnen. Irgendetwas Emotionales. Juna?«

Schon bevor er mich direkt danach gefragt hat, hatte ich eine bestimmte Szene vor Augen. Es gibt da eine hochemotionale Szene, als zwischen James und seiner Anka so richtig die Fetzen fliegen, weil sie gerne mit anderen Männern flirtet. Er wirft ihr vor, nur auf sein Geld aus zu sein, aber dann sagt sie ihm, dass sie schwanger von ihm sei, und er macht ihr einen Antrag.

»Den Heiratsantrag«, sage ich deshalb und Oliver schnippt zufrieden in meine Richtung.

Ich blättere in den Unterlagen, aber auch Joe sieht sich das Drehbuch interessiert an.

»Ist es das? Seite 54 im Skript?«, fragt Joe. »O Mann! Das ist es. Wie schnulzig! Wenn Männer im wahren Leben so daherreden, ergreift jede normale Frau die Flucht.«

»Das ist die Szene«, bestätige ich, nachdem ich einen Blick in sein Skript geworfen habe.

Ich muss Joe recht geben. Wenn mir ein Mann so schnulzig käme, wäre ich vermutlich der Meinung, es handle sich um einen Serienkiller, noch bevor Finley mich vor ihm warnen könnte. Aber das kann ich als indirekt Beteiligte nicht zugeben.

»Na, wer weiß? Vielleicht hatte James Hamilton eben den Bogen raus?«, mutmaße ich daher versöhnlich.

Joe wirft mir einen zweifelnden Blick zu, und ich frage mich erneut, warum er sich das alles antut. Natürlich werde ich ihn das nicht schon wieder fragen. Ich bin ja froh, dass er da ist, aber es ist tatsächlich ein bisschen verrückt.

»Wir zeichnen gleich mit auf«, sagt Oliver mehr zu Steve als zu uns.

Ich möchte mich zurückziehen, möglichst ganz aus Joes Sichtfeld verschwinden, aber er lässt das nicht zu. »Würdest du dich bitte hier hinstellen? Dann habe ich jemanden, dem ich diese Schnulze auftischen kann.«

»Natürlich«, sage ich sachlich, merke aber, dass ich gar nicht die Empfängerin von Joes schnulzigem Heiratsantrag sein möchte. Mit verschränkten Armen stelle ich mich in die Nähe von Steve und der Kamera.

Joe lässt mich nicht aus den Augen.

Steve hantiert noch kurz an der Technik und gibt dann mit einem Handzeichen zu verstehen, dass er startklar ist.

Normalerweise wäre ich dem intensiven Blickkontakt mit Joe längst ausgewichen. Ich muss hier keinen Kampf gewinnen und mir beweisen, dass ich nicht die Erste bin, die wegschaut. Aber da das alles mein Job ist, lasse ich es zu, dass das Blau von Joes Augen mich verschlingt und mir ein so mulmiges Gefühl beschert, dass mir schwindelig wird.

»Anka«, beginnt er und erinnert mich daran, dass nicht ich gemeint bin. »Verzeih mir! Ich bin ein Trottel. Du weißt, dass ich schnell eifersüchtig werde.« In der Pause, die er jetzt einlegt, spielt er die Reue, die in seiner Stimme mitschwingt, und weicht meinem Blick kurz aus.

Ich bin nicht nur geplättet, es haut mich regelrecht aus den Socken.

Nun sucht Joe wieder den Blickkontakt zu mir und holt Luft. »Ich liebe dich.«

Shit, das kommt so realistisch rüber, dass ich ein wohliges Seufzen unterdrücken muss!

»Wenn ich mich wie ein Idiot benehme, dann deshalb, weil ich unbeschreibliche Angst davor habe, dich zu verlieren … euch zu verlieren.« Er deutet in Richtung meines Bauches. »Heirate mich!«

»Und Cut!«, haucht Oliver mit rauer Stimme und applaudiert erneut. »So was von gut! Schade, dass wir nur einen Fernsehfilm machen. Du hast das Zeug für die große Leinwand.«

Joes Blick gefriert für einen Moment, ohne etwas Bestimmtes anzusehen. Er scheint intensiv über etwas nachzudenken, aber der Moment ist schnell wieder vorbei.

»Ihr habt euch jetzt eine Pause verdient. Am besten, ihr geht in mein Büro, holt euch vorher einen Kaffee und wartet dort. Ich fange Clarice ab, führe ihr das Material vor, und wenn sie so richtig begeistert ist, verrate ich ihr, dass Joe persönlich hier ist und sie ihn gleich kennenlernen kann.«

Joe wird kaum merklich unruhig. Da es jetzt so richtig ernst wird, fühlt er sich womöglich unwohl. Wobei diese Überlegungen überhaupt nicht zu diesem unerschrockenen Mann passen, der da vor mir auf dem Hocker sitzt. Vielleicht bilde ich mir das alles nur ein, denn er steht vollkommen entspannt auf und nickt Oliver zu.

Dann kommt er zu mir. »Gehen wir?«

Doch Oliver ruft: »Wartet noch einen Moment! Wie heißt du eigentlich mit vollem Namen?«

»Joe, einfach nur Joe.« Mehr wird er nicht von sich preisgeben.

»Wie wäre es mit einem Künstlernamen?«, schlage ich deshalb schnell vor.

Wieder schnippt Oliver zufrieden mit den Fingern und deutet in meine Richtung.

»Ich lasse mir etwas einfallen«, sagt er und wendet sich Steve zu.

Damit sind wir anscheinend fürs Erste entlassen.

Die Hündin, die die ganze Zeit über brav in einer Ecke gewartet hat, begleitet uns wie selbstverständlich in Olivers Büro.

»Mach es dir irgendwo gemütlich!«, sage ich zu Joe, als wir in das Arbeitszimmer kommen.

Auf Olivers Schreibtisch herrscht das pure Chaos. Überall stapeln sich Unterlagen und Fotos von Bewerbern für die Hauptrolle. Kaum zu glauben, dass es gerade einmal ein paar Tage her ist, als wir hier resigniert zusammensaßen.

Joe steuert auf die dunkelbraune Ledercouch zu. Aber auch hier liegen einige Papiere. Bevor er sich setzen kann, muss er ein paar Bewerber beiseiteschieben. Interessiert sichtet er die Fotos und lässt sich in das monströse Polsterteil fallen, das knirschend protestiert.

»Vorsicht, das ist irgendein Relikt aus einer bekannten Krimiverfilmung!«, warne ich ihn.

Joe versteht erst gar nicht, was ich meine, so vertieft ist er in das Foto eines Kandidaten, aber dann betrachtet er kurz die Couch und nickt. »Ich passe auf.« Er hält das Foto des Schauspielers hoch. »Der wollte James Hamilton spielen?«

Ich lache auf, weil er nun wirklich nicht gerade unseren Top-Kandidaten aus der Auswahl gefischt hat. »Ich weiß. Die Nase …«

»Nicht nur die Nase«, brummt Joe. »Er ist Asiate.«

»Wir waren wirklich verzweifelt.«

Joe legt das Foto zu den anderen. Seine Hündin meint wohl, sie darf sich zu ihm setzen, aber mit einer Geste bedeutet er ihr, dass ihr Platz auf dem Fußboden ist. Sie lässt sich sofort nieder, wirft ihm aber einen ebenso leidenden wie schmollenden Blick zu.

Joe klopft auf die Sitzfläche neben sich, aber die Hündin reagiert nicht darauf, und als ich Joe ansehe, fällt mir auf, dass er mich meint.

»Setzt du dich zu mir?«, fragt er in einer Art, die mir weiche Knie macht.

»Willst du keinen Kaffee?« Oliver hatte uns zwar gesagt, wir sollen uns einen holen, aber daran hat keiner von uns mehr gedacht.

»Vielleicht später.«

Ich weiß nicht, ob ich mich so nah zu ihm gesellen will. Aber wenn ich mich umsehe, bleiben nicht besonders viele freie Flächen für meinen Hintern übrig. Hinter Olivers Schreibtisch will ich mich nicht setzen.

»Keine Sorge, noch einen Heiratsantrag bekommst du heute nicht!«, witzelt Joe und zeigt mir damit, wie unnötig meine Vorsicht ist.

Seufzend schleiche ich zu der Couch und setze mich neben ihn.

Wir schweigen, und ich weiß nicht so recht, wohin mit meinen Händen. Schließlich klemme ich sie zwischen meinen Oberschenkeln ein.

»Wer hat das Drehbuch geschrieben?«

»Clarice hat es in Auftrag gegeben.«

»Immer wieder diese Clarice. Wie gut kannte sie James?«

»Ich weiß es nicht. Wenn man ihren Andeutungen Glauben schenkt, hatten sie etwas miteinander.«

»Sexuell?«

»Sie deutet es an.«

Joe lacht auf. »Ich kenne sie zwar nicht, aber ich bekomme so langsam ein Bild von ihr.«

»Ich bin gespannt, was du sagst, nachdem du ihr begegnet bist.«

»Also du weißt nicht, wer für das Drehbuch recherchiert hat?«

»Nein, warum?«

»Na ja, wenn es um die Verfilmung nach wahren Begebenheiten geht, sollte es schon einigermaßen authentisch sein, oder?«

»Wie gesagt: Ankas Eltern waren daran beteiligt. Ich glaube, es ist ihnen sehr wichtig, dass ihre Tochter nicht vergessen wird.«

»Ihre unschuldige Tochter …«, sagt Joe leise. Ich kann mit dieser Bemerkung nichts anfangen. »Ich glaube, sie hat ihn ganz schön im Griff gehabt«, sage ich.

»Wie meinst du das?«

»Ich weiß, dass es im Film anders dargestellt werden wird, aber ich habe selbst auch ein bisschen recherchiert und gelesen, was James' Freunde in Interviews erzählt haben. Viele halten sich ja sehr bedeckt, wollen sogar nach seinem Tod nichts von ihm preisgeben, aber sie werden sauer, wenn James in einem schlechten Licht dargestellt wird. Ich hatte oft das Gefühl, dass Anka nicht nur ein hübsches Model, sondern auch eine sehr manipulative Person war.«

»Wow!«, entgegnet Joe. »Lass das diese Clarice nicht hören! Ich denke nicht, dass ihr dieses Bild gefällt.«

»Bestimmt nicht. Der Film wird ein verliebtes Ehepaar zeigen, das unter tragischen Umständen gemeinsam den Tod findet. In Liebe für immer vereint.«

Joe gibt ein merkwürdiges Geräusch von sich, als könne

er das nicht so stehen lassen, aber dann greift er nach einer weiteren Bewerbung. »Der sieht doch ganz gut aus. Warum ist es der nicht geworden?«

Ob er mit Absicht das Thema wechselt? Ist das ein wunder Punkt, der seine Geschichte betrifft?

»Der?« Ich werfe einen Blick auf das Foto. »Ja, der war am Freitag noch da, aber sein italienischer Akzent ist einfach zu ausgeprägt und er ist viel zu klein. Er würde neben der Darstellerin, die Anka spielt, wie ihr Kind aussehen.«

»Wer spielt Anka?«

»Catherine Tomson.«

Ich merke sofort, dass die Erwähnung des britischen Topmodels, das auch schon schauspielerisch einiges geleistet hat, bei Joe ihre Wirkung entfaltet. Klar, sie ist nun wirklich eine Schönheit, und man hört auch, dass sie keine Party und keine Gelegenheit für einen Flirt auslässt.

»Catherine also …«, brummt Joe zufrieden und nickt.

Ich bin mir sicher, er freut sich schon auf die Kuss-Szenen. O shit – ich habe ganz vergessen, dass es auch eine Sexszene geben wird. Er darf sich also mit Catherine im Bett wälzen. Dabei werden ihm zwar einige auf die Finger schauen, aber ich kann mir vorstellen, dass er es trotzdem genießen wird. Mir gefällt das nicht, und weil das so ist, könnte ich auf der Stelle aufspringen. Bin ich etwa eifersüchtig? Das kann ja wohl nicht sein! Joe hat offenbar eine Form von Beschützerinstinkt in mir geweckt.

»Es gefällt dir nicht, dass Catherine Anka spielt?«, fragt Joe, und ich fühle mich ertappt, weil er mich nur anzusehen braucht und bestimmt ahnt, was in mir vorgeht.

»Doch. Sie ist perfekt für die Rolle.«

»Aber?«

»Nichts aber.«

»Wie oft muss ich sie küssen?«

»Ziemlich oft«, platzt es aus mir heraus, da ich weniger an die einzelnen Szenen denke, sondern vielmehr an die unzähligen Wiederholungen, die erfahrungsgemäß gefilmt werden müssen.

»Und das gefällt dir nicht?«

»Doch, ich meine … das ist egal. Hier wird ein Film gedreht.« Ich glaube mir selbst nicht. Jeder Idiot könnte meiner schrillen Stimme entnehmen, dass ich mich aufrege.

Joe lacht und legt seinen Arm um mich. Behutsam zieht er mich an sich. »Keine Angst, Juna!«

Mir wird augenblicklich warm, als ich meinen Namen aus seinem Mund höre, vor allem, wenn er ihn so sanft ausspricht.

»Ich brenne nicht mit Catherine Tomson durch.«

Lächelnd nehme ich diese Ansage hin, verbiete mir allerdings, darauf zu reagieren. Nicht, dass er noch meint, ich bilde mir etwas ein, was nicht da ist. Doch vielleicht blüht da irgendetwas zwischen uns. Auf jeden Fall wurde ein Samenkorn zwischen uns gestreut, und ich wünsche mir, dass es sich lohnt, ein kleines Pflänzchen daraus zu ziehen.

Schweigend warten wir. Ich weiß, dass es dauern kann, bis Clarice auftaucht. Sie ist nicht gerade für ihre Pünktlichkeit bekannt. Immer wieder sehe ich auf die Uhr an meinem Handgelenk, auf meinem Smartphone und an der Wand. Die Zeit vergeht schleppend langsam. Joe hat nach wie vor seinen Arm um mich gelegt, und ich überlege, ob es angemessen ist, hier so vertraut mit ihm zu sitzen. Was ist, wenn Clarice plötzlich hereinkommt und den potenziellen Hauptdarsteller so intim mit mir erwischt?

»Darf ich dich küssen?«, fragt Joe plötzlich in die Stille hinein.

Habe ich mich verhört? Voller Unglauben wende ich ihm den Kopf zu, aber er sieht mich ernst an. »Was?«

»Ich habe schon seit Ewigkeiten keine Frau mehr so richtig geküsst. Was ist, wenn ich mich blamiere? Catherine Tomson wird mich auslachen.«

»Sie wird dich nicht auslachen.« Und außerdem, was heißt hier seit Ewigkeiten? Hat er vergessen, dass er mich erst gestern unendlich sanft geküsst hat? Aber ich möchte ihn nicht daran erinnern.

»Woher willst du das wissen?«, fragt er.

»Joe, du willst mir ernsthaft weismachen, dass du ein schlechter Küsser bist?«

»Das habe ich nicht behauptet. Ich bin nur aus der Übung. Also, darf ich?«

»Das … ist … also … das ist dein Ernst!« In mir prickelt es verboten, als freue sich mein Körper über dieses Angebot.

Ich bemerke selbst, wie ich unruhig werde, und mir fehlen die Worte, um wesentlich mehr dazu zu sagen.

Allerdings sieht mich Joe auf eine Art und Weise an, dass ich den Eindruck habe, er erwartet eine Antwort von mir auf diese obskure Frage. Es liegt noch etwas in seinem Blick. Wie eine stumme Bitte steht ihm sein Anliegen ins Gesicht geschrieben und verdammt – er sieht auch so verflixt gut aus dabei!

»Na gut«, höre ich mich sagen und erschrecke darüber.

Joe lächelt augenblicklich und nähert sich mir. Aufgeregt und mit unbeschreiblichem Kribbeln im Bauch betrachte ich sein Gesicht, seinen Mund und kann es eigentlich kaum erwarten, ihn zu küssen. Als sich seine Lider schließen, lasse ich mich fallen und schließe meine Augen ebenfalls. Willig beuge ich mich ihm entgegen, und als seine

Lippen sich sanft auf meine legen, verwandelt sich das aufgeregte Kribbeln zu einem verbotenen Ziehen. In meinem Unterleib wurde die Zündschnur zu einem gigantischen Feuerwerk in Brand gesetzt.

Zuerst liegen unsere Münder fast reglos aufeinander, aber dann scheint Joe sich daran zu erinnern, wie er eine Frau küssen kann. Zaghaft beginnt er, seine Lippen zu bewegen, was mich noch unruhiger macht. Ich gebe mich seiner Liebkosung nicht einfach hin, nein, ich beteilige mich daran und es fühlt sich absolut fantastisch an. Meine Hände krallen sich in Joes Hemd. Die harten Muskeln seines Oberkörpers sind so sexy. Joe zieht mich an sich, verschlingt mich.

Ich kann nicht behaupten, dass er aus der Übung wäre. Hoffentlich merkt er nicht, dass ich auch schon länger niemanden mehr so richtig geküsst habe. Meine Zunge erinnert sich wohl an vergangene, lustvolle Spielereien, da sie sich ungefragt selbstständig macht und sanft an Joes Lippen stupst. Als hätte ich einen Startknopf gedrückt, stöhnt Joe auf, drängt sich kraftvoll an mich und neckt mich mit seiner Zunge. Ich keuche auf, schmiege mich an ihn.

Mit einem Mal lässt Joe mich los, drückt mich regelrecht von sich und fährt sich mit der Hand durch den Bart. Da höre ich auch die Stimmen auf dem Flur, die unverkennbar Clarice und Oliver gehören. Sie hat so eine unangenehme hohe Stimmlage, die sich förmlich durch die Wände frisst. Joe muss Olivers Stimme erkannt haben. Gott sei Dank! Denn schon schwingt die Bürotür auf und Oliver streckt seinen Kopf zu uns herein.

»Ah, da ist er ja«, sagt Oliver übertrieben feierlich.

Das sagt mir immerhin, dass Clarice von den Probeaufnahmen angetan war. Und danke, dass er nur Joe nennt.

Ich bin schließlich auch noch hier!

Aber egal! Mir ist schon klar, dass Clarice kein Interesse an meiner Schauspielerei hat, und außerdem habe ich momentan andere Sorgen. Wie gerne würde ich Joe an der Hand nehmen, ihn in mein Zimmer entführen und genau da weitermachen, wo wir eben unterbrochen wurden.

Joe steht auf und ich schieße ebenfalls in die Höhe, kontrolliere den Sitz meines Pferdeschwanzes, als Clarice hinter Oliver eintritt. Ihre energischen Schritte in den High Heels verlangsamen sich für einen Augenblick. Sie schlägt die Hände vor den Mund, aber ihre glühenden Augen strahlen Joe an. Ich wusste nicht, dass Clarice fähig ist, so viel Freude zu zeigen.

»Ich wollte es nicht glauben, als Oliver mir gesagt hat, dass er Sie gefunden hat«, haucht sie ergriffen. Sie geht auf Joe zu und reicht ihm die Hand. »Es freut mich so, Sie kennenzulernen. Wo haben Sie sich nur versteckt?«

Joe wirft mir einen kurzen Blick zu, bevor er Clarice die Hand gibt. »Miss Adams hat mich gefunden, obwohl ich mich gut versteckt habe«, sagt er mit charmantem Lächeln und Clarice quietscht auf vor Vergnügen.

Missmutig beobachte ich die Szene. Wie immer übergeht Clarice mich. Dass sie mich nicht einmal ansieht, obwohl Joe mich erwähnt hat, finde ich ehrlich dreist. Ich weiß nicht, was ich der Frau getan habe, dass sie mich so mit Verachtung straft.

»Ist ja auch egal. Hauptsache, Sie sind jetzt da. Ich würde vorschlagen, dass wir uns duzen, da wir ab sofort eng zusammenarbeiten werden. Ich muss schon sagen, die Ähnlichkeit ist frappierend, geradezu beängstigend.« Clarice redet ohne Unterlass in der ihr eigenen gestelzten Art, die wohl vornehm wirken soll. »Ich bin Clarice«, ergänzt sie und deutet auf sich, wobei sie mehr auf ihre beachtlichen Brüste zeigt.

Joes Blick folgt der Geste nicht. Stattdessen stellt er sich vor.

»Dann kümmern wir uns um den Vertrag«, mischt sich Oliver in das Gespräch ein.

»Aber natürlich! Am besten sofort«, entgegnet Clarice. »Ich habe gehört, du wohnst außerhalb und dir wird eine Studiowohnung zur Verfügung gestellt.«

Wieder wirft mir Joe einen schnellen Blick zu. Dann nickt er.

»So ist es«, bestätigt Oliver.

»Hoffentlich ist das keine Absteige. Ich möchte, dass Joe nur das Beste vom Besten erhält«, fordert Clarice, und spätestens jetzt ist klar, dass das Projekt gerettet ist. Sie hat sich für ihren Hauptdarsteller entschieden.

»Keine Sorge!«, erklärt Oliver. »Das ist definitiv keine Absteige.«

»Dann ist es ja gut. Lass mich wissen, wo du wohnst, dann komme ich dich besuchen«, schnurrt Clarice und ich würde sie am liebsten anfauchen.

Warum muss sie sich so an ihn heranmachen? Das ist widerlich!

Dann fällt ihr Blick auf den Hund. »Huch! Was ist das?«, fragt sie.

»Meine Hündin«, erklärt Joe trocken.

»Natürlich«, höre ich Clarice sagen. Ihr Lächeln wirkt jetzt aufgesetzt, und sie stellt Abstand zu dem großen Hund her, der friedlich auf dem Boden liegt und sie keines Blickes würdigt.

»Das ist eine meiner Bedingungen. Der Hund wird mich begleiten«, erklärt Joe nun in einem Ton, der keinen Widerspruch duldet.

Ich bin baff. Eben noch will er mit mir Küssen üben, weil er sich angeblich unsicher fühlt, und jetzt bietet er einer Clarice van Boyd die Stirn.

»Das ist kein Problem«, antwortet Clarice und deutet auf Oliver. »Nehmen Sie das in den Vertrag auf. Und die andere Bedingung?«

Wie? Hatte er etwas von mehreren gesagt? Da hat Clarice aber gut aufgepasst.

»Ich möchte, dass Juna Adams meine persönliche Assistentin während der Drehzeit ist.«

»Wie bitte?«, fragt Clarice spitz und sieht mehrmals zwischen Joe und mir hin und her.

Ich nehme wohlwollend zur Kenntnis, dass Clarice immerhin weiß, wer ich bin. Doch sosehr mich Joes Bedingung verwundert, löst das in mir ein Gefühl aus, das ich lieber ignorieren würde. Ich freue mich über Joes Wunsch, mich bei sich zu haben, und sei es nur auf beruflicher Ebene.

Clarice reckt ihr Kinn in die Höhe und liefert sich mit Joe ein kleines Blickduell. Dann beginnt sie zu lachen. »Meinetwegen«, sagt sie. »Ich muss schon sagen, du hast mehr von James Hamilton an dir, als dir guttut. Aber ich respektiere Menschen, die wissen, was sie wollen. Oliver?«

»Ich nehme es in den Vertrag auf, vorausgesetzt, Juna hat nichts dagegen.«

Mit einem Mal ist die Aufmerksamkeit aller auf mich gerichtet, und ich ärgere mich darüber, dass Joe mich nicht vorgewarnt hat. Warum konnte er das nicht mit mir besprechen?

»Ich habe nichts dagegen«, sage ich schließlich, weil ich sicher nicht die sein werde, wegen der das Projekt jetzt doch noch scheitert.

Joe nickt mir lächelnd zu und wirkt erleichtert.

»Dann haben wir alles geklärt?«, fragt Oliver.

Trotz meiner Freude darüber, dass Joe mich um sich haben will, weiß ich nicht so recht, ob das eine wirklich gute Idee ist. Der Kuss hat mir etwas bedeutet, ja, ich fühle mich zu Joe mehr hingezogen, als gut für uns beide ist. Ich weiß nicht, ob ich das will und ob ich jemals in meinem Leben wieder so weit sein werde, jemanden ohne Einschränkungen in mein Herz zu lassen.

»Joe, Darling, wir treffen uns in den nächsten Tagen auf einen Kaffee«, erklärt Clarice wie selbstverständlich.

Darling? Wie ätzend!

Sie verabschiedet sich rasch von uns, wobei Joe noch mit ein paar Wangenküsschen eine Sonderbehandlung erfährt. Dann ist sie endlich weg.

Oliver atmet erleichtert auf und stemmt die Hände in die Hüften, als müsse er sich erst einmal wieder sortieren. »Die Wohnung wird für dich hergerichtet, aber vor morgen wird das nichts.«

»Kein Problem. Joe kann sicher noch einmal bei uns übernachten.« Natürlich denke ich direkt an Finley und seine Serienmördertheorien.

Joe scheint ähnliche Gedanken zu haben, da er mich aufmerksam mustert.

»Das geht schon«, erkläre ich sofort und kichere dann.

Oliver sieht zwar zwischen Joe und mir hin und her, erspart sich aber jeden Kommentar dazu. »Ihr seid für heute fertig. Ich melde mich, sobald mir der Vertrag zur Unterschrift vorliegt.«

»Wie fertig?«, hake ich nach. Schließlich habe ich noch einen Job, und der bezieht sich nicht nur darauf, James Hamilton zu casten.

»Du bist jetzt seine Assistentin«, erinnert mich Oliver.

Ich sehe Joe an, der mich abwartend mustert, als ahne er genau, dass ihm deswegen noch ein ernstes Gespräch mit mir bevorsteht. Ich habe das Gefühl, dass er sich darauf freut.

»Was machen Assistentinnen den ganzen Tag?«, will ich wissen.

»Na, du kümmerst dich um alles, was er braucht, damit er die Rolle spielen kann. Ich denke, Clarice hat den Geldhahn jetzt sehr weit aufgedreht.«

Weil Joe so selbstgefällig grinst, steigert sich mein Unmut nur.

»Um alles, was er braucht«, äffe ich Oliver nach, gebe mich aber erst einmal geschlagen.

»Gehen wir mit ihr eine Runde?«, fragt Joe und wirft einen Blick auf seine Hündin.

»Ja.« Kurz und knapp und distanziert.

Oliver muss nichts davon mitbekommen, was ich Joe zu sagen habe.

»Ich rufe dich an«, sagt Oliver und deutet in seiner ihm eigentümlichen Art auf mich.

Während ich nicke, fällt mir ein, dass Joe auch ein Telefon brauchen wird. »Wir besorgen dir ein Smartphone«, teile ich Joe mit und Oliver findet die Idee natürlich wunderbar.

Dann verlassen wir das riesige Gebäude der JJO. Der Himmel ist grau, aber immerhin ist es trocken und warm.

»Regents Park?«, schlage ich vor und deute in die Richtung, in die wir gehen müssen, um dorthin zu kommen.

Joe nickt und bleibt erstaunlich schweigsam, während wir uns auf den Weg machen.

In mir brodelt es aus mehreren Gründen. Wir haben uns geküsst, und ich erschrecke nicht nur darüber, dass es sich für mich wahnsinnig sexy angefühlt hat, sondern auch, weil ich es gerne wiederholen würde. Aber gleichzeitig fühle ich mich übergangen und etwas hinterlistig von Joe für seine Zwecke missbraucht. Damit meine ich auch den Kuss, aber hauptsächlich geht es mir gegen den Strich, dass er es geschafft hat, mich als seine Assistentin zu verpflichten.

»Du hättest mich vorher fragen müssen«, beginne ich schließlich, als wir den Park erreichen.

»Ich habe mich schon gefragt, wann du davon anfängst.«

»Meinst du etwa, es gefällt mir, dass ich ungefragt aus meinem Job gerissen werde und nun dein Kindermädchen spielen darf?«

»Juna, du bist deinen Job nicht los, sondern nur vorübergehend an meine Seite versetzt.«

Ich schnaube, will sofort dagegenschießen, aber er ist noch nicht fertig.

»Und außerdem spielst du das Kindermädchen ziemlich gut, mein Engelchen.«

Das nimmt mir den Wind aus den Segeln, vor allem, weil er mich so liebevoll dabei anlächelt. Was ist nur aus dem groben, ungepflegten Kerl geworden, der in der Industriehalle gehaust hat? Wann hat er sich in den niveauvollen Mann verwandelt, der so galant spricht und gewinnend lächeln kann?

Grummelnd spare ich mir weitere Worte und schmolle stattdessen, indem ich demonstrativ die Arme vor der Brust verschränke. Ja, ich müsste lügen, wenn ich etwas Gemeines zu ihm sagen wollte, da ich ehrlich gesagt ziemlich perplex bin, dass ein Mann wie er in meiner Gegenwart so zahm ist.

Joe legt seinen Arm um mich, zieht mich an sich und drückt mich. »Komm schon, sei nicht beleidigt! Bist du wieder lieb, wenn ich dir sage, dass ich dich brauche?«

Erstaunt bleibe ich stehen, drehe mich aus seiner Umarmung und sehe zu ihm auf.

»Ich schaffe das nicht ohne dich«, erklärt er mir sofort. »Ehrlich!«

Verdammt, ich glaube ihm, obwohl sein markantes Äußeres alles andere als Hilfsbedürftigkeit ausstrahlt.

»Also gut«, sage ich und senke den Blick. Vollkommen überzeugt klinge ich wohl nicht, da er meinen Blick einfängt. »Das ist mein Ernst.«

»Na ja, seit du die neue Frisur und die edlen Klamotten hast, wirkst du auf mich nicht besonders bedürftig. Was ist passiert? Das liegt doch nicht nur an den äußeren Veränderungen?«

Ich bin so dumm. Er weiß bestimmt, dass er richtig gut aussieht und Eindruck macht. Bestimmt ist er deshalb so brav, damit ich ihm aus der Hand fresse. Muss ich es ihm auch so offensichtlich unter die Nase reiben?

»Sagen wir, ich habe mich an den Mann erinnert, der ich früher einmal war. Ich dachte, es gebe ihn nicht mehr, aber anscheinend steckt er noch in mir.« Mit diesen nachdenklichen Worten setzt Joe sich in Bewegung und ich folge ihm.

Interessiert sehe ich ihn von der Seite an, will jede Regung in seinem Gesicht wahrnehmen.

»Wirst du es mir erzählen?«

Fragend sieht er sofort zu mir. »Vielleicht eines Tages«, entgegnet er. »Ich möchte dich nicht zu sehr schockieren.«

»Oh, so schlimm?«

»Ich weiß ja nicht, wie viel du aushältst. Du siehst mir nicht so aus, als hättest du schon viele schlimme Erfahrungen in deinem Leben machen müssen.«

Obwohl Joe die Worte so locker dahersagt, treffen sie mich mehr, als ich zu zeigen bereit bin. Er hat ja keine Ahnung! Wenn er wüsste, welch flaues Gefühl allein seine Worte schon in mir auslösen. Nein, ich will mich nicht damit beschäftigen, aber so kann ich ihn auch nicht davonkommen lassen.

»Wahrscheinlich halte ich mehr aus, als du denkst«, murmle ich leise und gehe schneller. Mehr will und kann ich nicht von mir preisgeben.

Die Erinnerung schmerzt so sehr. Es fühlt sich an, als hätte ich die Chance auf ein glückliches Leben verpasst und könne nie wieder unbeschwert sein.

Zum Glück lässt Joe meine Worte so stehen und hakt nicht weiter nach. Stattdessen schlendert er zu einem Stock, der im Gras liegt, und hebt ihn auf. Obwohl es nicht erlaubt ist, Hunde von der Leine zu lassen, löst Joe den Karabiner am Halsband seiner Hündin und wirft den Stock. Wir ziehen uns immer weiter in einen Bereich des Parks zurück, wo nur wenige Menschen unterwegs sind. Da wir niemanden mit dem Hund stören, beschwert sich auch keiner.

So verbringen wir die Zeit, bis Oliver uns schließlich telefonisch zurückbeordert.

Als hätten wir für heute genug tiefgreifende Themen behandelt, unterhalten wir uns auf dem Rückweg über die bevorstehende Drehzeit und die Tatsache, dass Joe eine weitere Nacht bei uns im Haus bleiben wird.

***

Nach erfolgreicher Vertragsübergabe kaufen wir auf dem Rückweg nach Hause ein Smartphone mit SIM-Karte für Joe.

154

Als Allererstes speichere ich meine Telefonnummer in sein Smartphone ein. »Damit du deine persönliche Assistentin auch erreichen kannst«, erkläre ich mit einem Zwinkern.

Kaum betreten wir das Haus, eilt mir Amanda entgegen, und ich kann schon an ihrem Gesichtsausdruck erkennen, dass sie Neuigkeiten für mich hat. Natürlich ahne ich sofort, worum es geht.

»Liam hat angerufen«, haucht sie so leise wie möglich, aber ich bin mir ziemlich sicher, dass Joe jedes Wort verstanden hat, auch wenn er vorgibt, sich mit seiner Hündin zu beschäftigen.

Tja, Liam ist einer der Menschen, denen ich meine Mobilfunknummer lieber nicht überlasse, da ich nicht von ihm erreicht werden möchte. Leider weiß er, wo ich wohne, und versucht es über das Festnetz. Ich weiß, warum er anruft. Ein Geburtstag nähert sich, aber ich will nicht darüber nachdenken.

»Können wir später reden?«, frage ich und meine damit eigentlich, dass wir niemals davon sprechen werden.

»Er meinte, er ruft später wieder an.«

Ich ignoriere Amanda, die allem Anschein nach nicht kapiert, dass ich das erst recht nicht vor Joe besprechen will. Langsam mache ich mich daran, die Stufen nach oben zu gehen, und brauche sogar das Treppengeländer als Stütze, so erschöpft fühle ich mich auf einmal. Mit aller Gewalt dränge ich den Schmerz zurück, der sich meiner bemächtigen will. Tatsächlich will ich darüber überhaupt nicht reden, und das weiß Amanda, obwohl sie nicht lockerlässt.

»Er will vorbeikommen und hat gefragt, ob er hier übernachten darf.«

Auch das noch! Meine Augen fallen zu und ich bleibe stehen.

Joe schiebt sich mitsamt der Hündin an mir vorbei. Hastig öffne ich die Augen und sehe, dass Joe mich besorgt mustert.

Ich versuche ein Lächeln und drehe mich zu Amanda um. Dann warte ich, bis Joe die nächsten Stufen genommen hat.

»Ich konnte nicht ›Nein‹ sagen«, erklärt Amanda.

Das bedeutet dann wohl, dass Liam früher oder später hier auftauchen wird.

»Okay«, sage ich zwar, aber es fühlt sich nicht so an.

Ich will ihn nicht sehen, will mich weder mit ihm noch mit dem Grund seines Besuches beschäftigen.

»Findest du nicht, dass ihr miteinander reden solltet? Und –«. Ich hebe nur die Hand und Amanda hält sofort inne.

Als meine Freundin sollte sie respektieren, wenn ich ihr die Grenze aufzeige.

»Bitte rede mit ihm, wenn er später wieder anruft!«, sagt sie nur noch und geht dann zurück in den Laden, wo Finley vermutlich auf sie wartet.

Schritt für Schritt tapse ich die Treppe hinauf, fühle mich kraftlos und ausgelaugt. Die Stufen wirken höher als sonst, meine Beine sind schwer. Aber je weiter ich mich in Richtung meines Zimmers vorarbeite, umso mehr schüttle ich alles von mir ab. Das ist Vergangenheit, das gehört nicht hierher. Ich kann diese Qual nicht ertragen.

»Alles in Ordnung, Engelchen?«, fragt Joe, der in der Tür zum Dachboden steht, als ich oben im Flur angekommen bin. Der Kosename berührt mich an einer Stelle, an der eigentlich kein Platz mehr für Gefühle ist.

Unsicher sehe ich in Joes Richtung und bin überrascht, wie aufmerksam er mich mustert, als habe er in der offenen

Tür darauf gewartet, dass ich auftauche. Obwohl in seiner Frage ein Funken Humor aufgeblitzt war, steckt seine Mimik so voll warmherziger Zugewandtheit, dass meine Knie beinahe nachgeben. Die Tatsache, dass dieser eindrucksvolle Mann ausgerechnet mich auf diese Art ansieht, lässt mich weich werden. Dabei ist es gerade das, was ich jetzt um jeden Preis verhindern will.

»Ja«, hauche ich nur, aber es fühlt sich falsch an.

»Wer ist Liam?«, fragt Joe. Es klingt nicht unverschämt, als wolle er mit aller Gewalt Einblick in mein Privatleben nehmen. Vielmehr scheint es sich um den Versuch zu handeln, mir die Möglichkeit zu geben, darüber zu reden.

»Das ist nicht wichtig«, sage ich und betrete mein Zimmer. »Nicht mehr.«

Kapitel 10

ie folgenden Stunden quäle ich mich mit dem Versuch, einzuschlafen. Für meine Schlaflosigkeit gibt es eine Menge Gründe, wobei der Hauptgrund ganz klar Liams Anruf ist. Weshalb muss er sich wieder in mein Leben drängen? Kann er mich nicht einfach in Ruhe lassen? Wenn er wüsste, was er mir mit seinem Bedürfnis nach Kontakt antut, müsste er allein schon aus Respekt vor mir Ruhe geben und mich nie wieder behelligen. Aber nein, er muss dafür sorgen, dass ich mich erinnere ... an das, was war ... an das, was nie mehr sein wird. Wie hält er es nur aus? Ich kann das nicht verstehen.

Natürlich macht er seine Ankündigung wahr und ruft erneut an. Zum Glück kann ich Amanda abwimmeln, als sie mit dem Telefon bei mir vor der Tür steht und Liam am anderen Ende der Leitung wartet. Ich glaube, Amanda hat jetzt verstanden, dass ich nicht mit ihm reden werde. Liam hoffentlich auch! Wenn er hier vorbeikommt, wandere ich aus.

Als ich dann aufgewühlt im Bett liege, versuche ich, mich auf andere Dinge zu konzentrieren und die Energie, die in mir steckt, in vernünftige Bahnen zu lenken. Dabei muss ich zugeben, dass mich dieser Job als persönliche Assistentin doch mehr stresst, als ich vermutet habe. Hier geht es zwar nicht nur um den Aspekt, dass ich mit Joe sehr, sehr eng zusammenarbeiten werde. Allein das löst in mir schier unerträgliche Unruhe aus. Nein, ich muss eine neue Aufgabe ausfüllen, und ich hoffe, dass mir das zur Zufriedenheit aller gelingt.

Dieser neue Job ist es auch, der zusätzlich dafür sorgt, dass ich schlecht schlafe. Bei jedem Geräusch schrecke ich hoch und sehe nach, ob Joe schon wieder dabei ist, sich Alkohol zu besorgen, oder auf ähnlich dumme Ideen kommt. Er will mich als Assistentin? Dann muss er auch damit leben, dass ich dafür sorgen werde, dass er brav bleibt, und zwar in allen Bereichen.

Weil ich also ohnehin nicht schlafen kann, stehe ich so zeitig auf wie gestern, kümmere mich darum, dass man mir äußerlich den Schlafmangel nicht anmerkt, und stürme sehr früh auf den Dachboden.

Ich habe einen Plan. Von nun an werde ich mich voll und ganz meiner neuen Aufgabe widmen, keine Gefühlsduseleien mehr zulassen und mich damit erfolgreich von dem ablenken, was auf mein Herz drückt. Vergangenheit ade, Gefühle ade! Willkommen Karrieresprung!

»Guten Morgen«, sage ich geschäftsmäßig und starre auf das Manuskript, das ich Joe mitbringe. »Hier ist eine Kopie des Drehbuchs. Am besten, du fängst so schnell wie möglich an, es zu lernen.«

Joe brummt verschlafen unter seiner Decke. Seine Hündin hechelt mich hocherfreut an.

»Dann hast du heute schon die ersten Termine«, erkläre ich weiter, während ich versuche, den gut gebauten Körper unter der Bettdecke zu ignorieren und mich nur auf Joe, den Schauspieler, zu konzentrieren.

Oliver bombardiert mich seit heute Früh mit Nachrichten und hat auch Clarice meine Nummer gegeben. Da es nun für sie unumgänglich ist, mich wahrzunehmen, meldet sie sich beinahe halbstündlich mit Informationen. Auf diese plötzliche Aufmerksamkeit bilde ich mir jedoch nichts ein. Ich weiß, das hat nur mit Joe zu tun.

»Du triffst dich zum Frühstück mit Clarice, dann geht es zum ersten Pressetermin, nach der Mittagspause lernst du einen Teil des Casts kennen.«

Joe brummt erneut unwillig unter der Decke. Unwillkürlich riskiere ich einen Blick auf seine nackten Oberarme mit den vielen Tattoos. Dann lenkt mich zum Glück seine Hündin ab, die begeistert mit dem Schwanz wedelt. Umgekehrt wäre es auch höchst merkwürdig.

»Deine Wohnung ist fertig. Du kannst heute einziehen«, führe ich weiter aus.

Endlich regt sich Joe und schlägt mit einer herrischen Armbewegung die Decke von seinem Oberkörper weg. Da er nur Boxershorts trägt, drehe ich mich um, damit ich nicht in Versuchung gerate, noch einen genaueren Blick zu riskieren.

»Wird das jetzt immer so gehen?«, beschwert sich Joe. Dann kratzt er über seinen Bart und allein das Geräusch macht mich ganz kirre. Ich muss hier raus, sonst falle ich über diesen Kerl her wie ein ausgehungerter Piranha. Ein bisschen an ihm knabbern wäre wirklich schön.

»Nur heute. Du ziehst ja heute aus«, erkläre ich lächelnd.

Ich könnte mich daran gewöhnen, ihn auf Kurs zu halten, und das beruhigt mich. Ich habe einen Plan, ich habe ein Ziel. Alles andere ist nebensächlich.

»Du bist schlimmer als jeder Drill Sergeant«, moniert Joe und steht auf. Ich kann mich nicht länger zurückhalten und wende mich ihm nun doch zu.

Mir kommt es vor, als irritiere ihn mein heutiger Aufzug ein bisschen, jedenfalls runzelt sich seine Stirn, als er mich ansieht. Ich habe mir die Haare heute geglättet und sie nach hinten gekämmt. Außerdem habe ich mich für eine schwarze Hose und einen modischen weißen Pullover entschieden. Scheint nicht sein Geschmack zu sein.

»Wann ist das Frühstück mit der Produzentin?«, fragt er und ich gehe ein paar Schritte von ihm weg.

Heilige Scheiße! Der Kerl sieht wirklich zum Anbeißen aus.

»In einer Stunde«, antworte ich schnell.

»Und da weckst du mich jetzt?«, fragt er hart.

Aha! Der sanfte Kerl, der sich mir manchmal zeigt, scheint heute wohl Urlaub eingereicht zu haben.

»Wir treffen uns in zehn Minuten unten«, antworte ich und verlasse eilig den Raum.

Es ist eindeutig zu viel Mann mit zu wenig Klamotten in diesem Zimmer. Doch als ich die Tür hinter mir schließe, entspanne ich mich. Vielleicht ist das mit der persönlichen Assistentin auch genau mein Job. Das könnte Spaß machen.

Keine Minute später stehe ich in der Küche und schütte den Kaffee in mich hinein, den ich vorhin aufgesetzt habe. Im Radio läuft ein Song von den Beatles. Zerzaust und mit verschlafenem Blick schlurft Amanda in die Küche. »Was machst du schon hier?«, raunt sie und kratzt sich am Bauch.

»Wir müssen los. Der Hund muss genug Auslauf haben und dann geht es los mit Joes Terminen.«

»Geht es dir gut?«, fragt Amanda und reibt sich die Augen, um mich anschließend genau in Augenschein zu nehmen.

»Natürlich.« Was soll diese Frage?

Amandas Mimik gefällt mir überhaupt nicht. Dabei sollte sie froh sein, dass ich mich rasch von Liams Anruf und der Welle, die er damit losgetreten hat, erholt habe.

»Du bist nicht in Panik?«, hakt Amanda erneut nach.

»Nein«, kontere ich sofort und rolle mit den Augen.

»Sicher? Du verhältst dich aber so.«

»Keine Panik, versprochen. Vielleicht ein bisschen Übereifer.«

»Hm«, macht Amanda nur, und ich weiß, dass sie ihre Zweifel hat.

Wenn ich ehrlich bin und in mich hineinfühle, sind ihre Sorgen nicht ganz unberechtigt. Ich muss aufpassen, dass mich die Entwicklungen der letzten Tage nicht doch noch überrollen. Joe, Liam, Clarice, der neue Job … das alles könnte durchaus Panik in mir auslösen.

Da erscheint Joe mit seiner Hündin und ich schüttle die Gedanken ab. Ich muss mich nur auf mein Ziel konzentrieren, dann wird alles gut gehen.

»Kaffee?«, frage ich, während der Beatles-Song dem Ende zugeht und der Radiosprecher übertrieben fröhlich das nächste Lied ankündigt.

»Später« erklärt Joe.

In diesem Moment fängt das nächste Lied an. Es ist ein Song von Amy Winehouse. Es ist der Song. Unser Song. Mein Song!

Amanda reißt die Augen auf, aber ich schüttle kaum merklich den Kopf. Joe soll nicht denken, dass ich verkorkst sei. Aber leider fängt er an, zu dem Lied zu tanzen. Genauso unbeschwert konnte ich dieses Lied auch einmal anhören und im Grunde ist es so schön. Wie schade, dass es für mich für immer verloren ist. Als sich der Song seinem Refrain nähert, werde ich unruhig. Ich wünschte, wir hätten einen Stromausfall!

»Stop, making a fool out of me. Why don't you come on over V…«, singt Joe.

Joe hat den Namen Valerie noch nicht ganz gesungen, da geht Amanda zum Radio und schaltet es aus. Ich atme auf und entspanne mich.

Joe sieht erstaunt von mir zu Amanda. »Singe ich so schlecht?«

»Nein, aber ihr müsst los«, sagt Amanda.

Ich sehe sie dankbar an. Nachdem ich sie gestern Abend erneut dazu genötigt habe, Liam abzuwimmeln, kann ich mich wirklich glücklich schätzen, dass sie sich so für mich einsetzt. Sie weiß, dass ich das Lied nicht hören kann. Das hat nichts mit Amy Winehouse zu tun.

Joe sieht aus, als habe er eine Ahnung, dass es etwas mit dem Song auf sich hat, aber er fragt zum Glück nicht nach.

»Dann sollten wir gehen«, erklärt er schulterzuckend und deutet in Richtung Haustür.

Wir gönnen uns ein Taxi, das uns in die City of London zum Heron Tower in der Bishopsgate bringt.

Warum nur wundert es mich nicht, dass Clarice ihr Frühstück mit Joe ausgerechnet in der höchstgelegenen Frühstückslocation der Stadt einnehmen möchte? Es gäbe so viele andere Möglichkeiten, aber bei Clarice muss es wohl immer besonders exklusiv sein.

»Echt jetzt? Da oben?«, fragt mich Joe, der sich bisher noch nicht dafür interessiert hat, wohin die Reise geht.

»Clarice eben …«

Ich bezahle das Taxi und lasse mir eine Quittung geben. Ab jetzt sind alle Ausgaben durch die Produktion gedeckt. Vielleicht sollte ich noch versuchen, mir die Tierarztkosten erstatten zu lassen, aber so weit möchte ich dann doch nicht gehen.

Als wir ausgestiegen sind, nehme ich Joe die Leine seiner Hündin aus der Hand. »Dann bis später.«

»Du gehst nicht mit?«

»Nein, deine Hündin darf nicht mit rein. Ich gehe in der Zwischenzeit mit ihr spazieren.«

»Das ist doch dämlich.«

Hilflos zucke ich mit den Schultern. »Was soll ich machen?«

Auch Joe hat keine passende Antwort parat, denkt aber laut nach. »Wir hätten woanders hingehen können.«

»Zu spät.«

»Ich bespreche das mit Clarice. Du bist meine Assistentin und nicht der Hundesitter.«

»Na ja, wenn wir ehrlich sind, werde ich wohl in Zukunft häufig auf sie aufpassen. Sie kann nicht mit vor die Kamera.«

»Stimmt«, sagt Joe, als hätte er darüber noch gar nicht nachgedacht. »Wie wirst du die Zeit totschlagen? Ich hoffe, du isst auch etwas, sonst lasse ich für dich was mitgehen.«

»Nicht nötig. Ich werde zum Victoria Park laufen.«

»Das ist weit.«

»Das schaffen wir schon.«

»Also gut. Ich habe wohl keine andere Wahl«, sagt Joe schließlich mit einem Seufzen und sieht am Heron Tower hinauf.

»Ich ruf dich an, wenn ich fertig bin?«, fragt er dann und ich nicke.

Er wird das Ding schon schaukeln. Ich mache mir keine Sorgen, dass er etwas Verkehrtes sagen könnte und damit das Projekt gefährdet. Aber es gefällt mir auch nicht, nicht bei dem Treffen mit Clarice dabei sein zu können.

Etwas widerwillig entferne ich mich vom Heron Tower in Richtung des Victoria Parks. Diese Clarice ist mir wirklich ein Dorn im Auge, obwohl ich sie brauche, denn ohne ihr Geld gäbe es die ganze Produktion vermutlich nicht. Aber da sie nicht aufhören kann, über ihren speziellen

Kontakt zu James zu sprechen, überfällt mich die quälende Vorstellung, dass sie sich auch mit dem Schauspieler gerne in den Laken wälzen würde.

Natürlich sollte ich etwas mehr Vertrauen in Joe haben. Er wirkte recht resolut ihr gegenüber. Und mal ehrlich: Ich weiß nicht, was James Hamilton an ihr gefunden hat. Wenn es eine Gemeinsamkeit zwischen den beiden gab, dann allenfalls Reichtum.

Joes Hündin wirft mir immer wieder Blicke zu, und ich merke, dass ich erbost vor mich hinmurmle.

»Wird schon schiefgehen«, sage ich zu dem Tier und vertrödle die Zeit, bis ich das Gefühl habe, die beiden haben jetzt lange genug gefrühstückt.

Mit schnellen Schritten mache ich mich auf den Rückweg und komme besser voran als auf dem Hinweg. Endlich kann ich verstehen, was man von Pferden beim Ausritt sagt – je weiter sie sich von ihrem Heimatort entfernen, umso langsamer gehen sie, aber auf dem Weg zurück werden sie immer schneller.

Ein paar Straßen vor dem Tower schickt Joe mir bereits eine Nachricht. »Wir sind gleich fertig. Bist du in der Nähe?«

Wie sich das anhört? »Sind gleich fertig.« Womit?

Ich schreibe ihm, dass ich nur noch ein paar Minuten brauche, was er mit einem erhobenen Daumen kommentiert.

Als ich mich dem Eingang des Towers nähere, sehe ich die blondierten Haare von Clarice schon von Weitem. Mein Gott, wie sie ihr Haar wieder toupiert hat, als hätte sie eine Perücke auf.

Dann fällt mein Blick auf Joe, der mit verschränkten Armen vor ihr steht und es offensichtlich nur widerwillig aushält, wie sie in einer Tour auf ihn einredet. Nun sieht er mich und reicht Clarice sofort die Hand zum Abschied, die sichtlich irritiert den Blick auf die Hand senkt und sich zu fragen scheint, was er ihr damit sagen will.

Aber dann sieht sie in meine Richtung, und ich ahne, dass Joe ihr etwas gesagt haben muss.

Auf einmal geht es ganz schnell. Clarice reicht ihm kurz die Hand, winkt einem Taxi, und bis ich bei Joe bin, ist sie schon weg.

»Hat sie Angst vor Hunden?«, frage ich Joe, als ich ihm die Hundeleine in die Hand drücke.

Er krault den Kopf seiner Hündin, während er dem Taxi ratlos hinterherschaut. »Ich denke eher, sie will sich ungern neben einer jüngeren und hübscheren Frau zeigen.« Joe schenkt mir ein Lächeln, das mich fast aus den Schuhen hebt.

»Oh, der Herr macht Komplimente. Danke schön! Ist der Bad Boy wieder auf Tauchgang?« Ich necke ihn, aber mein Lächeln zeigt bestimmt, wie sehr ich mich über die Liebenswürdigkeit freue. »Ich denke trotzdem, dass sie Probleme mit dem Hund hat. Mich hat sie eigentlich immer nur ignoriert.« Ich deute auf die Hündin. »Seit *sie* da ist, flüchtet Clarice regelrecht.«

»Tierhaarallergie?«, mutmaßt Joe und lacht. »Diese Frau ist nervig. Man hat den Eindruck, sie ist von James Hamilton besessen. Sie konnte nicht aufhören zu sabbern.«

»Sie hat dich angesabbert? Du eingebildeter Kerl!«

»Na ja, sie glotzte mich die ganze Zeit über an, als sei ich ein Geist. Und dann hat sie mir allen Ernstes weismachen wollen, dass dieser Hamilton und sie ein Wochenende durchgehend im Bett verbracht hätten.«

»Das erzählt sie wirklich jedem.«

»Ich habe dann gefragt, ob er krank war.«

»Ernsthaft?« Ich pruste los. »Das fand sie sicher nicht witzig.«

»Sie ist ziemlich blass geworden.«

Ich schüttle den Kopf und bin enttäuscht, dass ich das nicht miterlebt habe.

»So, und nun?«, fragt Joe. »Was steht auf dem Plan?«

»Wir fahren ins Studio. Dort gibt es einen kleinen Termin mit der Presse und dann lernst du das Set und einige der Schauspieler kennen.«

»Wird Catherine Tomson auch da sein.«

Warum muss seine Stimme einen rauen Unterton annehmen, wenn er von ihr spricht? Sind denn alle Männer gleich?

»Höchstwahrscheinlich«, gebe ich leicht säuerlich von mir und winke uns ein Taxi heran.

Wie sich Joe über meine Verärgerung amüsiert, kann ich in den spiegelnden Fensterscheiben des Taxis erkennen, das vor uns anhält. Aber als ich mich zu Joe umsehe, hat er seine Mimik wieder perfekt im Griff. Täusche ich mich oder gefällt es ihm, wenn ich eifersüchtig bin? Dabei habe ich mir doch vorgenommen, meine Emotionen wegzusperren. Ich kann es mir nicht erlauben, eifersüchtig zu sein. Ein Gefühl könnte das nächste wecken und auf so eine Kettenreaktion bin ich nicht vorbereitet.

Wir fahren zum Studio und ich bemühe mich wieder um eine professionelle Haltung. Hier geht es ums Geschäft!

Der Termin mit der größten Zeitung der Stadt dauert nicht lange, und ich muss Joe erneut dazu gratulieren, dass er die Herausforderung mit Bravour meistert. Lächelnd beantwortet er die Fragen des Journalisten, lässt sich fotografieren und bezwingt gekonnt die kleinen Fallen, die dazu führen könnten, dass seine Vorgeschichte auffliegt.

»Gut gemacht«, sage ich zu ihm, als der Reporter sich verabschiedet hat.

Seine Hündin freut sich, dass sie endlich wieder um ihn herumspringen darf.

»Mal sehen, was dann in der Zeitung steht«, sagt Joe nur. »Lerne ich nun Catherine Tomson kennen?« Erwartungsvoll reibt er sich die Hände und sieht sich um, als müsse sie aus einer Ecke auf ihn zuspringen.

Ich unterdrücke den Zorn über seine offensichtliche Vorfreude. »Keine Sorge, du wirst sie gleich treffen!«

Ich bewahre so lange mein entspanntes Lächeln, bis ich mich von Joe abwende, um voranzugehen. Ich fürchte, dann gefriert mir das Gesicht. Gleichzeitig ärgere ich mich über mich. Wie kann ich mir nur einbilden, dass Joe bei der Aussicht, ein wunderschönes Topmodel zu treffen, nicht begeistert ist? Also marschiere ich mit entschlossenen Schritten zum Set, wo bereits die Masken und Kostüme getestet werden. Natürlich steht da Catherine Tomson perfekt gestylt und geschminkt in einer knallengen Leggins und einem winzigen T-Shirt, das den Namen nicht verdient. Neben ihr kann man sich nur unförmig fühlen, auch wenn man ganz normal gebaut ist wie ich.

»Miss Tomson?«, mache ich auf uns aufmerksam.

Als sie sich zu mir umdreht, wird ihr Blick sofort von Joe, der neben mir steht, gefangen genommen. Sie übersieht mich vollkommen, bewegt sich so geschmeidig auf Joe zu, dass ich mich frage, ob sie das Set mit einer Modenschau verwechselt. Selbst in flachen Turnschuhen ist sie riesengroß und so elegant, dass ich mich plump fühle.

»Hallo«, sagt sie lächelnd und reicht Joe die Hand. »Ich bin Cathy.« Gefolgt von dieser Vorstellung lässt sie noch eine ganze Reihe toller Komplimente und Bekundungen ihrer Freude, den Schauspielkollegen endlich kennenzulernen, folgen. Ich glaube, ich kotze ihr gleich vor die Füße.

Joes überaus sympathische Erwiderung versuche ich erst gar nicht bis in mein Gehirn vordringen zu lassen. Erst als Catherine auch mich begrüßt und mir ebenso viele Nettigkeiten zukommen lässt, kehre ich in die Gegenwart zurück. Verdammt! Warum muss sie so freundlich sein? Es fällt mir wirklich schwer, sie nicht zu mögen.

Joes Hündin springt aufgeregt zu einem der Mitarbeiter, der mit einem Kabel hantiert. Sie meint wohl, der will mit ihr spielen.

»Hey!«, ruft Joe und rennt ihr nach.

Cathy nützt den Moment: »Wow, ich muss schon sagen, der sieht verdammt gut aus. Hat äußerlich etwas von einem Bad Boy, aber verhält sich wie ein Gentleman. Was für eine anregende Mischung!«

»Er ist Alkoholiker«, entkommt es mir. Mist! Schnell presse ich die Lippen aufeinander und bereue, dass ich das gesagt habe.

»Wirklich?« Cathy dreht sich zu Joe um, der jetzt in ein Gespräch mit dem Set-Mitarbeiter vertieft ist und seine Hündin krault. »Das ist bedauerlich.«

Vor lauter Verlegenheit bleibe ich sprachlos. Ich weiß, dass das nicht fair war, und außerdem kann ich ja noch nicht einmal behaupten, dass es wirklich stimmt.

»Na ja«, erkläre ich leise. »Ich hätte das nicht sagen dürfen. Tut mir leid.«

Cathy mustert mich, und als sie etwas vorbringen will, taucht Joe wieder an unserer Seite auf. Das Lächeln, das er Catherine schenkt und das auch noch vollkommen natürlich erwidert wird, treibt meinen Blutdruck in die Höhe.

Ich will mir das nicht länger mit ansehen, entschuldige mich knapp bei Cathy und ziehe Joe weiter.

»Da vorne ist Clark Bennett. Er spielt den Kumpel von James Hamilton«, erkläre ich.

»Das war unhöflich«, raunt Joe mir zu, der sich nur widerwillig von Cathy wegziehen lässt. Er dreht sich zu ihr um. »Wir reden später.«

Ich muss mir wirklich einen bösen Kommentar verkneifen. Außerdem erschrecke ich über mich. Was treibt mich dazu, mich so zu verhalten?

Kapitel 11

Der Tag vergeht wie im Flug und am späten Nachmittag ruft mich Oliver an. »Na, wie läuft es?«

»Sehr, sehr gut«, sage ich und sehe mich nach Joe um, der … ja, der leider mit Catherine Tomson in ein Gespräch vertieft ist. Sie lacht. »Zu gut«, presse ich hinter zusammengebissenen Zähnen hervor.

»Wie meinst du das?«

»Nichts. Es ist alles perfekt. Was gibt es bei dir?« Während ich das frage, massiere ich mir mit meiner freien Hand die Schulter. Ich bin vollkommen verspannt und sollte dringend locker werden, sonst sind Kopfschmerzen vorprogrammiert.

»Das Loft ist fertig. Er kann einziehen.« Oliver gibt mir die Adresse durch und kündigt an, dass er den Schlüssel hat und wir ihn dort in einer Stunde treffen sollen.

Immerhin kann ich auf diese Weise erst einmal sicherstellen, dass Cathy und Joe sich für heute trennen müssen.

Als ich mich Joe und Cathy nähere, verabschiedet sie sich gerade von ihm. Er lächelt sie zwar an, aber als er sich dann mir zuwendet, verschwindet das freundliche Gesicht, und er mustert mich mit zusammengekniffenen Augen, als wäre er der fieseste Typ auf diesem Planeten.

»Wir treffen uns mit Oliver. Deine Wohnung ist fertig.«

»Alles klar«, antwortet Joe distanziert.

Darauf werde ich nicht weiter eingehen. Schließlich wollte ich mich auch auf einer rein beruflichen Ebene mit ihm auseinandersetzen.

Ich deute in Richtung Ausgang und er setzt sich gemeinsam mit seiner Hündin in Bewegung.

Im Taxi bleibt er schweigsam, scheint über irgendetwas nachzudenken.

»Wie findest du Catherine?«, fragt er schließlich.

Erschrocken über die plötzliche Frage starre ich ihn an. Er beobachtet meine Reaktion genau.

»Nett«, erkläre ich hastig.

»Nett?« Er lacht auf und schüttelt den Kopf. »Sie ist eine Granate.«

»Wenn du es sagst«, bemerke ich und zupfe einen Fusel von meinem Wollpullover.

»Aber sie ist überhaupt nicht mein Typ«, bemerkt er dann.

Obwohl ich mir durchaus bewusst bin, dass er mich noch immer fixiert, halte ich inne. Mist! Nein, ich werde nicht zulassen, dass er mich durchschaut.

»Dass jemand wie du überhaupt einen Typ hat, wundert mich«, gebe ich kühl zurück.

»Wie meinst du das?«

»Na ja, bis vor Kurzem sahst du ja nicht gerade so aus, als könntest du der Typ von irgendjemandem sein.«

Ich erschrecke vor mir. Was zur Hölle ist nur in mich gefahren?

»Das hat gesessen«, sagt er leise, aber auf eine Art und Weise, die mir zeigt, dass er nicht wirklich betroffen ist.

Ich erkenne mich nicht wieder. Warum bin ich so bösartig? Was hat er mir getan?

»Entschuldige!«, sage ich zerknirscht.

Leider sorgt meine Erkenntnis dafür, dass ich etwas fühle. Zu viel fühle.

»Ich will, dass du es zugibst!«, raunt er.

»Was?«

»Dass du eifersüchtig bist, mein Engelchen.«

»W…?« Sprachlos starre ich Joe an, aber er wartet tatsächlich auf eine ernsthafte Antwort von mir. Die Verwendung dieses Kosenamens bringt mein Innerstes gewaltig in Aufruhr.

»Ich? Eifersüchtig?«, frage ich dennoch, als sei das vollkommen abwegig.

»Juna, sag es!«

»Und was bringt dir das?«

»Eine ganze Menge Klarheit. Vielleicht erzähle ich dir dann auch etwas über meine Gefühle dir gegenüber.«

»Deine Gefühle mir gegenüber?«, wiederhole ich, weil ich gar nicht glauben kann, was ich da höre.

Wie zum Beweis für seine Worte beugt er sich zu mir herüber und drückt mir einen kurzen, aber festen Kuss auf den Mund. Dann zieht er sich abwartend zurück und sieht mich an, als gäbe es kein Morgen.

Puh! Also gut.

»Es kann sein, dass ich ein kleines bisschen eifersüchtig bin«, sage ich leise.

Joe senkt den Blick und grinst breit. Doch schon im nächsten Moment heftet sich sein Blick erneut auf mich. Fasziniert betrachte ich die Lachfältchen um seine Augen, die ich so anziehend finde.

»Was freust du dich jetzt so?«

»Lass mir doch meine Freude!«

»Ist da irgendein versteckter Witz, den ich nicht verstehe?«

»Nein. Und jetzt halt den Mund!«, knurrt er und verschließt meine Lippen erneut mit einem Kuss. Dieser ist intensiver, länger und fordernder als der letzte.

Ich schließe die Augen, gebe mich seiner Berührung hin und genieße sie. Diesen Mann zu küssen hat etwas Unglaubliches an sich. Damit meine ich nicht nur die Tatsache, dass er bis vor ein paar Tagen noch als hagridartiges Wesen in einer Halle hauste und mich niemals dazu gebracht hätte, ihn freiwillig zu küssen. Ich kann nicht glauben, dass ein Mann wie er, der sich vom Frosch zum Prinzen gewandelt hat, ausgerechnet mich küssen will. Damit möchte ich mein Licht nicht unter den Scheffel stellen. Ich finde mich weder unscheinbar noch hässlich noch zu schüchtern oder zu unsicher. Aber es gibt verdammt viele Frauen auf dieser Welt. Warum will Joe ausgerechnet mich? Na ja, denke ich lächelnd, das kann er mir gerne in aller Ausführlichkeit erklären.

Das Taxi kommt mit einem Ruck zum Stehen und ich löse mich von Joe.

»Sind wir da?« Unsicher sehe ich mich um, ob ich die Umgebung kenne.

»Keine Ahnung. Sag du es mir!«

Die Antwort erübrigt sich, als ich Oliver auf dem Gehweg stehen sehe. Er winkt uns zu. Ich hoffe, er hat den innigen Kuss nicht mitbekommen. Nein, hat er nicht. Er lächelt entspannt.

»Na dann! Kommst du noch mit rein?«, fragt Joe.

»Neugierig wäre ich schon«, gebe ich zu und beäuge das riesige Backsteingebäude mit den großen Fenstern. Sieht mir doch sehr nach einer Industriehalle aus. Es ist perfekt für Joe!

Joe wartet meine endgültige Antwort nicht ab, sondern steigt mitsamt seiner Hündin aus. Ich bezahle das Taxi und steige ebenfalls aus.

Oliver und Joe sind bereits in ein Gespräch vertieft.

»Ich muss sofort wieder gehen«, sagt Oliver zu mir. »Bist du so lieb und gehst kurz mit hoch, um zu sehen, ob alles passt?« Mit diesen Worten überreicht er mir die Schlüssel, als sei ich die neue Bewohnerin dieses riesigen Hauses.

»Ja, natürlich«, erkläre ich und bin froh, dass ich nun sogar die Anweisung habe, mit nach oben zu gehen.

»Was war das früher einmal?«, will ich noch wissen.

»Eine Fabrik für Farben. Vom Studio erworben und umgebaut.«

»Das Haus gehört JJO?«

Oliver nickt. Ich bin baff.

Während Oliver sich verabschiedet, betrachte ich ausgiebig das Haus. Unglaublich, dass eine einzige Person samt Hund so eine Unterkunft bekommt! Dafür scheint Clarice wirklich eine Menge Geld lockergemacht zu haben.

»Sperrst du auf?«, fragt Joe und reißt mich aus meinen Gedanken.

Ich zücke den Schlüssel und sperre das schmiedeeiserne Tor auf. Hätte Joe ein Auto, könnte er hier direkt in den Innenhof fahren und dort parken.

Wir nehmen den Eingang, der in der Durchfahrt zum Wohnhaus führt. Dort bringt uns eine Treppe in das erste Obergeschoss.

»Wow!«, entkommt es mir, als wir den Wohnbereich betreten.

Das Haus ist wirklich fantastisch hergerichtet. Durch die großen Fenster ist es lichtdurchflutet. Die Wände sind weiß gestrichen und der helle Holzfußboden sorgt für eine gemütliche Atmosphäre. Es wirkt alles wie aus einem Guss, da auch das Mobiliar aus hellem Holz beziehungsweise aus weißem Stoff besteht.

»Also die Decke dürfte dir hier nicht auf den Kopf fallen«, bemerke ich, während ich die hohe Decke bewundere.

Das Haus wird mit jeder Etage etwas schmaler, sodass

schon die Räume im ersten Stock teilweise abgeschrägt sind.

Ich kann meine Neugier kaum zügeln und sehe mich um. Zwei Schlafzimmer, ein hochmodernes Bad mit einer riesigen Duschkabine und einer Badewanne.

»Da ist sogar eine Sauna«, rufe ich Joe zu und eile weiter.

Über eine Wendeltreppe komme ich in die zweite Etage in den gigantischen Wohn- und Kochbereich.

Doch es geht noch höher. Eilig nehme ich die Stufen bis ins Dachgeschoss, wo ich in einem großzügigen Wintergarten lande, der selbst wie ein eigenes Haus auf das flache Dach aufgebaut ist.

Joe folgt mir, und ich sehe ihm an, dass auch er beeindruckt ist.

»Ich denke, wir schlafen hier oben«, sagt er zu seiner Hündin und wirft einen Blick auf die einladende Wohnlandschaft, die mit kuscheligen Kissen und Decken bestückt ist.

»Das ist fantastisch! Fühlt sich an, als wäre man im Freien«, sage ich und starre in den Himmel.

Dann lasse ich meinen Blick auf den märchenhaften Ausblick über die Londoner City schweifen. Wir sind nah an der Themse, und um uns herum gibt es nur wenige Gebäude, die höher sind.

»Unglaublich!«, keuche ich überwältigt. Ich hätte nie gedacht, dass ich so ein Haus einmal von innen zu sehen bekäme.

»Ganz nett«, erklärt Joe und lächelt mich an.

»Nett? Das ist die Untertreibung des Jahrtausends!« Noch immer starre ich auf die Dachterrasse mit dem kleinen Garten, der dort angelegt ist.

»Bleib hier bei mir!«, erklärt Joe mit einem Mal.

Ich wirble zu ihm herum und mein Blick versinkt förmlich im Blau von Joes Augen.

»Joe!«, entkommt es mir, aber leider nicht mit dem nötigen Nachdruck. »Ich bin mir nicht sicher, ob das eine gute Idee ist.«

»Das habe ich auch nicht gesagt«, erinnert er mich und kommt näher.

Für einen Moment lässt er seine Worte im Raum stehen und sieht mich an, als wisse er genau, was er von mir will. Soll ich nachgeben? Soll ich mich nach gerade vier Tagen Bekanntschaft in das Bett eines Mannes begeben, den ich eigentlich nicht kenne?

»Bleibst du?«, hakt er nach.

»Ich wünschte, ich könnte.«

»Juna, was willst du eigentlich?«

»Ich?«

Das ist wirklich eine gute Frage. Als ob das Leben mich jemals danach gefragt hätte, was ich will.

»Ja, du! Immerhin hast du dir die größte Mühe gegeben, mich bei Catherine in *besonders* gutem Licht dastehen zu lassen.«

O nein! Sie hat mit ihm darüber gesprochen.

»Das … das war nicht so gemeint!«, stammle ich betreten.

»Also hast du ihr nicht erzählt, dass ich Alkoholiker bin? Juna, ich gebe zu, dass ich gerne trinke, aber glaub mir, ich bin weit davon entfernt, alkoholkrank zu sein.«

Ich weiß nicht, was ich dazu sagen soll.

»Was willst du?«, raunt Joe und rückt mir auf die Pelle. Ich kann die Herausforderung in seinem Blick sehen. Ist nur die Frage, ob ich annehme.

Ja, was will ich? Vielleicht einfach nur ein bisschen Ablenkung, körperliche Nähe, Intimität, Befriedigung. Warum sollte ich nicht wie jeder andere Mensch auch das Recht auf ein bisschen Egoismus haben? Oder sehne ich mich danach, geliebt zu werden? Und sei es auch nur körperlich.

»Dich!«, flüstere ich kaum hörbar.

Ich lasse ihn noch näher kommen, sehe abwartend zu ihm auf. Was wird er mit meiner Offenbarung anstellen?

Als wolle er mit mir tanzen, legt er seine Hände sanft um meine Taille, zieht mich an sich. Sein Blick durchbohrt mich. Ich kann es kaum erwarten, Joe zu küssen. Vorsichtig schmiege ich mich an ihn, schlinge meine Arme um seinen Hals.

Endlich berühren sich unsere Lippen. Zuerst zaghaft und sanft, dann immer leidenschaftlicher. Mein Atem beschleunigt sich, ich will am liebsten mit Joe verschmelzen. Seine Nähe, seine Wärme, sein Duft: Ich genieße ihn in vollen Zügen und mit allen Sinnen.

Er streichelt mich unendlich sanft am Rücken während unseres nicht enden wollenden Kusses.

Die Hündin gibt einen Ton von sich, den ich als Protest interpretiere, was Joe ein Lächeln entlockt. Dennoch lässt er nicht von mir ab, im Gegenteil, er zieht mich so fest in seine Arme, dass ich das Gefühl habe, ich kann jeden seiner Muskel spüren.

Ich schiebe ihn ein Stück von mir weg. »Moment!«, sage ich.

Joe sieht mich fragend an.

»Ich will nicht, dass du denkst ... also normalerweise ... ich bin nicht so eine, die mit jedem ... also –«.

»Du meinst mit jedem dahergelaufenen Penner.«

»Nein, das wollte ich nicht sagen! Was ich sagen will, ist,

dass ich nicht mit jedem Mann ins Bett gehe, den ich gerade erst kennengelernt habe.«

Ruhig mustert Joe mich, und ich bin wirklich erleichtert, weil er sanft dabei lächelt. Dann fährt er unendlich sanft mit seinem Handrücken über meine Wange. Wie erstarrt sehe ich zu ihm auf, versinke in seiner liebevollen Miene.

»Dann sollte ich mich freuen, dass du für mich eine Ausnahme machst«, raunt er.

Schon küsst er mich erneut, und das so zärtlich, dass ich keine Zeit für weitere Bedenken habe.

Seine Finger wandern durch mein Haar und sorgen dafür, dass es zuerst an meinem Hinterkopf, dann an meinem Nacken und schließlich den ganzen Rücken hinunter aufregend kribbelt.

Ich schließe die Augen, lasse mich fallen und genieße die Küsse. Joes warme Lippen auf meinen. Das fühlt sich gut an, als gehörten sie zusammen. Sein Bart kratzt mich, was mich noch mehr stimuliert. Der Duft von Joes Haut ist so herrlich männlich. Sein aufregender Geschmack raubt mir fast die Sinne. Wie verloren klammere ich mich an diesen starken Mann, der mich hält. Obwohl wir uns leidenschaftlich aneinanderpressen, spüre ich deutlich die Geborgenheit, und ein Gefühl des Beschütztseins durchflutet mich. Ich fühle mich behütet und unendlich erregt zugleich. Vor Joe muss ich mich nicht verstecken. Ich darf sein, wie ich bin, und muss mir keine Gedanken machen, weil er mich kennt. So kommt es mir jedenfalls vor.

»Ich will dich spüren«, raunt er mir ins Ohr und sorgt für eine erneute Welle der Lust in mir.

Meine Mitte zieht sich ungeduldig und voller Vorfreude zusammen. Automatisch lange ich nach dem Saum meines Pullovers, um ihn loszuwerden.

Joe hilft mir dabei, ihn über den Kopf zu ziehen. Ich strecke die Arme hoch und er drückt meine Hände mitsamt dem Pullover an die Wand. Für einen Moment starrt er mich an, und der Anblick meiner Brüste in dem weißen Spitzen-BH sorgt dafür, dass seine Augen sich lustvoll weiten. Joe presst sich an mich und ich heiße ihn mit willigen Küssen willkommen. Nach wie vor sind meine Arme wehrlos in Joes Griff.

»Es steckt ja doch noch etwas Wärme in dir«, keucht er zwischen den Küssen. »Ich dachte heute Morgen schon, du seist aus irgendeinem Grund abgekühlt.«

In Wahrheit ist mir unendlich heiß, und ich schäme mich dafür, dass er mein unterkühltes Verhalten heute Morgen bemerkt hat. Das ist mir jetzt alles egal. Ich will ihn und nur ihn!

Erregt dränge ich mich ihm entgegen, möchte, dass er die Führung übernimmt.

Mit einem Ruck zieht er den Pullover von meinen Handgelenken und wirft ihn beiseite. Dann hebt er mich hoch. Sofort schlinge ich meine Beine um ihn, halte mich an seinen Schultern fest. Mit wenigen Schritten trägt Joe mich zu der Couch und legt mich vorsichtig ab. Zuerst ist der Stoff kühl in meinem Rücken, aber ich scheine tatsächlich so eine Hitze zu verbreiten, dass es damit schnell vorbei ist. Joe kommt über mich, legt sich auf mich. Ich war noch nie so erregt, bloß weil ein Mann auf mir lag. Zielsicher schiebt Joe sich zwischen meine Beine. Sein harter Schwanz drückt gewaltig gegen mein Schambein. Hoffentlich explodiere ich nicht schon jetzt. Ungeduldig ziehe ich an Joes Hose, die ich unbedingt loswerden muss. Ich will ihn spüren, seine Haut auf meiner, und zwar überall!

Voller Aufregung entkleiden wir uns gegenseitig.

Aufmerksam erkunde ich jede Stelle seines erhitzten Körpers. Sanft fahre ich seine Tattoos nach. Ich spüre seine Muskeln, seine Wärme, seine Kraft und die glühende Lust. Ich kann mich nicht sattsehen an ihm, möchte mir jeden Winkel seines Körpers einprägen und ihn überall küssen.

Obwohl es inzwischen dunkel geworden ist, kann ich Joes Aufmerksamkeit ebenfalls erkennen. Als er nackt ist, scheint er den Moment, mich vollkommen zu entkleiden, mit Absicht hinauszuzögern. Immer wieder berühren seine Fingerspitzen den Rand meines BHs und den Ansatz meines Höschens. Die süße Ungeduld ist kaum zu ertragen und doch so erregend.

Als Joe endlich den Stoff meines BHs nach unten zieht und meine Brustwarze freilegt, bäume ich mich auf und keuche schon, bevor er sie überhaupt berührt. Voller Erwartung halte ich den Atem an, bewege mich nicht, weil ich auf keinen Fall diese Empfindung verpassen will. Kaum spürbar umkreist Joe mit den Fingern meine Brustwarze. Obwohl ich ihn am liebsten packen und an mich ziehen würde, damit er meine Brust mit den Lippen umschließt, halte ich mich zurück.

Dann endlich ist es so weit. Zuerst zwirbelt Joe an meinem Nippel. Ich stöhne, beobachte ihn dabei, wie er voller Hingabe seinen Mund um meine Brustwarze schließt.

Lustvoll bewege ich mein Becken, stimuliere mich an seinem Schwanz. Die Feuchtigkeit beweist mir, dass ich längst bereit bin für ihn.

Da wirft Joe mir einen Blick zu. Genüsslich saugt er erneut an meiner Brust, dann grinst er mich verführerisch an.

Langsam wendet er sich meiner anderen Brust zu und das Spiel beginnt erneut.

Ich genieße es. Ich genieße ihn, will ihm die gleiche Lust bereiten. Zielsicher fahre ich mit einer Hand tiefer, schiebe mich zwischen sein und mein Becken. Er macht mir Platz, lässt mich gewähren. Kraftvoll umschlinge ich mit der Hand seinen harten Schwanz, der erwartungsvoll pulsiert. Gefühlvoll beginne ich damit, seine Vorhaut auf und ab zu schieben. Sofort bewegt Joe sich mit, zeigt mir, wie es ihm am besten gefällt. Ich bin eine gute Schülerin. Joes raues Keuchen zeigt mir, dass ich ihn um den Verstand bringe. Dennoch hört er nicht damit auf, mich ebenfalls zu stimulieren. Zuerst ist er ausschließlich auf meine Brüste fixiert, aber dann scheint ihm einzufallen, dass es da auch etwas anderes gibt.

Sanft schiebt er die Unterhose auf die Seite und taucht mit den Fingern in meine feuchte Mitte ein, dass ich nur noch stöhnen kann. Er braucht nicht zu erwähnen, dass ich unglaublich nass bin. Dass ihm das gefällt, zeigt mir seine anschwellende Ungeduld.

Wir werden wilder, intensiver, aber er dringt erst in mich ein, als ich meine, dass es nie passieren wird.

Entschlossen zieht er seine Finger aus mir zurück, schiebt mein Höschen noch weiter zur Seite, um sich über mir zu platzieren.

Wir sehen uns an. Voller Zuneigung. Zärtlich.

Dann spüre ich die Spitze seines Schwanzes und öffne mich ihm. Langsam schiebt er sich in mich. Joe füllt mich aus, nimmt mich in Besitz und ich gebe mich ihm hin.

Er beginnt damit, sich in mir zu bewegen, sich an mir zu reiben.

Ich bin wie von Sinnen, lasse mich gehen. Mein befreites Stöhnen stachelt ihn noch mehr an. Voller Lust kralle ich mich in seinen Rücken, klammere mich an ihn.

»Fest!«, fordere ich ihn auf, was er sich nicht zweimal sagen lässt.

Seine Stöße sind so intensiv, so stark, dass es mich fast schmerzt. Aber das brauche ich. Das will ich! Joe gibt es mir.

Gemeinsam treiben wir uns an, bewegen uns im Takt, bis ich so heftig komme, dass mir die Luft wegbleibt. Während ich das Wunder dieses einmaligen Orgasmus in mich aufsauge, findet auch Joe die Erlösung.

Glücklich und dankbar nehme ich diese vollkommene Zufriedenheit in mir wahr, empfange Joe zärtlich in meinen Armen, und ich streichle ihn so lange, bis er eingeschlafen ist. Mein entspanntes Lächeln bleibt die ganze Zeit auf meinem Gesicht, als gehöre es für immer dorthin. Ich weiß, dass das nicht auf ewig so bleiben wird, aber ich will mir diesen Moment nicht kaputtmachen. Ich habe mich auf Joe eingelassen und darüber aufregen kann ich mich später noch immer.

Also schüttle ich alle Skrupel ab und genieße das Glücksgefühl der vollkommenen Zufriedenheit. Ich lasse mich seit Langem das erste Mal wieder auf einen Mann ein. Und es ist wundervoll!

Kapitel 12

Die nächsten Wochen bestehen tagsüber aus Dreharbeiten und jeder Menge Arbeit. Der Abend, die Nacht und der Morgen gehören nur Joe und mir.

Untertags organisiere ich als Joes Assistentin seinen Alltag und außerhalb dieser Zeit bin ich seine Freundin. So fühlt es sich jedenfalls an. Obwohl wir unsere sexuelle Beziehung für uns behalten, glaube ich, dass der ein oder andere am Set etwas ahnt.

Amanda und Finley sehen mich kaum noch und fragen scherzhaft, ob ich denn schon ausgezogen sei, ohne ihnen etwas davon zu sagen.

Ich weiß nicht, wie es nach Drehschluss für Joe und mich weitergeht. Ich weiß nicht, ob ich nur eine Episode für ihn bin. Ich weiß nicht viel, aber ich habe beschlossen, das Hier und Jetzt zu genießen. Endlich bin ich so weit, dass ich das kann!

So vergehen die Dreharbeiten wie im Flug. Ich habe fast vergessen, dass es davor ein anderes Leben für mich gab.

Mit diesen Gedanken betrete ich Joes Garderobe und bin mal wieder baff, wie sehr er den James Hamilton nicht nur äußerlich gekonnt mimt. Er lebt diese Rolle inzwischen. Trotzdem himmle ich ihn an, während er sein Outfit erneut überprüft. Es ist, als könnte ich mich an ihm nie sattsehen.

»Fertig?«, frage ich lächelnd, weil man am Set auf ihn wartet.

Ertappt sieht er mich an, setzt dabei aber sein schönstes Lächeln auf. »Ich warte nur auf dich, mein Engelchen.«

Mit diesen Worten dreht er sich vom Spiegel zu mir um und öffnet einladend seine Arme.

»Sie warten auf dich.« Ich muss mich überwinden, vernünftig zu sein, und wende mich von ihm ab, damit wir endlich aus seiner Garderobe kommen.

Aber da greift Joe nach meiner Hand und zieht mich in seine Arme.

Ich wehre mich gegen seinen Kuss. »Nicht, du zerstörst dein Make-up!«

»Das bekommt Tara im Handumdrehen wieder hin«, raunt Joe und schmiegt sich an mich.

»Du zerknitterst das Hemd.«

Joe lässt es sich nicht nehmen, mich trotzdem an sich zu drücken. »Kommst du heute Abend noch mit zu mir?«

Das klingt so verlockend, und seine raue Stimme bringt Saiten in mir zum Erklingen, die ich bei der Arbeit lieber außen vor lassen möchte. Ich könnte ihn sofort vernaschen.

»Amanda und Finley wollten uns doch zum Essen einladen«, erinnere ich ihn.

»Ach ja, stimmt. Schade!«

»Irgendwann muss ich auch wieder in meinem Bett schlafen. Und die Betonung liegt auf *schlafen.*«

Die vielen Nächte zehren an meinen Kräften. So schön es auch ist, sie mit Joe zu verbringen, brauche ich dringend ein bisschen Erholung. Joe weiß genau, wovon ich spreche, weil er diebisch grinst.

Es klopft laut an der Garderobentür. »Joe? Es geht weiter!«

Wir lösen uns sofort voneinander, aber Joe stiehlt sich trotzdem noch einen kleinen Kuss von mir, der direkt in die Verlängerung geht. Von seinen Zärtlichkeiten kann ich gar nie genug bekommen. Seufzend schmiege ich mich an ihn und koste unsere Zweisamkeit aus.

»Ich will dich«, raunt Joe plötzlich.

Leidenschaftlich drückt er mich an die Garderobentür und dreht den Schlüssel herum.

Begierig fährt seine Hand unter meinen Rock, schiebt ihn nach oben und sofort springe ich auf ihn an. Ein paar Minuten früher oder später machen jetzt auch keinen Unterschied mehr.

Lüstern nestle ich am Verschluss seiner Hose und befreie, was darin längst voller Erregung auf mich wartet. Joe keucht, als ich meine Finger um seinen harten Schwanz lege. Er drängt sich an mich und hebt mich hoch. Blitzschnell schiebt er mein Höschen beiseite, und ich stöhne voller Lust, als er sich mit einem Stoß vollkommen in mich schiebt.

Wie von Sinnen vögelt er mich so hart, als müsse er ein Wettrennen gewinne. Mein Kopf fällt in den Nacken, und ich registriere, wie mein Körper an der Tür immer wieder nach oben gedrückt wird.

Es ist unglaublich, wie verrückt mich dieser Mann macht. Ich öffne mich ihm, soweit es geht, und verzehre mich nach dieser harten Seite an ihm. Da ich weiß, dass er auch sehr sanft und zärtlich sein kann, kann ich diesen Quickie als das nehmen, was er ist: ein kurzes, erregendes Intermezzo.

Wie gerne würde ich laut schreien, mich gehen lassen, aber auf dem Gang könnte jederzeit jemand vorbeikommen, und ich denke nicht, dass die Türen einen lauten Schrei abschirmen würden. Also beherrsche ich mich und das stachelt Joe nur noch mehr an. Immer schneller schiebt er sich in mich, stößt heftig in mich, und ich komme mit einem gewaltigen Schub sexueller Energie so intensiv, dass ich den Schrei nicht mehr unterdrücken kann.

»Joe!«, keuche ich, und auch er gibt einen gepressten Laut von sich, als er sich seinem Orgasmus ergibt.

***

Nachdem wir uns kurz frisch gemacht haben, verlassen wir die Garderobe gemeinsam und durchqueren die Halle. Unterwegs holen wir auch Joes Hündin bei einer Mitarbeiterin ab, die sie mit Futter versorgt hat.

Weil wir noch für einen Augenblick unbeobachtet sind, traue ich mich, Joe mit der flachen Hand auf seinen knackigen Hintern zu klopfen.

»Na, na!«, beschwert er sich amüsiert. »Wenn das jemand sieht.«

»Dann habe ich nur den Sitz deiner Anzughose überprüft. Und was soll ich sagen: Sie sitzt perfekt.«

Grinsend verlassen wir die Halle, wo uns der Sonnenschein eines wunderbaren Tages empfängt.

Wie immer haben sich einige Schaulustige an der Absperrung versammelt. Beiläufig sehe ich mir die Leute an und auch Joe riskiert einen Blick. Ich bemerke, wie er langsamer wird, und als ich ihn ansehe, bin ich über seinen Gesichtsausdruck erstaunt.

»O Shit!« Joe sieht sichtlich gestresst zur Absperrung. »Was machen *die* denn hier?«

Bis ich mich von Joes blassem Gesicht lösen kann, vergehen ein paar Sekunden.

»Wer ist das?«, frage ich und halte mir eine Hand schützend vor die Augen, um gegen das Sonnenlicht einen Eindruck von dem älteren Ehepaar zu bekommen, das schüchtern an der Absperrung steht und in unsere Richtung sieht.

Joe runzelt die Stirn. »Ich dachte, du hast über die Hamiltons intensiv recherchiert. *Ich* habe meine Hausaufgaben gemacht. Das sind die Eltern von James.«

»Wirklich?«

Joe hat gute Augen, wenn er sie auf Anhieb aus dieser Entfernung erkannt hat. Aber ich muss ihm recht geben. Ich habe recherchiert und die beiden könnten tatsächlich James Hamiltons Eltern sein.

Also das überrascht mich wirklich. Ich weiß noch ganz genau, wie Clarice darüber gejammert hat, dass es ihr einfach nicht gelingt, die Eltern für das Projekt ins Boot zu holen. Sie war dann sehr froh, weil diese zumindest nichts gegen das Projekt hatten.

»Ich kann nicht mit denen reden. Wenn die da sind, um mich kennenzulernen, muss ich passen. Ich meine, die haben ihren Sohn verloren …«, höre ich Joe neben mir raunen. Dabei wirkt er emotional wie nie.

Ich wusste gar nicht, wie sehr ihn seine Rolle und die Geschichte der Hamiltons berühren.

»Schon gut, ich rede mit ihnen«, sage ich rasch, weil Joe so gestresst wirkt. »Du hast jetzt sowieso keine Zeit.«

Immer wieder sieht Joe zu den beiden hinüber, und ich nehme ihm die Hundeleine ab, damit ich mich um die Hündin kümmern kann. Ich hätte nicht gedacht, dass Joe sich so viele Gedanken um die trauernden Eltern macht, aber seine Anteilnahme berührt mich.

»Geh wieder rein und nimm den Hinterausgang zum Set!«, bestimme ich und schiebe ihn zurück in die Halle.

»Danke.«

Ich kann noch sehen, wie er tief durchatmet, dann ist er auch schon verschwunden.

Weil mich Joes Hündin erwartungsvoll ansieht, gebe ich ihr das Zeichen, dass wir nun losgehen. Sie trabt voran.

Die beiden älteren Herrschaften merken sofort, dass ich in ihre Richtung unterwegs bin, und sehen mich erwartungsvoll an.

»Mr und Mrs Hamilton?«, frage ich einfach, und weil sie mich anlächeln, strecke ich ihnen die Hand zum Gruß hin. »Ich bin Juna Adams, die persönliche Assistentin des Hauptdarstellers.«

»Wie schön, Sie kennenzulernen«, sagt Mr Hamilton. Der Händedruck des großen, dürren Mannes ist kräftig. »Ich bin Kean und das ist meine Frau Betty.«

Ich wende mich der zarten Frau zu, die sogar noch ein paar Zentimeter kleiner ist als ich. Der Kummer scheint ihr so auf die Schultern zu drücken, dass ihr Rücken unter der Belastung nachgegeben hat. Sie wirkt extrem zerbrechlich, lächelt mich allerdings tapfer an. Und was ich in ihren Augen sehe, raubt mir fast den Verstand: Da ist so viel Liebe und Güte, so viel Hoffnung. Mein Gott, wie kann ich diese Frau verstehen! Sie hat ihren Sohn verloren und ist nun hier, um den Mann zu sehen, der ihm so ähnlich sieht. Würde ich nicht genau dasselbe tun?

»Falls Sie hier sind, um das Set zu besuchen, muss ich Sie leider enttäuschen. Wir drehen gerade und ich darf niemanden hereinlassen«, erkläre ich sofort.

Ich hasse mich dafür, aber natürlich kann ich auch Joe verstehen, wenn er diesen Menschen nicht gegenübertreten kann.

»Siehst du, Betty, ich habe dir gesagt, dass es keine gute Idee ist, hierherzukommen«, höre ich Kean zu seiner Frau sagen. Dabei sieht er sie mit gesenktem Kopf über seine

Brille hinweg an, als wäre er ein Arzt, der einen ungünstigen Befund eröffnet.

»Das ist schon in Ordnung«, haucht Betty verständnisvoll. Ihre zittrige Hand überprüft den Sitz ihrer kurzen Lockenpracht. »Das war er doch oben mit Ihnen an der Treppe vor der Halle, nicht wahr?«

»Ja, das war er.«

»Ich hätte ihn so gerne einmal aus der Nähe gesehen. Die Ähnlichkeit ist verblüffend«, sagt Betty schwach und faltet die Hände.

»Wir hätten uns anmelden sollen, aber mir ist es sehr recht, dass er beschäftigt ist. Ich verstehe nicht, warum sie sich so quälen muss«, erklärt Kean und schenkt seiner Frau ein zärtliches Lächeln. »Nach so vielen Jahren wird alles wieder aufgerissen.«

»Aber genau das habe ich dir doch schon erklärt! Es ist tröstlich für mich, zu sehen, dass es da einen jungen Mann gibt, der James ähnlich sieht.«

»Für mich nicht.«

Die Hündin wird unruhig und ich allmählich auch. Ich glaube, sie muss dringend ihr Geschäft verrichten, und ich kann mir dieses Gespräch nicht länger anhören.

Mrs Hamilton fällt das sofort auf. »Das ist ein wunderschönes Tier. Wollten Sie gerade mit ihr spazieren gehen?«

»Ja, sie braucht extrem viel Auslauf.« Dankbar nehme ich den Themenwechsel auf.

»Haben Sie etwas dagegen, wenn wir uns Ihnen anschließen?«, fragt Betty.

Ich kann nicht sagen, dass ich dagegen bin. Auf der einen Seite hätte ich die beiden gerne schnell abgewimmelt. Doch auf der anderen Seite ist es gut, wenn sie mich begleiten, da ich sie auf diese Weise vom Drehort weglotsen kann. Wenn es Joe hilft, nehme ich die zwei einfach mit.

»Nein, natürlich nicht«, sage ich schnell.

Gemeinsam schlendern wir los. Die beiden Herrschaften legen trotz ihres fortgeschrittenen Alters ein gutes Tempo an den Tag.

»Ist das Ihr Hund?«, fragt Kean Hamilton schließlich.

»Nein, sie gehört Joe, dem Hauptdarsteller.«

»Siehst du, Betty! Auf diese Weise haben wir wenigstens ein bisschen etwas von dem Mann.«

Betty kichert zuerst, dann seufzt sie.

Ich fühle mich ihnen gegenüber sehr befangen. Wie kann ich mit ihnen über ihren Sohn sprechen, dessen Leben wir verfilmen? Ich weiß nicht, ob sie gerne über ihn reden oder den Schmerz lieber verdrängen. Inzwischen kenne ich mich damit aus, dass jeder Mensch unterschiedlich mit seiner Trauer umgeht. Es gibt dabei kein Richtig oder Falsch.

»Wie haben Sie ihn gefunden?«, fragt Betty und sieht mich interessiert an.

Ich bleibe für einen Moment an ihren hellblauen Augen hängen, die kugelrund sind und so liebevoll wirken, dass ich nicht mehr wegsehen möchte. Ihr Blick ist faszinierend.

»Joe?«, hake ich nach, um etwas Zeit zu gewinnen.

Soll ich nun die offizielle Version erzählen oder ihnen die Wahrheit sagen?

»Das war wirklich eine schwere Geburt«, beginne ich, um die Antwort noch weiter hinauszuzögern. »Clarice van Boyd hatte ihre ganz eigenen Vorstellungen.«

»Eine fürchterliche Frau!«, sagt Betty sofort.

»Betty!«, tadelt Kean seine Frau sanft. »Wir können nicht sehr viel mit ihr anfangen«, erklärt er die Aussage seiner Frau.

»Keine Sorge, mir ergeht es ganz ähnlich«, gebe ich zu und wundere mich, warum ich mich mit den beiden so offen unterhalte.

»Sie kann es nicht lassen, ständig diese Andeutungen zu machen«, murrt Betty, und ich weiß sofort, wovon sie spricht.

»Ja«, bestätige ich und verdrehe die Augen.

»Das Liebesleben unseres Sohns war uns natürlich nicht bis ins Detail bekannt, aber dass er mit so einer aufgeblasenen Person etwas gehabt haben soll, kann ich mir nicht vorstellen«, erklärt Betty.

»Betty, das interessiert Miss Adams sicherlich nicht.«

»Nennen Sie mich doch Juna, bitte«, biete ich den beiden an, nachdem sie sich bei mir auch mit ihren Vornamen vorgestellt haben.

Da fasst Betty mich am Arm. »Also, Juna, Sie glauben doch auch nicht, dass er mit dieser Clarice im Bett war.«

»Ach, Betty!«, seufzt Kean, gibt sich aber geschlagen und sagt nichts weiter dazu.

»Ich glaube das auch nicht«, antworte ich, weil es für Betty offenbar wichtig ist, meine Meinung dazu zu hören.

»Siehst du, Kean!« Betty reckt ihr Kinn, als sei meine Einschätzung ausschlaggebend. »Und seine Frau, Anka, die war auch nicht die Richtige für ihn.«

»Für dich konnte sowieso keine Frau für James recht sein«, kontert Kean.

»Das stimmt nicht! Seine erste Freundin war so ein liebes Mädchen. So schade, dass es mit den beiden nicht geklappt hat! James war kein Weiberheld, müssen Sie wissen.«

Kean schenkt mir einen Blick, der mir deutlich zu verstehen gibt, dass er seinen Sohn etwas anders einschätzt, aber er wagt es wohl nicht, seiner Frau erneut zu widersprechen.

»Er war ein bodenständiger Mensch.«

»Ja, das stimmt«, sagt Kean schließlich und wir schlendern schweigend weiter.

Die Hamiltons tun mir sehr leid. James war ihr einziges Kind, und mir kommt es vor, als wäre die Lücke, die er hinterlassen hat, noch immer riesengroß.

Denke nicht daran, ermahne ich mich. Ich kann die Gefühle der beiden nur zu gut nachvollziehen und schiebe das sehr weit von mir weg.

»Ich hätte den Schauspieler so gerne einmal aus der Nähe gesehen. Einfach, um das letzte Bild von James …«, flüstert Betty gedankenverloren und ihr Mann legt sofort seinen Arm um sie. Dann wirft er mir einen Blick zu. »Sie musste James identifizieren, als sie ihn nach einigen Tagen der Suche aus der Themse gefischt haben.«

Schockiert stelle ich mir diese Situation vor und wüsste nicht, ob ich dazu die Kraft gehabt hätte.

»Ich konnte gar nicht richtig hinsehen«, erklärt Betty leise und ihre Stimme hört sich schwach wie nie an. »Aber er hatte diesen dunklen Anzug an. Und der Bart –«.

»Schon gut, Betty«, unterbricht Kean seine Frau.

Ich weiß nicht, was ich dazu sagen soll. Die bedrückende Erinnerung der Hamiltons füllt mich aus, was dazu führt, dass wir den restlichen Teil des Weges schweigend zurücklegen.

Nach dem Spaziergang verabschieden sich James' Eltern von mir.

»Wir gehen nicht mehr zurück zum Studiogelände«, bestimmt Kean und bleibt an einer Undergroundstation stehen.

Seufzend gibt Betty sich geschlagen und nickt lächelnd.

»Es war wirklich schön, ein bisschen mit Ihnen zu plaudern. Ich wünschte, Sie hätten James gekannt«, sagt Kean und die Trauer in seiner Stimme ist unüberhörbar.

Ich habe sofort wieder einen Kloß im Hals. »Ich habe mich auch sehr gefreut, Sie kennenzulernen.«

»Richten Sie doch dem Hauptdarsteller die besten Grüße von uns aus … und sagen Sie ihm, dass wir seine Arbeit wirklich sehr zu schätzen wissen«, ergänzt Mr Hamilton.

Betty nickt. »Er soll unseren James bloß nicht falsch darstellen!«

»Er wird sich ans Drehbuch halten müssen«, höre ich Kean sofort antworten.

»Das muss er wohl«, erkläre ich. »Aber Sie können sicher sein, dass Joe sein Bestes gibt.«

Damit reiche ich zuerst Mrs Hamilton, dann Mr Hamilton die Hand und mache mich auf den Weg zurück zum Studio.

Die Begegnung mit dem Ehepaar ist mir sehr zu Herzen gegangen. Sie haben etwas in mir aufgewühlt, und es kostet mich unglaublich viel Kraft, das zu verdrängen.

Die Hündin spürt meine Unruhe und stupst mich mit ihrer Schnauze an, als wüsste sie gern, was mich nervös macht.

Bis ich wieder zurück am Studio bin, sind über zwei Stunden vergangen. Nach dem langen Spaziergang an der frischen Luft betrete ich nur ungern die muffige Halle, in der es nach allem Möglichen riecht: Technik, Schminke, Essen, Schweiß. Ich laufe mit der Hündin durch unzählige Gänge und suche Joe. Die Szene, die vorhin gedreht werden sollte, ist wohl im Kasten und das Team ist weitergezogen.

Glücklicherweise brauche ich mich bloß auf die Hündin zu verlassen. Sie hat ihr Herrchen längst erschnuppert und folgt seiner Fährte. Also lasse ich mich von ihr führen. Die Hündin verhält sich so leise wie möglich, als wüsste sie, dass gerade gedreht wird.

Während wir das Set erreichen, läuft gerade eine Kuss-Szene. Na toll!

Joes Hündin sieht zufrieden zu mir hoch, weil sie ihr Herrchen gefunden hat, dann setzt sie sich hin, um den Dreh der Szene abzuwarten. Ich stelle mich neben sie und bin mir nicht sicher, ob ich das sehen will. Klar, die Schauspieler sind in ihren Rollen und das, was sie einander sagen, wie sie sich ansehen und wie sie sich berühren, ist alles nur Schauspiel. Aber ich muss unweigerlich daran denken, dass das der Mann ist, der mich seit einigen Wochen berührt, ansieht und küsst. Ich werde eifersüchtig, obwohl ich keinen Grund dazu habe.

»Warum müssen wir ständig streiten?«, fragt Joe in seiner Rolle und die langbeinige Catherine alias Anka stolziert auf ihn zu.

»Weil du ein Dickkopf bist. Immer muss es nach dir gehen.«

Joe lacht gekonnt. »Wer ist hier der Dickkopf?«

Anka wirft ihr Haar über die Schulter. »Ich weiß, was ich will.«

»Ach? Und das wäre?«

»Da musst du schon selbst darauf kommen.«

Jetzt passiert es. Ich will mir das nicht ansehen, da ich das Skript inzwischen gut genug kenne, um zu wissen, was gleich passiert. Joe eilt mit großen Schritten auf Catherine zu, drückt sie an die Wand und küsst sie stürmisch.

Joes Hündin spitzt die Ohren und sieht sich die Szene

aufmerksam an. Dann schnellt ihr Blick zu mir hoch, als müsse ich doch etwas dagegen unternehmen, dass ihr Herrchen diese Frau küsst.

Ich verschränke die Arme, schaue den Hund an und zucke mit den Schultern. Die Hündin widmet sich wieder Joe. Ich kann ihr wirklich ansehen, dass sie sich nun beherrschen muss, nicht zu winseln. Mir geht es wie ihr.

Außerdem zieht mein Unterleib auf eine bittersüße Art und Weise, die mich daran erinnert, dass Joe vor nicht allzu langer Zeit mich stürmisch an die Tür seiner Garderobe gedrückt hat.

»Und cut!«, ruft der Regisseur.

Zum Glück holt er mich damit aus dem verbotenen Tagtraum.

Joe und Catherine lösen sich voneinander. Für einen Moment verharren alle auf ihren Positionen, weil der Regisseur sich die Szene noch einmal auf dem kleinen Bildschirm ansieht.

»Gut, das passt so«, erklärt er schließlich. »Für heute ist Schluss.«

Mit einem Mal wird es geschäftig. Catherine sagt irgendetwas zu Joe, was ihm ein freches Grinsen entlockt.

Mein Blutdruck wird dadurch nicht unbedingt niedriger.

Während Joe lacht, sieht er sich um und bemerkt zuerst seine Hündin, dann mich. Für einen Moment späht er umher, als erwarte er, dass ich James Hamiltons Eltern im Schlepptau hätte. Er verabschiedet sich von Catherine und eilt zu mir. Zuerst begrüßt er seine Hündin, die erfreut um ihn herumspringt.

»Hey«, sagt er zu mir. »Du warst lange weg.«

»Nicht lange genug«, gebe ich zu. Die Kuss-Szene hätte ich mir wirklich sparen können.

»Was hat dich so lange aufgehalten?«

»Ich war mit James Hamiltons Eltern unterwegs.«

Er stutzt.

»Sie wollten dich gerne kennenlernen, aber ich habe es ganz gut abgewendet. Schade eigentlich, dass du das nicht möchtest. Es sind wirklich nette Menschen.«

Es kommt mir vor, als höre Joe mir nicht richtig zu. Er ist vollkommen in Gedanken versunken.

»Alles in Ordnung?«, frage ich.

»Ja, alles gut. Ich fahre jetzt.« Automatisch greift er nach der Leine und zieht sie mir aus den Händen.

»Aber … hast du es vergessen? Amanda und Finley?«

»Oh …«, sagt er, als hätte er das tatsächlich nicht mehr auf dem Schirm gehabt.

Ich warte darauf, dass sein angespannter Gesichtsausdruck verfliegt und Joe mich anlächelt, um mir zu sagen, dass er sich auf unsere gemeinsame Zeit freut.

»Du kommst doch noch mit zu mir?«, frage ich, weil er weiterhin gestresst wirkt.

»Sorry, aber ich bin müde. Ich will einfach nach Hause und ins Bett«, erklärt er, ohne mir in die Augen zu sehen.

Was hat er?

Da fällt mir ein, wie ich ihn auf andere Gedanken bringen kann. »Ins Bett? Ich wüsste schon etwas, was wir da machen könnten«, säusle ich.

»Heute nicht, Juna«, bekomme ich zur Antwort.

O Mann! Das war eine Abfuhr, wie ich sie nicht erwartet hätte. Vor allem nicht nach den letzten Nächten, in denen er sich schier unersättlich über mich hergemacht hat.

Anscheinend sieht man mir die Enttäuschung an.

»Nur heute, okay?«, brummt er entschuldigend.

»Kein Problem.« Das sage ich zwar, aber ich fühle mich,

als wäre überhaupt gar nichts in Ordnung. »Dann bis morgen.«

Ich muss gehen, und zwar sofort! Niemand am Set weiß, wie innig unsere Beziehung ist und dass sie über das normale Arbeitsverhältnis hinausgeht. Jede Minute, die ich hier noch länger bleibe, verrät meinen Schmerz.

Außerdem will ich auf keinen Fall, dass Joe denkt, ich sei eine Klette und von ihm abhängig. Im Grunde ist es sowieso an der Zeit, dass ich wieder einmal ohne Joe unterwegs bin. Ein schöner Abend mit Amanda und Finley, ganz wie in alten Zeiten.

Also hebe ich möglichst entspannt die Hand und winke zum Abschied. Dann drehe ich mich um und verlasse das Set.

Ich muss mich zwingen, mich nicht noch einmal zu Joe umzudrehen. Alles in mir schmerzt, ist verletzt. Warum reagiere ich so empfindlich, nur, weil er einen Abend ohne mich verbringen will? Er gehört mir schließlich nicht.

Wüsste ich wenigstens, wie es um seine Gefühle für mich bestellt ist, könnte ich diese Abfuhr besser einsortieren.

Ich darf nicht länger darüber nachdenken. Wir hatten eine Menge Spaß miteinander und heute eben nicht … oder nicht mehr.

Den ganzen Weg nach Hause versuche ich diese Gedanken und Gefühle abzuschütteln.

Ich werde für Joes Absage auch entschädigt, weil Amanda und Finley sich wirklich freuen, mich zu sehen, und extra ein leckeres Nudelgericht mit Gemüse zubereitet haben.

»Wir dachten schon, du bist ausgezogen, ohne uns Bescheid zu geben«, gibt Amanda breit grinsend von sich.

Sogar Finley lächelt.

»Joe?«, fragt Amanda nur kurz, weil er nicht mit dabei ist.

»Der ist müde«, erkläre ich sachlich, und niemand wundert sich darüber, weil das ja eigentlich verständlich ist.

Ich sollte auch mehr Verständnis für ihn haben und ihm auf keinen Fall vorwerfen, dass er einmal seine Ruhe haben möchte.

»Ihr seid doch bald fertig mit den Dreharbeiten, oder?«, erkundigt sich Finley.

»Ja, nur ein paar letzte Szenen. Und die Brückenszene fehlt auch noch. Wir hatten bisher nicht die Genehmigung, um die Brücke für den Verkehr zu sperren.«

»Und dann?«, will Amanda wissen.

Damit trifft sie genau den Nerv, den ich momentan nicht kitzeln wollte. Ich zucke mit den Schultern.

»Dann gibt es essen«, greift Finley den Faden auf und serviert eine große Pfanne, der ein appetitlicher Duft nach Tomaten und Kräutern entströmt.

Endlich gelingt es mir, mich abzulenken, und ich verbringe einen ausgelassenen Abend mit meinen Freunden.

Kapitel 13

*L*eider beginnt der nächste Tag nicht so ausgelassen wie der vorherige endete. Gerade als ich das Haus verlassen will, um zum Drehort zu fahren, ruft mich der Regieassistent an.

»Guten Morgen«, melde ich mich fröhlich.

»Wo ist er?«

»Joe?«

»Nein, der Weihnachtsmann!«, knurrt der Regieassistent und ich werde auf den Boden der Tatsachen geholt.

»Er ist noch nicht da?« Das wundert mich. Joe war die ganze Zeit über so zuverlässig. »Habt ihr ihn angerufen?«

»Würde ich mich sonst bei dir melden?«

»Ich bin schon auf dem Weg und sehe bei ihm zu Hause vorbei.«

Ohne ein weiteres Wort legt der Regieassistent auf. Was für ein Idiot! Als wäre es meine Schuld.

Natürlich dauert es ein bisschen, bis ich endlich vor der ehemaligen Farben-Fabrik stehe und wie besessen die Klingel betätige.

»Mach schon auf!«, rufe ich, während sich ein mulmiges Gefühl in mir ausbreitet.

Schon im Taxi habe ich mehrmals versucht, Joe anzurufen, aber er nahm meine Anrufe nicht entgegen. Allmählich mache ich mir ernsthafte Sorgen um ihn. Ist ihm etwas passiert? Ich hätte ihn nicht allein lassen dürfen, wo mir doch bewusst war, dass er gestern in so seltsamer Stimmung war.

Das Treffen mit den Eltern von James hat ihn aus der Bahn geworfen. Was, wenn er jetzt keine Lust mehr darauf hat, den Film zu drehen, weil ihm klar geworden ist, dass es Menschen gibt, die immer noch um James Hamilton trauern? Ich könnte so gut verstehen, wenn ihn das lähmt. Aber er muss das jetzt durchziehen! Wir sind so weit gekommen. Er kann so kurz vor dem Ziel nicht aufgeben.

Und mit einem Mal habe ich eine Ahnung, wo er sein könnte.

Wieder sitze ich in einem Taxi und lasse mich nach Stratford fahren. Als der Fahrer vor der Halle hält, deren Eingang mit den Graffiti so schrecklich vertraut auf mich wirkt, kann ich förmlich spüren, dass Joe hier ist.

»Soll ich auf Sie warten?«, fragt mich der Fahrer, der sich augenscheinlich wundert, was ich hier will.

»Nein, nicht nötig.«

Dann verlasse ich das Fahrzeug und schiebe mich in gebückter Haltung durch den Eingang der Halle.

Joes Hündin bellt sofort und rennt mir entgegen.

»Hey du!«, begrüße ich sie, streichle sie und sehe mich nach Joe um.

Da sehe ich ihn. Mit einer Flasche in der Hand sitzt er in seinem Lager.

»Was ist los mit dir?«, brülle ich und marschiere energisch in seine Richtung.

Wie benebelt dreht er den Kopf zu mir, aber Joe kann kaum die Lider aufhalten.

»Bist du jetzt vollkommen verrückt geworden? Alle warten auf dich!« Ich zeige auf den Halleneingang, als wäre dort der gesamte Cast versammelt, um ihn abzuholen.

Mein Blick fällt auf die Schnapsflasche in seiner Hand, die er nun vorsichtig zur Seite stellt.

»Warum brauchst du den Alkohol? Welchen Schmerz betäubst du?« Obwohl ich zornig klinge, würde ich ihm so gerne helfen, wenn ich nur wüsste, was er hat.

Wir haben in den letzten Wochen so viel Zeit miteinander verbracht und doch weiß ich fast nichts über ihn. Wir waren viel zu sehr mit dem Drehbuch und dem Film und ganz nebenbei auch mit anderen Dingen beschäftigt, um uns tiefgreifenden Gesprächen zu widmen. Im Grunde hat mich das auch nicht gestört. Ich habe ein paarmal darüber nachgedacht, ihm mein Herz auszuschütten und ihm von meiner Vergangenheit zu erzählen, habe es aber immer auf die Zeit nach den Dreharbeiten verschoben. Wie ich es mit so vielem getan habe: Es war, als gäbe es nur zwei Zeitrechnungen. Die während der Drehphase und die danach. Jetzt, wo das Dreh-Ende direkt bevorsteht, bereue ich es, die nötigen Gespräche verschoben zu haben.

Alles, was ich als Reaktion von Joe ernte, ist ein genervtes Brummen. Dann will er sich erheben, doch er ist zu betrunken. Schließlich lässt er seine Arme wieder sinken und mustert mich, als wäre ich das Dümmste, was er je gesehen hätte.

»Du kapierst es einfach nicht, oder?«, ruft er.

Ich bin ziemlich überrascht, weil er so laut spricht und gefährlich angriffslustig klingt.

»Ich bin kaputt … total zerstört.«

»Aber –«.

»Und du? Du willst das einfach nicht verstehen«, sagt er und schafft es, mit einem Arm auf mich zu deuten. »Wahrscheinlich, weil in deinem Leben noch nie etwas wirklich Schlimmes passiert ist.«

Seine Worte treffen mich hart und schmerzen mehr, als ich verkraften kann. Er ist betrunken, denke ich, er weiß nicht, was er sagt. Aber verletzt werde ich durch seine Worte trotzdem.

Schwerfällig zieht Joe die Beine an und arbeitet sich an der Palettenwand hoch. Mein Herz schlägt so schnell, dass ich kaum Luft bekomme. Normalerweise habe ich vor Joe keine Angst, aber er ist so groß und ich habe ihn noch nie so verkatert erlebt.

Schwankend macht er einen Schritt auf mich zu, fasst sich dann an den Kopf, als hätte er höllische Schmerzen. Er verzieht das Gesicht zu einer bösartigen Fratze. Das macht mir Angst.

»Du, was weißt du schon?«, lallt er. »Du warst bestimmt Papas Prinzessin, von den Eltern abgöttisch geliebt und verwöhnt. Was ist dir schon passiert im Leben? Du hast keine Ahnung, was es heißt, wenn das Leben einen Weg geht, den du nicht mitgehen kannst … wenn du das Unbegreifliche verkraften musst.«

Wütend funkelt er mich aus geröteten Augen an, und ich versuche tapfer zu bleiben, nicht in Tränen auszubrechen. Damit würde ich das Bild der verwöhnten Prinzessin nur bedienen.

Er stößt ein erbostes Stöhnen aus, winkt ab und dreht sich von mir weg. »Am besten, du gehst jetzt. Und keine Sorge, ich werde morgen pünktlich vor der Kamera stehen und deinen Job retten.«

Alles in mir strebt aus der Halle. Ich möchte nur noch weg von hier, weg von ihm und dem Schmerz, den er mir verursacht. Ich weiß nicht, wie ich es schaffe, stehen zu bleiben. Vielleicht weil ich mir sage, dass er mich mit aller Gewalt von sich wegstoßen will und ich ihm diesen Gefallen nicht tun werde. Mit einem Mal denke ich an Liam, der auch so hartnäckig an mir dranbleibt, obwohl ich nichts lieber täte, als ihn aus meinem Leben zu verbannen.

Joe kann nicht wissen, wie sehr er mich mit seinen Worten verletzt. Was ist nur passiert, dass er so boshaft ist?

»Jeder hat seinen Rucksack zu tragen«, flüstere ich zitternd und fühle mein monströses Paket, das meine Schulter zu Boden drückt.

»Was für ein abgedroschener Spruch«, wiegelt Joe mich ab.

Hört er mir überhaupt richtig zu?

»Was ich damit sagen will, ist, dass nicht nur du es schwer in deinem Leben hattest. James Hamilton –«.

»Ernsthaft? Du kommst mir jetzt mit *ihm?*«

Egal, was ich sage, ich scheine Joe nur wütender zu machen. Aber noch gebe ich nicht auf.

»Ich bin für dich da, wenn du mir deine Geschichte erzählen willst.«

Und vielleicht kann ich dir dann von mir erzählen …

Wenn ich Joe jetzt nicht klarmache, dass ich sehr wohl weiß, was Schmerz ist, wird er mich nicht an sich heranlassen. Dabei wünsche ich mir nichts sehnlicher.

»Na klar! Am besten, ich schütte dir mein Herz aus. Du kannst das nicht verstehen.«

»Und wenn du es versuchst? Weißt du, ich habe auch schon …«

Ich schaffe es nicht! Ich kann es ihm nicht sagen. Dann müsste ich mich dem Schmerz stellen. Vielleicht ist es jetzt an der Zeit. Viel zu lange trage ich das Leid mit mir herum.

Mit aller Kraft sammle ich, was ich an Mut habe, hole tief Luft und sage dann: »Ich habe auch … jemanden verloren.«

Jetzt ist es raus. Wenn er wüsste, wie viel Überwindung mich das gekostet hat. Leider spüre ich keine Erleichterung – im Gegenteil …

»Nein, ehrlich?«, kommt prompt Joes Reaktion, die traurigerweise sehr zynisch ausfällt.

Er geht ein paar Schritte auf mich zu, mustert mich von oben bis unten, wie ich dastehe, perfekt frisiert und geschminkt. Ich überlege, welchen Eindruck ich auf ihn mache.

»Wen hast du verloren? Deinen Kanarienvogel?«

Okay, ich habe es versucht, aber nun ist das Maß voll! Nur weil er meint, um sich schlagen zu müssen, bin ich noch lange nicht sein Punchingball.

»Das denkst du von mir? So wenig kennst du mich also. Joe … oder wie auch immer du heißt und was auch immer du erlebt hast … du bist hier derjenige, der keine Ahnung hat, weil du nur dich siehst und dich mit deiner Geschichte beschäftigst. Um dich gibt es Menschen, die Gefühle haben.« Ich breche ab, weil er sich von mir abwendet.

Er hört mir überhaupt nicht zu.

Torkelnd schleppt er sich zu einer Wand und stemmt sich mit der flachen Hand dagegen und übergibt sich auf den Betonboden.

Wie wunderbar! Bevor der saure Geruch meine Nase erreicht, werde ich verschwinden. Doch eines muss ich noch tun, bevor ich gehe. Mit kurzen Schritten eile ich zu der Schnapsflasche, öffne sie und schütte den Inhalt schneller auf den Boden, als Joe darauf reagieren kann. Fassungslos beobachtet er mich, während er sich den Mund mit seinem Jackenärmel abwischt. Seine Hände ballen sich zu Fäusten, und ich lege die Flasche auf den Boden, damit der Rest von allein rausläuft.

»Du solltest jetzt ganz schnell Land gewinnen«, sagt er bedrohlich ruhig.

Das höre ich mir nur einmal an. Hastig entferne ich

mich aus der Halle, ohne mich noch einmal nach ihm umzudrehen.

Je schneller ich gehe, umso entschlossener lasse ich meine Gefühle hinter mir. Nein, sie werden mich nicht einholen und überwältigen! Jetzt nicht.

Kaum habe ich genügend Abstand zwischen mich und die Lagerhalle gebracht, rufe ich in der Produktion an, um mitzuteilen, dass Joe heute nicht zur Verfügung steht.

»Das ist wirklich verdammt kurzfristig«, bekomme ich zu hören. »Was ist mit ihm los?«

»Er fühlt sich heute nicht gut, und er möchte nicht krank werden, wenn es morgen an die Abschluss-Szene geht«, entgegne ich sachlich und bin erstaunt, wie fest meine Stimme klingt nach allem, was ich mir eben von Joe anhören musste.

»Na gut. Wir werden dann die Zeit nutzen, um noch einige Szenen ohne ihn nachzudrehen. Können wir dann morgen sicher mit ihm rechnen?«

»Er wird wie gewohnt vor der Kamera stehen.«

Puh! Ich lehne mich wirklich ziemlich weit aus dem Fenster, aber letztendlich muss ich für ihn die Hand ins Feuer legen. Wenn ich nicht mehr an ihn glaube, wer dann?

Natürlich ernte ich bei der Produktion keine Begeisterungsstürme, aber was wollen sie machen?

Seit Drehbeginn hat Joe stets zur Verfügung gestanden. Ob am Wochenende oder Feiertag, er war immer da, wenn es nötig war. Dass er jetzt so kurz vor Drehschluss einknickt, ist zwar bedauerlich, aber für die Produktion zu verkraften.

Was sein Verhalten für mich bedeutet, steht auf einem anderen Blatt. Auf der einen Seite erkläre ich mir seine

Bösartigkeit durch den Alkohol. Er hat es sicher nicht so gemeint. Trotzdem hat er mich verletzt. Ich fühle mich verwundet wie ein angeschossenes Tier, das zwar spürt, dass etwas nicht in Ordnung ist, aber noch nicht versteht, dass es jetzt sterben wird.

Auf der anderen Seite frage ich mich, ob das Joes Art war, um mit mir Schluss zu machen? Wollte er mir sagen, dass er mich nicht mehr sehen will?

Ich kann nicht zulassen, dass ich mir den ganzen Tag darüber Gedanken mache. Wenn ich dieses Fass aufmache, riskiere ich nur, dass daraus jede Menge Ballast quillt. Dafür bin ich nicht bereit.

Da ich nicht weiß, wohin mit mir, fahre ich wie gewohnt zu JJO, um mit Oliver über zukünftige Castingprojekte zu sprechen. Ich muss mich ablenken.

»Juna! Seid ihr schon fertig?«, begrüßt mich Oliver hoch erfreut, als ich sein Büro betrete. Sein Lächeln lässt mich vergessen, wie beschissen der Tag bisher war. Keine Frage, er freut sich wirklich sehr, mich zu sehen.

»Fast. Morgen wird der Abschluss gedreht.«

»Oh, meinst du, ich darf dabei sein?«

»Ganz bestimmt. Wir drehen in den frühen Morgenstunden auf der Blackfriars Bridge.«

»Da bin ich sowieso wach. Die Zwillinge feiern um diese Zeit regelmäßig ihre Hallo-Wach-Party.«

»Dann sehen wir uns dort. Aber da meine Tage als Joes persönliche Assistentin gezählt sind, wollte ich gerne mit dir besprechen, welche Projekte anstehen.«

Das fühlt sich richtig an. Obwohl ich es nicht vorhatte, sollte ich mich damit auseinandersetzen, dass ich wieder an meinen alten Arbeitsplatz zurückkehre. Wenigstens kann ich mich mit diesem bisschen Normalität von dem morgendlichen Fiasko ablenken. Ablenken – dieses Wort ist schon zu einem festen Bestandteil meines Lebens geworden. Kann man sich eigentlich so von seinem Leben ablenken, dass man vergisst, es zu leben? Eines ist klar: Es ist verdammt anstrengend, ständig das Ruder mit aller Gewalt gegen die Richtung zu halten, in die mich das Leben schiebt.

»Es gibt so einiges, und ich bin froh, wenn du wieder da bist. Die haben mir zwar eine Praktikantin zugeteilt, aber sie ist nicht wirklich eine Entlastung für mich«, erklärt mir Oliver.

Wenigstens gibt es einen Menschen, der meine Arbeit zu schätzen weiß. Nach Joes Bösartigkeiten kommt das gerade recht. Nein, ich will nicht mehr an Joe denken! So schwer es auch ist, ich packe seine Worte hinter einen imaginären Vorhang. Natürlich weiß ich, dass da eine Menge Ballast hinter dem dicken Stoff auf mich wartet, aber solange ich ihn nicht beiseiteziehe, muss ich mich nicht damit beschäftigen.

Kapitel 14

 $\mathcal{E}$ s ist so weit. Heute werden die letzten Szenen gedreht, und obwohl es bei den Dreharbeiten häufig nicht chronologisch zugeht, haben wir uns die Szene mit dem Unfall auf der Brücke tatsächlich für den Schluss aufgehoben. Unfreiwillig, weil die Location früher nicht zu sperren war.

Heute wird meine Zusammenarbeit mit Joe enden. Wie wird es für ihn weitergehen? Wird er sich eine Wohnung suchen oder mit seinem Hund zurück in die Halle ziehen?

All diese Fragen sollten nicht mehr meine Sorge sein. Der Abstand zu Joe hat mir gezeigt, dass ich mich nicht für sein Leben verantwortlich fühlen darf. Außerdem hat er mir wirklich deutlich zu verstehen gegeben, dass er mich nicht als gleichwertig betrachtet.

Ich will deswegen nicht nachtragend sein, aber die Verletzung kann ich nicht vergessen.

Deshalb habe ich mir heute Zeit gelassen. Als kein Anruf von der Produktion kam, konnte ich davon ausgehen, dass Joe pünktlich aufgetaucht ist. Da kein Lebenszeichen von ihm kam, wusste ich, dass wir von nun an getrennte Wege gehen werden. Ich müsste lügen, würde ich behaupten, dass ich nicht auf eine Nachricht von ihm gewartet hätte. Voller Hoffnung habe ich immer wieder die Nachrichten auf meinem Smartphone gecheckt und wurde von jedem noch so kleinen Geräusch aus dem Schlaf gerissen. Nichts von ihm zu hören, versetzte mir erneut einen Stich. Deutlicher kann er mir nicht mitteilen, dass er mich nicht braucht.

Obwohl ich bestimmt länger hätte schlafen können als die meisten Anwesenden, bin ich hundemüde, während ich durch die Absperrung auf die Brücke schlendere. Es ist stockdunkel, bis zum Sonnenaufgang haben wir noch etliche Stunden Zeit. Zeit, die wegen der Sperrung der Brücke für die Dreharbeiten knapp bemessen ist.

Schon von Weitem erkenne ich Joes imposante Gestalt, die neben der Hündin durch die Strahlen der unzähligen Scheinwerfer erleuchtet wird.

Allein schon seine Anwesenheit, die Art, wie der dort steht und im James-Hamilton-Style einfach nur atemberaubend aussieht, vertreibt meine Müdigkeit augenblicklich. Mein Herzklopfen ignorierend, halte ich weiter auf ihn zu. Seine Hündin hat mich längst gewittert. Sie lässt mich nicht aus den Augen und hat die Ohren gespitzt.

Für den Bruchteil einer Sekunde sieht auch Joe in meine Richtung. Ich bin mir sicher, dass er mich gesehen hat, aber er wendet sich sofort wieder ab. Die Hündin zieht an der Leine in meine Richtung, aber als sie von Joe eine Anweisung erhält, setzt sie sich augenblicklich hin. Dennoch erwartet sie mein Näherkommen mit sichtbarer Ungeduld. Ich wünschte, dass ihr Herrchen sich auch so nach mir sehnen würde!

»Es geht los«, höre ich jemanden rufen, und Joe sieht sich nun doch wieder nach mir um, als ich endlich bei ihm bin.

Mein Herz pocht wie verrückt und mit einem Mal fühle ich mich weinerlich und nervös zugleich. Ob er sich daran erinnert, was er mir alles an den Kopf geworfen hat? Ob es ihm leidtut? Ob er hinter seiner emotionslosen Fassade Gefühle für mich versteckt?

Doch er hält mir nur wortlos die Hundeleine hin.

Soll ich mich jetzt freuen, dass er nach dem üblen Streit

214

trotzdem darauf besteht, dass ich auf seine Hündin aufpasse? Seine teilnahmslose Miene gibt mir den Rest. Ich möchte mich gar nicht damit auseinandersetzen, wie er mich quält, und noch weniger damit, warum mir sein Verhalten so zusetzt. Mir liegt viel an ihm, ja, aber liegt mir eventuell viel mehr an ihm, als ich gedacht habe?

Nur noch heute, sage ich zu mir. Du musst das nur heute überstehen. Dann ist es vorbei.

Ich nehme die Leine aus Joes Hand. Trotz der vielen Schminke sieht er erschöpft und übernächtigt aus.

Wir nicken uns für den Bruchteil einer Sekunde stumm zu, mehr haben wir uns nicht zu sagen. Heute fällt es mir einfach zu schwer, ihm einen guten Morgen zu wünschen.

»Okay, Joe, du sitzt am Steuer und Catherine neben dir auf dem Beifahrersitz«, höre ich einen der Mitarbeiter zu Joe sagen.

»Ja«, brummt er nur, und ich beobachte, wie er zu dem Luxusschlitten geht und sich hineinsetzt.

Er braucht mich nicht mehr. Seine Worte, sein böser Blick waren für mich wie Schläge ins Gesicht. Auch jetzt fühlt es sich an, als zerquetsche er mein Innerstes. Ich wende mich ab. Joes Hündin soll ihren Auslauf bekommen.

»Juna?«, ruft Joe plötzlich.

Kraftlos drehe ich mich zu ihm um und bin von der Traurigkeit in seinem Blick überwältigt. Die Art, wie er mich ansieht, macht mich wirklich fertig. Ich kann nicht verhindern, dass mein Herz für ihn aufgeht.

»Können wir uns später unterhalten?«, will er wissen.

Für einen Moment denke ich darüber nach, ob ich das kann. Will ich das überhaupt? Obwohl ich es nicht will, belasten mich seine beleidigenden Worte nach wie vor und sorgen dafür, dass ich mich mies fühle.

Zögernd nicke ich schließlich.

»Okay, dann bis später«, sagt Joe und versucht ein Lächeln.

Ob er bereut, was er gestern gesagt hat? Ob er mir sagen will, dass es ihm leidtut? Die Frage ist wohl eher, ob ich bereit bin, eine Entschuldigung anzunehmen. Natürlich kann er sich darauf berufen, dass der Alkohol seine Worte gelenkt hat, aber diese Gedanken wurden bestimmt auch schon in nüchternem Zustand in Joe geboren. Der Schnaps hat nur dafür gesorgt, dass ich Joes wahres Gesicht sah.

Letztendlich muss ich mich bis zu dem Gespräch gedulden. Was auch immer er mir zu sagen hat, es kann nicht schlimmer werden. Ich versuche, mir nicht zu viele Gedanken zu machen, marschiere mit leerem Hirn neben dem Hund her. Natürlich fällt mir das nicht leicht, aber sobald ich die Brücke und die Absperrung für die Dreharbeiten hinter mir gelassen habe, atme ich freier. Der Spaziergang wird für mich zu einem regelrechten Gewaltmarsch. Ich powere mich aus, lasse mehrere Meilen in einer halben Stunde hinter mir und kehre schließlich verschwitzt wieder auf die Brücke zurück.

Wie es aussieht, ist die Zeit gekommen, dass die letzte Klappe fällt. Ich gehe zu dem Luxusschlitten, der nun an einer anderen Stelle steht.

»Warum gehst du nicht an dein verdammtes Telefon«, brummt mir jemand entgegen, den ich gar nicht kenne.

Irritiert fische ich nach dem Smartphone in meiner Manteltasche und sehe auf das Display. Der Akku leer. Na ganz toll! In letzter Zeit hatte ich schon des Öfteren Probleme mit dem Akku. Was war hier nur los, dass man versucht hat, mich anzurufen?

»Juna!«, ruft mich eine Regieassistentin zu sich.

Sie eilt mir entgegen und wirkt alarmiert. Ihre großen Augen und die blasse Haut jagen meinen Blutdruck in die Höhe.

»Was ist passiert?«

»Keine Ahnung, Juna. Rede bitte mit ihm! Die letzte Klappe ist gefallen, alle haben applaudiert, und dann ist er vollkommen ausgeflippt, hat herumgebrüllt. Keiner hat verstanden, was mit ihm los ist.«

»Wo ist er?«, frage ich, aber da sehe ich ihn schon in einiger Entfernung am Brückengeländer stehen. Er wirkt wie eine Wachsfigur aus Madame Tussauds. Lebensecht, aber vollkommen reglos hat er die Arme auf dem Geländer abgelegt und starrt hinunter in die Themse, die in der Dunkelheit nur zu erahnen ist.

Die Hündin neben mir wird unruhig, und ich löse instinktiv den Karabiner der Leine, damit sie zu ihm laufen kann. Sie rennt auch sofort los. Immerhin reagiert er auf sie, senkt eine Hand und streicht ihr kurz über den Kopf.

»Redest du mit ihm?«, fragt die Regieassistentin.

»Ich versuche es«, erwidere ich und lasse Joe keine Sekunde aus den Augen.

Dann nehme ich allen Mut zusammen und gehe zu Joe.

Mit ein bisschen Abstand stelle ich mich neben ihn, ahme seine Pose nach und starre in die pechschwarze Tiefe. Das Wasser ist kaum zu erkennen, aber die Kälte, die von unten zu uns heraufsteigt, legt sich wie ein Schleier auf meine Haut.

»Das alles hier ist so was von falsch«, sagt Joe leise.

Ich bedauere zutiefst, dass er meinetwegen solche Qualen erleidet. Hätte ich ihn nur in Ruhe gelassen, ihn sein Leben in Stratford einfach weiterleben lassen! Vielleicht wäre das für alle Beteiligten das Beste gewesen.

»Danke, dass du es bis zum Schluss durchgezogen hast«, sage ich.

Er dreht sich ein kleines Stück zu mir. »Es war alles ganz anders.«

Was redet er da?

»Ich verstehe nicht.«

»Dieser Film verdient den Begleitsatz ›Nach einer wahren Begebenheit‹ nicht. Das alles ist nicht einmal eine Anlehnung an die wahren Geschehnisse.«

Allmählich begreife ich, was er mir sagen will. Er kämpft damit, dass die Filmwelt ihre eigenen Regeln hat und das wirkliche Leben von James Hamilton in keinster Weise wiedergegeben wird. Vielleicht hat ihn das so aus der Bahn geworfen, gepaart mit dem Auftauchen der Eltern von James. Das alles muss ihn in einen Gewissenskonflikt getrieben haben.

»Ich habe den Wagen nicht gefahren«, sagt er plötzlich.

»Das macht doch nichts. Für so etwas gibt es schließlich die Stuntleute.«

»Juna, hörst du mir überhaupt zu?« Joe atmet tief ein.

In dem gespenstischen Schweigen, das nun folgt, stellen sich mir die Nackenhaare auf. Eine Welle massiver Übelkeit steigt in mir auf. Ich fühle, dass hier irgendetwas ganz und gar nicht in Ordnung ist. Mein Körper ist mit einem Mal unendlich schwer. Es ist, als würden meine Füße jeden Moment die asphaltierte Oberfläche der Brücke sprengen.

»Anka und ich«, beginnt Joe. Dann stockt er.

Ich wage einen kurzen Blick zu ihm und sehe, wie er kräftig schluckt, um anschließend unruhig das Standbein zu wechseln. Seine Hände krallen sich in das Brückengeländer.

Anka und er? Ich halte den Atem an, fühle eine unbändige Enge in der Brust.

218

»Wir haben uns ... gestritten«, erklärt er weiter.

Mein Hals ist zugeschnürt. Ich versuche, Luft zu bekommen, aber es fühlt sich an, als laste der Druck des ganzen Universums auf mir.

»Ich habe dort vorne angehalten«, raunt Joe und deutet schwach an eine entfernte Stelle auf der Brücke.

Verzweifelt folge ich seinem Blick, aber ich weiß nicht, was ich machen soll, wie ich reagieren soll.

»Dann bin ich ausgestiegen. Anka ist auf den Fahrersitz geklettert und ohne mich weitergefahren.«

Mit wild klopfendem Herzen höre ich seine Worte, kann sie aber nicht einsortieren. Jetzt ist er vollkommen verrückt geworden. Ich will mich von dem fürchterlichen Druckgefühl befreien, das mich zu zerquetschen droht. »Das ist kein Improvisationstheater. Wir müssen uns ans Drehbuch halten.«

»Verdammt, Juna!«, schreit Joe. »Ihr verfilmt hier ... mein Leben.«

Ich höre, was er sagt, aber begreifen kann ich es nicht.

Er muss doch mehr getrunken haben, als ich für möglich hielt. Wahrscheinlich hatte er irgendwo noch mehr Stoff deponiert.

»Es ist fantastisch, wie du dich mit der Rolle identifizierst, aber wir sind fertig. Die Dreharbeiten sind beendet.« Wie kann ich ihn von diesem Trip runterholen?

Ich hoffe so sehr, dass das hier alles nur ein böser Traum ist oder Joe jeden Moment lacht und sich darüber freut, wie ich ihm auf den Leim gegangen bin. Aber letztendlich spüre ich, dass das nicht passieren wird, weil mich seine Worte treffen, als hätte er mir direkt ins Gesicht geschlagen.

»Nichts ist zu Ende«, knurrt er bedrohlich und starrt wieder aufs Wasser.

Ich bekomme es mit der Angst zu tun. In höchster Alarmbereitschaft bemühe ich mich, ruhig gegen die Enge zu atmen, die mir auf die Lunge drückt. Was ist hier los? Ich wage es nicht, ihn das zu fragen, lasse ihm einfach Zeit, sich zu sortieren.

»Als Anka ohne mich weiterfuhr, habe ich sie innerlich verflucht. Sie muss zu viel Gas gegeben haben. Es war glatt auf der Brücke. Vielleicht hat sie sich auch nach mir umgesehen. Auf jeden Fall kam sie ins Schleudern und prallte an das Geländer. Das Auto stürzte in die Tiefe.«

Mein Körper fühlt sich wie betäubt an. Ich kann nicht glauben, was ich höre. Und doch weiß ich, dass es wahr ist.

Mit einem Mal ist mir klar, was von Anfang an offensichtlich war, nur dass niemand auf die Idee kam. Die Wahrheit schüttelt mich zuerst durch, greift mich dann im Nacken und fixiert mich, damit ich endlich klar sehen kann.

Joe ist James Hamilton!

James ist nicht tot.

»O mein Gott«, hauche ich. Mir ist schwindelig. Ich fürchte, meine Knie geben gleich nach.

»Ich bin hinterhergerannt und gesprungen, aber ich habe das Auto nicht erreicht … Anka und meine … meine kleine Tochter …«

»Das ist …«, beginne ich, aber mir fehlen die Worte.

Fassungslos sehe ich Joe an, der sich jetzt krampfhaft die Augen zuhält. Ob er den Schmerz der Erinnerung verdrängen will oder die Tränen, weiß ich nicht. Ich bin schockiert und erschüttert. Was muss es ihn für Kraft gekostet haben, die Szene hier auf der Brücke zu spielen. Das alles für mich! All der Schmerz und die Trauer.

»Als mir klar wurde, dass ich nichts mehr für die beiden tun kann, bin ich abgehauen. Ich bin abgehauen, wie ein elender Feigling, hab mich tagelang verkrochen und nur gesoffen. Und dann wurde ganz plötzlich diese Leiche gefunden …«

Der Tote, eine völlig verquollene Wasserleiche, die dann fälschlich als James identifiziert wurde. Was für ein fataler Irrtum!

»Das war wie ein Wink des Schicksals. Ich fühlte mich sowieso so, als wäre ich an dem Abend gestorben. Da habe ich beschlossen, tot zu bleiben.«

Zutiefst berührt weiß ich, dass ich ihn hier nicht so stehen lassen kann. Ich muss ihn in den Arm nehmen, ganz gleich, ob er das will oder nicht. Ich muss ihm sagen, dass …

»James? Ich kann es nicht glauben!«, kreischt Clarice plötzlich direkt hinter uns.

Ich fahre zu ihr herum. Sie muss sich uns unbemerkt genähert haben und hat den entscheidenden Teil unserer Unterhaltung mitbekommen. »Das ist unglaublich.« Sie dreht sich zu den anderen am Set um. »Leute! Er ist es. Es ist wirklich James!«

Mit einem Mal bricht Tumult aus. Von überallher strömen die Menschen, die sich am Set aufhielten, zusammen und bedrängen Joe. Er wird umarmt, beglückwünscht, fotografiert und mit Fragen bombardiert. Die Situation ist skurril. Er wird gefeiert, als hätte er im entscheidenden Spiel das Siegertor geschossen. Ein Wunder, dass sie ihn nicht hochheben und auf ihren Schultern davontragen.

Ich stehe wie gelähmt da und sehe mir die ganze Szene an, als säße ich im Kino. Der Abstand zu Joe scheint sich zu vergrößern, obwohl weder er noch ich uns voneinander wegbewegen.

Für den Bruchteil einer Sekunde sieht er mich an. Ich weiß nicht, wie ich seinen Gesichtsausdruck deuten soll.

Bedauern? Dann wird er von Clarice in Richtung eines Fernsehteams geschoben, das am Rande der Absperrung wartet. Das ursprüngliche Interview zum Ende der Dreharbeiten wird nun sicher zum Knüller des Jahrhunderts.

Joe lässt alles über sich ergehen. Joe? James!

Plötzlich taucht Oliver an meiner Seite auf. »Hast du das gewusst?«, keucht er atemlos.

»Nein«, erkläre ich tonlos, während ich Joe nachstarre.

Oliver, ähnlich sprachlos, fährt sich durchs Haar und folgt dem Pulk von Menschen zum Fernsehteam.

Mich fröstelt. Instinktiv schlinge ich meine Arme um meinen Körper, aber es hilft nichts. Die Kälte dringt nicht nur äußerlich an mich, sie füllt mich von innen aus. Für mich ist es Zeit, einen Punkt zu machen und einen Abschluss zu finden. Das war es also. Joe ist James, und das in Wirklichkeit. Wie wenig er von mir hält, hat er letzte Nacht schon deutlich gemacht. Jetzt verstehe ich ihn besser. Er hatte so wenig Vertrauen zu mir, dass er mir nicht einmal gesagt hat, wer er wirklich ist.

Ein Schauder durchfährt meinen Körper. Ich muss hier weg!

Ich drehe mich um und gehe auf die andere Seite der Brücke, weg von dem Tumult. Weg von Joe, von James. Weg von allem.

Jeder Schritt fällt mir schwer. Es scheint eine Ewigkeit zu dauern, bis ich endlich die Absperrung auf der anderen Seite erreiche.

»Was ist da los?«, fragt eine Reporterin, die mit Mikrofon und Kamera dort steht, einen der Mitarbeiter, die die Absperrung überwachen.

Aber der Mann zuckt nur mit den Schultern.

»Wissen Sie es?«, wendet sie sich an mich, als ich mich

in gebückter Haltung unter der Absperrung durchschiebe.

Ich schüttle nur mit dem Kopf, weil ich nicht darüber sprechen kann. Es fällt mir sogar schwer, darüber nachzudenken. Wie soll ich diesen Wahnsinn in Worte fassen? Sie wird es früh genug von der Konkurrenz auf der anderen Seite der Brücke erfahren.

Unendlich langsam gehe ich zur nächsten U-Bahn-Station. Ich habe das Gefühl, dass mir sämtliche Energie entzogen wurde. Die Sonne schleppt sich über den Horizont und in London bricht ein neuer Tag an, aber das alles berührt mich nicht. Ich komme mir vor wie in einem Paralleluniversum. Auf der einen Seite, ausgeschlossen vom Rest der Welt, abgeschottet. So ähnlich habe ich mich schon einmal in meinem Leben gefühlt, und auch damals hat es mir geholfen, mich vom Rest der Welt abzukapseln.

Irgendwann sehe ich die türkise Fassade vom Sugar Rush vor mir auftauchen. Alles hier ist zu bunt, zu fröhlich, zu lebendig. Obwohl die Ladentür geschlossen ist, rieche ich den süßen Duft der Leckereien. Ich kann jetzt unmöglich in den Laden gehen.

Ich bin noch nicht an der Ladentür vorbei, als Amanda sie so schwunghaft aufreißt, dass die Ladenglocke beinahe aus ihrer Halterung gerissen wird. »Juna! Ist es wahr? Ich habe es gerade im Radio gehört.«

Nickend bestätige ich, was sie sowieso schon weiß.

»Das gibt es doch nicht! Hast du das gewusst?«

Warum fragt mich das nur jeder? Weil es so aussah, als hätten Joe und ich ein besonderes Verhältnis? Als wären da Gefühle im Spiel und ein Maß an Vertrauen, das alle Geheimnisse ans Tageslicht bringt?

»Ich habe gar nichts gewusst. Ich habe es nicht einmal geahnt«, flüstere ich kraftlos.

Jetzt, wo ich es ausspreche, schlägt mir die Erkenntnis doppelt ins Gesicht. Mein Kinn zittert.

»Aber … das konnte doch auch wirklich niemand wissen.«

»Ehrlich? Sieh ihn dir an! Die Ähnlichkeit war so offensichtlich. Aber wir alle haben uns so darüber gefreut, endlich einen Doppelgänger gefunden zu haben, dass niemand auf die Idee kam, er könnte es persönlich sein.«

»Ja, weil er tot ist …«

Das alles ist vollkommen verrückt! Ich kann es noch immer nicht begreifen. Damals wurde seine Leiche aus der Themse geborgen. Es gab eine Beerdigung. Seine Eltern sind bis heute erschüttert und trauern. Sie haben sich vollkommen zurückgezogen. Und nun ist ihr Sohn wieder da. Aber hatte Betty nicht erzählt, dass sie bei der Identifizierung nicht richtig hinsehen konnte? Und wer kann ihr das vorwerfen?

»Wo ist er jetzt?«, fragt Amanda.

»Keine Ahnung. Er hat sich von Clarice krallen lassen und gibt Interviews. Es ist mir so was von egal, wo er ist.« Obwohl ich die Worte so laut und deutlich von mir gebe, fühlt es sich in mir nicht einmal halb so entschlossen an. Am liebsten würde ich die Verzweiflung aus mir herausbrüllen, aber selbst dafür fehlt mir die Kraft.

»Aber –«.

»Nichts aber! Er hat mir schon vor seinem Outing deutlich gesagt, dass ich in seinen Augen kein ihm ebenbürtiger Mensch bin, weil ich die harte Seite des Lebens niemals kennengelernt habe.«

»Der hat sie doch nicht alle! Der weiß doch nicht –«.

Diesmal hebe ich nur die Hand, um Amandas sicher lieb gemeinte Gedanken zum Schweigen zu bringen.

»Er weiß nichts, und ich will auch nicht, dass er jemals etwas davon erfährt.«

Das wäre ja noch schöner, dass ich jetzt, wo er James Hamilton ist, mit meiner Vergangenheit daherkomme.

»Liam ist da«, sagt Amanda plötzlich.

»Was?« Womit habe ich das verdient!

»Er stand heute Morgen vor der Tür. Er ist im Wohnzimmer und hat sich ein bisschen auf die Couch gelegt.«

Resigniert nicke ich und merke, dass ich keine Energie mehr habe, jetzt gegen Liam anzutreten. Amanda schenkt mir einen Blick, der mich aufmuntern soll. Aber ihre zusammengepressten Lippen zeigen mir deutlich, dass sie weiß, was ich jetzt durchmache.

»Ruf mich, wenn du Hilfe brauchst!«, sagt sie und zieht sich dann in den Laden zurück.

Die Ladenglocke klingelt, und für mich fühlt es sich an, als sei ein neuer Lebensabschnitt eingeläutet worden.

Ich schleiche ums Hauseck und sperre möglichst leise die Haustür auf. Schritt für Schritt schleppe ich mich in den ersten Stock und tappe sofort zum Wohnzimmer.

Auf der Couch unter einer Wolldecke liegt Liam, mein Exfreund. Das friedlich schlafende Gesicht meiner ehemals großen Liebe wird nur spärlich von einer kleinen Tischlampe beleuchtet. Trotzdem trifft mich sein vertrauter Anblick mit voller Wucht.

Als ich ihn das letzte Mal sah, haben wir uns fürchterlich gestritten. Wie er da so ruhig liegt und trotzdem erschöpft aussieht, lässt mich die bösen Worte sofort vergessen, die wir uns an den Kopf geworfen haben. Jetzt wünsche ich mir nichts mehr, als Frieden zu schließen. Mit allem.

Ich lasse meine Tasche auf den Boden sinken und schleiche zu Liam. Als ich ihn erreicht habe, schlägt er plötzlich die Augen auf und wir sehen uns für einen quälend langen Moment einfach nur an. Ich versuche, seine Stimmung zu erfassen, und ihm scheint es mit mir ähnlich zu gehen.

»Hallo, Liam«, sage ich schließlich.

Er reibt sich mit den Händen über das Gesicht. Dann schiebt er die Decke weg und setzt sich auf. Müde stützt er die Arme auf seine Oberschenkel. Ich lasse mich neben ihm auf die Couch sinken.

»Hallo«, antwortet er endlich und sieht mich an.

Wir schweigen. Dabei hätten wir uns so viel zu sagen.

»Du hast mich nie zurückgerufen«, stellt er schließlich fest.

»Ich konnte nicht«, gebe ich zu.

»Ich weiß. Amanda sagt immer, du hättest so viel zu tun.«

»Nein, ich konnte nicht, weil …« Ich schließe die Augen und bemerke, wie mein Atem schneller wird.

Die Sache mit Joe hat alle Dämme in mir brechen lassen. Ich kann mich nicht länger hinter einer Mauer verstecken. Also lasse ich die Tränen zu, die in meinen Augen brennen. »Es tut so sehr weh.«

»Ich weiß«, sagt Liam sofort.

Durch meinen tränenverschleierten Blick kann ich den Glanz in seinen Augen sehen und den Schmerz, den er in sich trägt. »Aber wir dürfen sie nicht vergessen. Das hat sie nicht verdient.«

Ich nicke, schließe die Augen erneut kurz und löse damit einen ganzen Schwall neuer Tränen aus, die wie ein nicht enden wollendes Rinnsal meine Wangen herunterlaufen.

»Ihr Geburtstag ist in zwei Wochen«, erinnert mich Liam. »Sie wäre dann drei Jahre alt. Ich möchte, dass wir diesen Tag zusammen verbringen, uns an sie erinnern und an die schöne Zeit denken, die wir mit ihr hatten.« Er weint und lässt den Kopf hängen.

Zum ersten Mal in all den Jahren bringe ich die Kraft auf, ihn zu trösten. Ich lege ihm meine Hand auf die Schulter und weine mit ihm.

Einen Moment später liegen wir uns in den Armen, lassen den Tränen freien Lauf und denken an unser kleines Mädchen, das viel zu früh von uns gegangen ist. Ich mag mir keine Gedanken mehr darüber machen, was hätte sein können. Liam und ich hatten unser gemeinsames Leben geplant. Wir waren glücklich, wollten heiraten und gute Eltern für unsere Tochter sein. Valerie war so ein süßes Mädchen. Sie war wunderschön. Alles war perfekt.

Bis zu dem einen Tag, der alles veränderte.

Mit einem Schlag war sie nicht mehr da. Dabei hatte ich sie nur für ihr Mittagsschläfchen hingelegt. Doch als ich nach ihr sah, da war ihr kleiner Körper schon ganz kalt.

Den Moment, in dem ich realisierte, dass sie nicht einfach nur schläft, werde ich nie wieder vergessen. Ich wusste nicht, dass ein Mensch solch eine Qual spüren kann. Es ist die Hölle, wenn einem ohne Vorwarnung das Glück aus jeder Pore gesaugt wird, und das, was zurückbleibt, ist pures Gift.

Alles zerbrach.

Für mich fühlte es sich an, als habe Valeries Seele mein Glück mit sich genommen. Meine Liebe zu Liam verschwand genauso, wie Valerie verschwunden war. Alles schien nur noch eine Hülle zu sein, die die unglaubliche Leere an mich fesselte und mich vergiftete.

Ich konnte nicht mehr an Valerie denken, wollte nicht über sie reden. Das war meine Art, mit der Trauer umzugehen. Aber diese Strategie ging nicht auf.

Jetzt weiß ich, dass meine Tochter immer ein Teil meines Lebens sein wird – genau wie Liam. Obwohl wir nicht mehr zusammengehören, werde ich ihn immer lieben. Schon allein, weil er der Vater meiner kleinen Tochter ist.

Wir reden den ganzen Tag nur über Valerie. Liam hat das Fotoalbum mitgebracht, das ich nicht mehr sehen wollte. Wir sitzen da und unterhalten uns über das, was einmal war, was nie mehr sein wird. Aber die Vergangenheit kann uns keiner nehmen und zum ersten Mal kann ich Liams Art von damals verstehen. Seinerzeit habe ich ihm unterstellt, er würde nichts empfinden und nicht trauern, weil er sich in die Arbeit gestürzt hat. Dabei sagte er zu mir, dass ich Valerie aus meinem Leben streichen würde, weil ich so tat, als hätte es sie nie gegeben. Es war eine schwierige Zeit, in der wir unsere gemeinsame Wohnung verkauften, Liam zurück nach Irland ging und ich hier bei Amanda und Finley einzog. Gleichzeitig suchte ich mir einen neuen Job. Zu dem regionalen Sender, bei dem ich vor Valeries Geburt gearbeitet hatte, wollte ich nicht wieder zurück, um weder die Fragen noch das Mitleid meiner Kolleginnen und Kollegen aushalten zu müssen. Ich wollte lieber in ein anonymes, großes Unternehmen. So kam ich zu JJO und aus der Assistentin mit Mann und Kind wurde eine Castingangestellte ohne Vergangenheit.

Kapitel 15

Am nächsten Tag tritt Joe wieder in mein Leben. Seine Wiederauferstehung als der, der er in Wahrheit ist, beherrscht die Medien weltweit. Inzwischen dürften sogar die Menschen, die ihn noch nicht gekannt haben, wissen, wer er ist.

Die Bilder von dem Interview an der Brücke und alle vorherigen Kontakte mit der Presse laufen im Fernsehen in einer Art Dauerschleife. Es ist, als gäbe es keine Klimakatastrophe, keine Kriege, keine anderen Themen mehr. James Hamilton beherrscht das Geschehen.

Es wird gemunkelt, er habe London verlassen, um sich erst einmal auf seine neue Lebenssituation einzustellen. Er muss sich also darauf einstellen, dass er noch ein Vermögen besitzt, das seine Eltern hoffentlich nicht verprasst haben.

Nein, ich darf nicht ungerecht sein. Ich habe ihn bei der Begegnung mit seinen Eltern und auf der Brücke erlebt und weiß, welchen Kampf er auszutragen hat. Er hat seinen Eltern unglaubliches zugemutet, und außerdem liegt ein anderer Mensch in seinem Grab, der vielleicht auch Angehörige hat, die in quälender Ungewissheit leben. Ich möchte nicht in Joes … James' Haut stecken.

Während Liam seine freien Tage in London auch dazu nutzt, Bekannte und Freunde von früher zu besuchen, muss ich zurück in die Arbeit.

Oliver hat mich bereits erwartet. »Du siehst wirklich schlecht aus«, begrüßt er mich.

Dabei wirkt er ähnlich fertig. Aber während ich seinen

Zustand eindeutig auf das Chaos zurückführe, das das Leben mit neugeborenen Zwillingen mit sich bringt, steckt bei mir noch ein bisschen mehr dahinter. Das hat nicht nur mit Joe zu tun. Aber Oliver weiß nichts von Valerie, und ich frage mich, warum eigentlich nicht. Liam hatte mit seinen Vorwürfen damals recht. Ich habe sie aus meinem Leben verbannt, und das war ihr gegenüber das Schlimmste, was ich tun konnte.

»Gestern ist mein Exfreund überraschend aufgetaucht«, erkläre ich Oliver.

»Oh«, sagt er nur.

»Wir hatten eine kleine Tochter. Valerie. Sie starb vor über zwei Jahren. Plötzlicher Kindstod.«

»Juna!«

Oliver umarmt mich und drückt mich so fest, dass ich unglaublich viel Energie und Trost daraus ziehen kann. »Das tut mir sehr leid!«

Nickend nehme ich seine Worte an.

»Möchtest du ein paar Tage freinehmen?«, fragt er und schon dafür liebe ich ihn.

»Nein, danke, es geht.« Während ich das sage, merke ich, dass es stimmt.

Natürlich werde ich immer um Valerie trauern, und aus Erfahrung weiß ich, dass es gute und schlechte Tage gibt und immer geben wird. Aber seit Liam aufgetaucht ist, hat sich etwas gelöst, das schwer wie Blei auf mir gelegen hat.

Oder hatte sich davor schon etwas verändert? Nein, Joe hat damit nichts zu tun! Im Gegenteil: Er hat mich in sein Herz gelassen, um mich dann von sich zu stoßen, als bedeute ich ihm nichts. Und was ist mit meinem Herz? Da war nur ein Organ, das Blut durch meinen Kreislauf pumpte. Wenn ich die Chance gehabt hätte, je wieder so etwas wie Liebe zu empfinden, dann hat Joe darauf herumgetrampelt und alles zerstört.

»Gibt es was Neues von Joe?«, frage ich und lenke bewusst von Valerie ab. Ich werde meine Gefühle für sie nie wieder verdrängen, aber ich muss auch nach vorn schauen.

»Du meinst James. Er ist zu seinen Eltern gefahren, die irgendwo in Schottland leben. Schlimm ist, dass er für niemanden zu erreichen ist, dabei gibt es so einiges zu klären. Mir ist schon klar, dass er momentan viele Themen zu bearbeiten hat, aber für uns ist nun auch unklar, wie es mit dem Film weitergeht. Es ist alles im Kasten, aber wir wissen nicht, ob das Projekt jetzt auf Eis gelegt wird oder erscheinen darf.«

»Na toll!«

Natürlich hätte ich mir das denken können. Mal abgesehen davon, dass James den Vertrag unter falschem Namen unterschrieben hat und damit das ganze Schriftstück vermutlich rechtlich anfechtbar ist, geht es auch darum, dass die Verfilmung seines Lebens nicht mehr stimmt. Er ist nicht tot. Und wenn er will, kann er nun mit einem Heer von Anwälten auftauchen und uns alle vernichten.

»Hat er Kontakt zu dir aufgenommen?«, fragt Oliver.

»Nein. Wir hatten einen Streit vor dem letzten Drehtag. Ich denke nicht, dass er überhaupt noch einen Gedanken an mich verschwendet.«

»Das glaube ich nicht. Er hat sich die ganze Zeit über nach dir umgesehen, als du in der Nähe warst. Du bist ihm wichtig.«

Wenn es nicht so traurig wäre, würde ich darüber lachen.

»Weil ich seine Hündin betreut habe. Die ist ihm wichtig.«

»Nein, Juna! Du bist viel zu bescheiden. Ich bin auch nur ein Mann und du bist eine tolle Frau. Glaub mir,

James Hamilton – oder Joe oder wer auch immer er sein mag – ist bis über beide Ohren in dich verliebt.«

Ich will das nicht hören. »Bitte, Oliver, da bildest du dir etwas ein.«

Ja, wir haben miteinander geschlafen, und ja, wir haben uns sehr gut verstanden, aber das heißt doch nichts! Da er auch James Hamilton ist, brauche ich mir noch weniger auf den Sex einzubilden. Jeder weiß, dass James Hamilton es vor Anka gehörig hat krachen lassen.

»Er wird sich bei dir melden, wenn er wieder klar denken kann«, prophezeit Oliver.

»Vielleicht will ich ihn ja nicht mehr sehen«, kontere ich. »Und jetzt lass uns von etwas anderem reden! Wo sind meine neuen Projekte?«

»Keine Sorge, ich werde dich mit Arbeit überhäufen!«, sagt Oliver sofort. »Meinst du etwa, ich lasse zu, dass du weiterhin irgendwelche Schauspieler betreust?«

»Danke.« Ich freue mich wirklich darauf, wieder bei Oliver im Team zu sein. »Dann sehe ich mir gleich alles an und lege dir die Vorauswahl auf den Tisch.«

»So wünsche ich mir das. Ach, ich habe dich vermisst!«

Wenigstens geht es hier bei JJO für mich ganz normal weiter. Das ist mir sehr wichtig.

Kapitel 16

ünf Wochen später und Olivers Prophezeiung, dass James sich bei mir melden wird, ist nicht eingetreten. Ob er den Kopf nicht frei hat oder mich längst aus seinen Gedanken verbannt hat? Ich werde ihn sicherlich nicht danach fragen.

Immer wenn mein Telefon klingelt, hoffe ich trotzdem auf ein Lebenszeichen von ihm. Aber er ist es nie und so auch heute: Liams Name steht auf dem Display.

Wir telefonieren inzwischen häufig miteinander, haben zu einem lockeren Umgang miteinander zurückgefunden, den ich nie wieder missen möchte. So ist es auch nicht verwunderlich, dass Liam mich auch nach meinem Liebesleben fragt.

»Gibt es inzwischen einen Mann in deinem Leben?«, fragt Liam locker, nachdem wir uns über den Alltag ausgetauscht haben.

Meine Gedanken schnellen sofort zu Joe … James.

»Es gab einen«, gebe ich zu.

Warum sollte ich vor Liam Geheimnisse haben? Wir haben eine sehr innige, bewegte Vergangenheit. Jetzt, da er wieder zu meinem Leben gehört, möchte ich ihn nicht außen vor lassen. Wir waren auch während unserer Partnerschaft die besten Freunde, haben uns einfach alles gesagt.

»Wirst du mir von ihm erzählen?«, fragt Liam, weil ich zu lange schweigsam bin.

»Es ist James Hamilton.«

»Wie? Der James Hamilton, der jahrelang als Obdachloser irgendwo in London gehaust hat?«

»Ich habe ihn für den Film über sein eigenes Leben engagiert.«

»Ich kann mir vorstellen, dass es sicher nicht einfach für dich war, als rauskam, wer er wirklich ist. Aber schließlich bist nicht nur du nicht auf die Idee gekommen, dass er es sein könnte. Wie solltest du auch?«

»Es gab so viele kleine Hinweise. Als seine Eltern am Set waren und er sie partout nicht sehen wollte. Seine Andeutungen über seine Vergangenheit. Ich war so dumm.«

Liam übergeht das einfach, als sei es nicht wichtig. Vielleicht hat er recht …

»Du warst mit ihm zusammen?«

»Ich bin mir nicht sicher, ob ich das so nennen würde.« Ich denke über die Zeit während der Dreharbeiten nach. »Niemand wusste von uns. Offiziell war ich ja nur seine persönliche Assistentin. Wir haben niemandem erzählt, dass wir auch die Nächte zusammen verbrachten.«

»Mehr war es nicht? Nur körperlich?«, hakt Liam locker nach, als führte er mit mir eine Unterhaltung über unseren Arbeitsalltag.

»Es war mehr … dachte ich. Jetzt bin ich mir nicht mehr sicher.«

Wie kann ich nicht sicher sein? Als Joe mit Clarice gegangen ist, hat er mir damit mehr wehgetan als an dem Tag davor.

Liam durchschaut mich sofort. »Juna, erzähl mir keinen Scheiß!«

»Ja, also gut. Ich liebe ihn … immer noch. Ich glaube, ich bin nicht über ihn hinweg.«

Es ist irgendwie verrückt, dass es ausgerechnet Liam ist, dem ich endlich die Wahrheit sagen kann. Ich habe meine Gefühle so lange vor mir selbst verleugnet.

»Das tut mir leid. Hat er dich hängen lassen?«

»Er hat mich sehr verletzt.«

»Hat er dich betrogen?«

»Nein, er hat mich von sich gestoßen, als seine Vergangenheit ihn eingeholt hat. Jetzt im Nachhinein kann ich mir vorstellen, durch welche Hölle er gegangen ist. Aber er hätte sich mir auch anvertrauen können. Ich wünschte, er hätte mir gesagt, wer er ist.«

»Hat er aber nicht. Ich glaube, ich kenne da eine Frau, die ganz ähnlich reagiert hat«, neckt mich Liam, aber darauf will ich momentan nicht eingehen.

»Stattdessen hat er mir vorgeworfen, dass ich keine Ahnung hätte, was es heißt, im Leben mit Schicksalsschlägen fertig zu werden.«

»Das ist natürlich gemein. Und was hat er dann dazu gesagt, als du ihn aufgeklärt hast?«

»Gar nichts.«

»Ehrlich? Was für ein Arsch!«

»Nein, du verstehst nicht! Er konnte nichts dazu sagen, weil ich es ihm nicht erzählt habe.«

Schweigend warte ich auf Liams Reaktion, aber er lässt sich Zeit damit. Natürlich passt es ihm nicht, dass ich nicht über Valerie gesprochen habe, aber letztendlich weiß er bestimmt, dass ich jetzt so viel weiter bin als vor ein paar Wochen. Niemand kann mich zwingen, über Valerie zu reden, wenn ich es nicht will.

»Hast du noch Kontakt zu ihm?«, fragt er schließlich.

»Nein«, sage ich laut, als wäre das ein Ding der Unmöglichkeit.

»Du hast nie versucht, ihn anzurufen?«, bohrt Liam weiter.

»Was hätte das gebracht? Auf einmal war er James Hamilton. Es ging alles so schnell und dann war er schon weg.«

»Den Tumult habe ich mitbekommen. Es gab ja kein anderes Thema mehr.«

»Ich kann mich gar nicht mehr so richtig daran erinnern.«

»Juna, die Meisterin der Ablenkung.«

Ich seufze und gebe mich geschlagen. »Mag sein. Aber dann warst du plötzlich bei Amanda und …«

»Dann war alles andere unwichtig.«

»Richtig.«

Wir schweigen für einen Moment.

»Rufst du ihn an?«, fragt Liam dann plötzlich.

»Warum sollte ich? Hey, hier ist Juna. Du weißt schon, die, die keine Ahnung vom Leben hat und vollkommen naiv ist. Wir haben ein paarmal miteinander gevögelt, aber wahrscheinlich hast du das längst vergessen.«

»Ich verstehe«, höre ich Liam nachdenklich sagen. Geschickt lenkt er mich vom Thema James ab und wenig später beenden wir das Telefonat.

Wieder drei Wochen später und Olivers Prophezeiung, dass James sich bei mir melden wird, ist noch immer nicht eingetreten.

Inzwischen glaube ich schon nicht mehr an einen Anruf von ihm, aber ganz kurz beschleicht mich trotzdem ein Funken Hoffnung, wenn mein Telefon klingelt. Aber auch heute ist es wieder Liam.

»Ich bin beruflich in der Stadt. Hast du Lust, mit mir essen zu gehen?«, fragt er und ich stimme sofort zu.

»Warum hast du nicht früher angerufen?«

»Ich habe nachgedacht, Juna! Ich muss dir etwas sagen.«

Ich freue mich über diese Einladung und bin natürlich auch neugierig.

»Wo wohnst du?«

»Die Firma zahlt mir ein Hotel.«

»Gut, dann musst du nicht bei uns auf der Couch schlafen.«

»Nicht, dass ich mich nicht darüber freuen würde, aber die Tagung findet auch in dem Hotel statt, insofern ist das die praktikablere Lösung. Außerdem bin ich ganz in deiner Nähe im Nadler.«

»Du machst Witze? Das ist ja praktisch ums Eck. Ich freue mich wirklich, dich zu sehen.«

Endlich kann ich Liam wie einen alten Freund treffen, mit dem ich durch Valerie für immer verbunden sein werde.

»An wann hattest du gedacht?«, will ich wissen.

»Heute Abend?«

»Das ist wirklich ziemlich kurzfristig.« Auch wenn ich mich mit Liam wieder gut verstehe, muss er ja nicht wissen, dass ich die meisten Abende ohne Verabredung zu Hause verbringe.

»Ich weiß. Wie gesagt, ich habe echt lange überlegt, ob ich dich anrufe.«

»Ich bin froh, dass du es getan hast. Wohin führst du mich aus?«

»Halt dich fest! Ich habe einen Tisch bei Joe Allen bekommen.«

»Jetzt kann ich ja schlecht ›Nein‹ sagen.« Dieses kleine Lokal ist ein beliebter Treffpunkt für Menschen, die die gute Küche zu schätzen wissen. Ich frage mich, wie Liam an einen Tisch gekommen ist und wen er dafür umbringen musste.

»Ich wusste, dass du das sagst.«

»Dann bis später. Wir treffen uns dort?«

Meine Verabredung für heute Abend steht also. Ich

überlege lange, wie ich mich zurechtmachen soll. Ich habe so richtig Lust, mich wieder einmal herauszuputzen, aber ich möchte auch nicht, dass Liam denkt, ich wäre in einer Weise an ihm interessiert, die ich nicht im Sinn habe. Trotzdem lasse ich es mir nicht nehmen, ein schönes Kleid anzuziehen. Ich entscheide mich für das knielange glitzernde Etwas, das teils aus Blumenmuster, teils aus Streifen besteht. Bisher gab es nie einen Anlass, dieses sexy Teil zu tragen. Für ein Ambiente wie im Joe Allen, wo auch immer wieder supercoole Theaterevents stattfinden, ist es genau das richtige Kleid.

Die Locken in meinem langen Haar fallen heute dem Glätteisen zum Opfer.

»Wow, Juna, du siehst toll aus! Hast du ein Date?«, fragt Amanda, als ich in die Küche gehe, um mich zu verabschieden.

Finley, der über einem Kochbuch brütet, ist ebenfalls sichtlich beeindruckt.

»Nein, kein Date. Liam ist in der Stadt.«

»Liam?«, hakt Finley nach.

»Juna, ist da etwas im Busch?«, fragt Amanda direkt.

»Nein.« Ich rolle mit den Augen. »Aber ich hatte einfach so richtig Lust, mich aufzubrezeln.«

»Nun, ich würde sagen, das ist dir gelungen. Viel Spaß und richte ihm Grüße aus!«

Ich mache mich zu Fuß auf den Weg ins Joe Allen.

Liam sehe ich schon von Weitem vor dem roten Vordach des Restaurants stehen. Er sieht immer wieder auf seine Uhr und wirkt nervös.

Ich brenne vor Neugier, was er mir sagen möchte. Was kann es sein, das ihn so in Aufregung versetzt? Besonders viele Möglichkeiten fallen mir da nicht ein.

Immer wieder sieht er in die Richtung der Hauptstraße, dabei komme ich von der anderen Seite.

Er entdeckt mich erst, als ich auf der gegenüberliegenden Straßenseite stehe. Seine Hände, die er eben noch mit den Fingerspitzen aneinandergepresst vor dem Körper gehalten hat, hängen mit einem Mal wie leblos herab. Er steht da und sieht mich einfach nur an. Es freut mich, dass er so beeindruckt ist. Ich muss mich zwingen, auf den Straßenverkehr zu achten, bevor ich mit meinen extrem hohen High Heels über die Straße eile.

»Hey.« Ich bin leicht außer Atem.

»Der Hammer!«, stammelt er stattdessen und wir umarmen uns kurz. »Du siehst so toll aus!«

»Danke. Ich hab mich einfach gefreut, dass wir uns treffen.«

»Wollen wir reingehen?«

Ich nicke und lasse mir gerne von Liam die Tür aufhalten.

Im Restaurant empfängt uns warme und leicht stickige Luft. Die verschiedensten Essensdüfte wabern durch den Raum und die Musik übertönt die Geräusche der Gespräche und das Klappern des Geschirrs kaum. Es ist voll hier. Der enge Gastraum ist mit unzähligen kleinen Tischen gefüllt.

Trotzdem wirkt es durch die dezente Beleuchtung und die unverputzten Ziegelsteinwände, an denen reihenweise Bilder hängen, sehr gemütlich.

Wir bekommen einen der wenigen Tische, die noch frei sind. Glücklicherweise haben wir einen Tisch an der Wand. Ich sitze lieber am Rand als mitten im Raum.

Im nächsten Augenblick wird uns auch schon die Speisekarte gereicht. Mir fällt jedoch auf, dass Liam mich immer wieder ansieht, als denke er über etwas nach.

Nachdem wir unsere Bestellung aufgegeben haben, beuge ich mich über den Tisch. »Ich sehe doch, dass dich etwas belastet. Was auch immer du mir sagen willst, es ist okay.«

Liam weicht meinem Blick aus und atmet tief ein. »Ich hoffe, ich habe dich mit meiner Einladung nicht auf die falsche Fährte gelockt.«

»Wie meinst du das?«

»Na, du und ich. Du denkt doch nicht, dass –«.

»Nein, das haben wir geklärt. Keine Sorge! Ich habe mich nicht für dich so hergerichtet.« Außerdem hoffe ich heimlich seit sieben Wochen und sechs Tagen auf ein Lebenszeichen von James.

»Nicht? Jetzt bin ich beleidigt«, kontert Liam, aber ich sehe ihm an, wie erleichtert er ist. Er sieht sich im Lokal um, als interessiere er sich für die anderen Gäste. »Okay, dann habe ich jetzt keine Ausrede mehr, es dir noch länger zu verschweigen.« Plötzlich trifft mich sein Blick. »Ich habe eine Frau kennengelernt.«

Für einen Moment bin ich baff. Das ist es? Das versetzt ihn so in Aufregung?

»Es ist etwas Ernstes. Wir wollen heiraten.«

»Das ist wunderbar, Liam! Ehrlich, ich freue mich für dich und ich gönne dir das von ganzem Herzen.«

»Sie ist schwanger.«

Das versetzt mir einen Stich. Doch ich werde Liam das nicht merken lassen.

»Mach dir keine Sorgen!«, sage ich sofort und reiche ihm über dem Tisch die Hand. »Ich wusste, dass das eines Tages passieren wird.«

Ich darf jetzt nicht daran denken, was für ein toller Vater er ist, weil es das erträgliche Maß dessen, was ich aushalte, eindeutig übersteigt.

Liam drückt meine Hand, presst die Lippen aufeinander und atmet tief ein. Dann weicht er meinem Blick aus, und ich sehe, wie die ganze Anspannung von ihm abfällt.

»Danke«, sagt er, als er meinem Blick erneut begegnet.

In diesem einen Wort liegt so viel und ich nehme es an.

Langsam ziehe ich meine Hand zurück. Für Außenstehende könnte es tatsächlich so aussehen, als gehörten wir zusammen.

Kurze Zeit später sind wir mit Getränken versorgt und stoßen an.

»Gibt es inzwischen einen neuen Mann in deinem Leben?«, fragt Liam locker.

Mir ist schon klar, nach wem er mich hier fragt. Bestimmt will er wissen, ob ich inzwischen über Joe hinweg bin.

»Es gibt keinen«, erkläre ich schnell.

»Du hast tatsächlich nie bei ihm angerufen? Und er weiß noch immer nichts von Valerie?«, bohrt Liam weiter.

Ich schüttle vorsichtig den Kopf, greife nach meinem Wasser und nehme einen Schluck. Dabei entgeht mir Liams Seufzen allerdings nicht.

Schließlich legt Liam seine Hand auf meine. »Liebst du ihn noch?«

Was soll das denn jetzt?

»Liam!«

»Beantworte mir nur diese eine Frage. Liebst du ihn noch, Juna?«

»Also ich weiß ja nicht, warum das so wichtig für dich ist —«.

Liam sieht mich an, als kenne er die Antwort sowieso schon. Also gebe ich es zu.

»Ja, ich liebe ihn. Ich kann meine Gefühle nicht einfach so an- und ausschalten.« Während ich das sage, erfasst mich eine unbändige Sehnsucht nach dem Mann, der sich mir einfach so entzogen hat.

Wir schweigen für einen Moment, aber Liam sieht höllisch zufrieden aus, was mich irgendwie misstrauisch macht.

»Was ist los?«, hake ich sofort nach.

»Du hast bestimmt bemerkt, dass ich nervös bin«, sagt Liam.

»Aber hallo.« Natürlich habe ich das gecheckt. Es war nicht zu übersehen.

»Dabei ging es nicht nur um die Tatsache, dass ich wieder Vater werde. Ich muss dir etwas beichten.«

Irritiert ziehe ich die Augenbrauen nach oben. Was kommt jetzt? Vorsorglich greife ich nach meinem Wasserglas, weil ich etwas brauche, woran ich mich festhalten kann.

»Ich kenne den Typen, der hier für die Reservierungen zuständig ist.«

Ich lache auf, weil ich das Wort Beichte in dem Zusammenhang reichlich überzogen finde.

»Na, herzlichen Glückwunsch. Jetzt weiß ich, wie du so kurzfristig an den Tisch gekommen bist.«

Während meiner kleinen Ansprache schweift Liams Aufmerksamkeit plötzlich ab. Er hebt die Hand und ich schweige.

Ich folge seinem Blick und sehe dem Mann, der im Begriff ist, an unserem Tisch vorbeizugehen, ins Gesicht.

Wie von Sinnen springe ich auf. »Joe«, hauche ich. Er reagiert blitzschnell und fängt den Stuhl auf, den ich so schwungvoll mit den Beinen weggedrückt habe, dass er umgefallen wäre.

»Joe … ich meine James«, korrigiere ich mich.

Mir wird schwindelig. Mit einem Mal könnte ich losheulen und habe damit zu kämpfen, die Tränen niederzuringen.

Das gibt es doch nicht! Er ist hier. Er ist es wirklich.

»Hallo, Juna«, sagt er ruhig, aber ich spüre seine Befangenheit.

Erst jetzt sehe ich, dass er in Begleitung seiner Eltern ist.

»Das ist ja eine schöne Überraschung«, freut sich Betty und reicht mir die Hand.

Während ich diese schüttle, höre ich Kean sagen, dass er seiner Ehefrau dieses eine Mal nicht widersprechen werde.

Joe sieht nun wirklich überhaupt nicht mehr wie Joe aus, vielmehr wie James Hamilton. Der Anzug, der Mantel darüber, die gestylte Frisur. Alles sitzt wie angegossen und noch so viel besser, als wir es am Set jemals hätten hinbekommen können.

Da bemerkt Betty meinen verstohlenen Blick auf ihren Sohn. »Gut sieht er aus, nicht wahr?«, sagt sie überglücklich und ich sehe beschämt zur Seite. »Ganz anders als der arme Mann, den wir im Leichenschauhaus identifizieren mussten«, raunt sie über ihre Schulter ihrem Mann zu.

»Betty!«, kommt es nun doch von Kean.

»Ich möchte wirklich wissen, wen sie da aus der Themse gefischt haben. Irgendjemand da draußen vermisst einen lieben Menschen.«

»Na, unser Sohn war es auf jeden Fall nicht«, erklärt Kean und setzt den Punkt am Ende des Satzes so deutlich, dass jedem klar ist, dass das Gespräch an dieser Stelle nicht mehr vertieft werden sollte.

James wirft mir einen Blick zu, den ich nicht deuten kann. Ich bin schrecklich nervös, und als Liam sich räuspert, fällt mir ein, was zu tun ist.

»Darf ich euch Liam vorstellen?«, sage ich, und Liam erhebt sich, um den drei anderen die Hand zu geben.

»Ach, Liam«, sagt James freundlich, aber ich kenne ihn zu gut und sehe, dass sein Lächeln aufgesetzt ist.

Kann es sein, dass er Liams Hand etwas zu fest drückt? Aber warum sollte er das tun – wir sind schließlich nicht mehr zusammen.

»Ihr macht euch einen schönen Abend«, ergänzt er vorwurfsvoll an mich gewandt, so als wäre es ein Ding der Unmöglichkeit, dass ich es wagen kann, hier mit Liam zu sitzen.

Ich will die Sache aufklären. James soll nicht denken, dass Liam und ich wieder zusammen sind. Aber Liam kommt mir zuvor.

»Genau das tun wir«, sagt er mit breitem Grinsen.

Mit einem Mal tritt eine gespenstische Ruhe ein.

»Wir sollten uns setzen«, sagt James nun mit einem Blick auf den letzten freien Tisch, an dem ein Restaurantmitarbeiter geduldig drauf wartet, dass sich die neuen Gäste endlich niederlassen.

Der Tisch ist für vier gedeckt. Ob noch jemand nachkommt?

»Dann wünsche ich Ihnen einen schönen Abend«, erkläre ich höflich und lächle James' Eltern freundlich an.

Die beiden sehen so glücklich aus. Ich gönne es ihnen von Herzen.

»Danke, Ihnen auch«, sagt Betty und zwinkert mir vielsagend zu.

Als sie ein paar Schritte weitergegangen sind und ich mich gerade wieder hinsetze, höre ich, wie sie sagt: »Was für ein schönes Paar.«

Liam, der es auch gehört hat, grinst mich an und hebt die Augenbrauen.

»Warum hast du das gemacht?«, zische ich ihm zu. »Jetzt meint er, du bist mein Freund.«

»Weil er mir beinahe die Hand zerquetscht hat. Ich sage dir, Juna, der ist eifersüchtig, und es ist gut, wenn er das spürt.«

»Du spinnst.« Vorsichtig beuge ich mich zur Seite, um an Liam vorbei zu dem Tisch der Hamiltons schielen zu können. James nimmt mit dem Rücken zu mir Platz.

»Du täuschst dich.«

Liam dreht sich kurz um und atmet dann kräftig ein, während er mir einen vielsagenden Blick zuwirft und den Kopf schüttelt.

»Meinst du, er hat etwas von dem gehört, was ich gesagt habe?«, raune ich Liam zu und lächle Betty zu, die bemerkt hat, dass ich zu ihnen hinüberstarre. Hastig sehe ich weg und konzentriere mich ganz auf Liam. Wie viel Zeit ist von meiner Liebeserklärung bis zu seinem Auftauchen vergangen? Wann genau haben wir über Valerie gesprochen?

»Ich glaube nicht«, beruhigt mich Liam und ich entspanne mich.

»Zum Glück. Das, was ich am Allerwenigsten will, ist sein Mitleid.«

»Aber, Juna, wäre es denn so schlimm, wenn er wüsste, dass du und ich eine Sternentochter haben?«

»Was sollte denn das an unserer Situation ändern?«

»Was genau ist denn eure Situation?«

Gute Frage!

»Keine Ahnung.«

Für den Bruchteil einer Sekunde wünschte ich, ich säße da drüben mit den Hamiltons am Tisch. Ist es verboten, sich einem solch irren Tagtraum hinzugeben? Wie es wäre, wenn wir da säßen, uns miteinander unterhalten könnten und zusammengehörten?

»Können wir über etwas anderes sprechen?«, bitte ich Liam und senke den Blick.

Ich nehme mir vor, nicht mehr zu dem anderen Tisch zu sehen und mich nun voll und ganz Liam zu widmen.

»Erzählst du mir von der Tagung, wegen der du hier bist?«

»Wenn du dich langweilen willst, gerne«, gibt Liam sich geschlagen und beginnt, mir haarklein seinen heutigen Tagesablauf zu erläutern.

Auf der Veranstaltung ging es wohl um eine ganz neue Methode des Holzbaus, die ohne bedenkliche Klebstoffe auskommt. Ein bisschen fühlt es sich wie früher an, wenn er von der Arbeit nach Hause kam und wir uns unterhielten. Dabei muss ich aber zugeben, dass ich mich nie gelangweilt habe. Auch wenn Liam in einem anderen Arbeitsfeld als ich tätig war, fand ich unsere Unterhaltungen bereichernd. Seine Leidenschaft, wenn es um Holz und dessen Verarbeitung geht, hat mich immer beflügelt.

Mitten im Satz stockt Liam plötzlich und seine Augen werden groß. Er muss etwas gesehen haben, was ihn irritiert. Als ich mich in Richtung des Eingangs umdrehe, erkenne ich sofort den Grund für seine Verwirrung. Clarice van Boyd hat das Restaurant betreten. Sie wirkt noch künstlicher, als ich sie in Erinnerung hatte. Die blondierten Haare sind toupiert und vergrößern ihren Kopf auf unnatürliche Art. Sie stöckelt voller Selbstsicherheit an uns vorbei, zielstrebig auf den Tisch der Hamiltons zu. Mich würdigt sie keines Blickes. Vermutlich würde sie mich nicht einmal erkennen, wenn sie mich direkt angesehen hätte.

»Was war das?«, raunt Liam mir zu und sieht sich zu Clarice um.

Ich beuge mich sofort zu ihm über den Tisch. »Das ist

unsere Produzentin. Ich frage mich, warum die sich hier zum Essen treffen. Ich weiß, dass die Eltern sie nicht besonders mögen, und James … ich glaube, er mag sie auch nicht.«

Ich beobachte aufmerksam die Begrüßung. Man hat den Eindruck, dass Barbie auf der Bildfläche erschienen ist.

Liam sieht mich amüsiert an. »Apropos ›Holz‹. Sie hat eine Menge Holz vor der Hütte.«

»Das ist auf jeden Fall nicht unbehandelt und ökologisch einwandfrei.«

Liam lacht. »Was machen sie?«

»Sie geben sich die Hand. Jetzt sitzt sie.«

»Du solltest dich mal sehen!«, freut sich Liam und schüttelt den Kopf. »Möchtest du einen Nachtisch?«

»Unbedingt!«, gebe ich zu, weil ich so schrecklich neugierig darauf bin, was sich an dem anderen Tisch abspielt.

Vor ein paar Minuten wäre ich liebend gerne früher aufgebrochen, aber nun muss ich wissen, was da vor sich geht.

Damit ich nicht zu lange von der Dessert-Karte abgelenkt werde, nehme ich gleich das Erste, den warmen Schokoladen-Brownie mit kandierter Walnuss und Vanille-Eiscreme. Das ist genau nach meinem Geschmack.

»Du bist gemein«, stellt Liam fest, weil ich ständig an ihm vorbei zu den Hamiltons schiele.

»Das tut mir echt leid«, gebe ich bedauernd zu, aber Liams freches Grinsen entlarvt mich als neugieriges Weib und ich fühle mich ertappt. »Ich kann nicht wegsehen.«

»Halt mich wenigstens auf dem Laufenden!«, sagt er noch, bevor wir unsere Nachtischbestellung aufgeben.

»Sie unterhalten sich ruhig«, dokumentiere ich das Geschehen wie der Sprecher einer Tierdokumentation. »James scheint Clarice eine Ansage zu machen.«

Tatsache ist, dass sie mehrmals versucht, zu Wort zu kommen, aber es gelingt ihr nicht. Während James' Eltern die Ruhe selbst sind und ich nur an Bettys Gesichtsausdruck ablesen kann, wie wenig sie von Clarice hält, bleibt James der Wortführer.

Ich muss sagen, es gefällt mir sehr, in Clarice' Profil zu sehen, wie sie damit kämpft, dass sie wohl zum ersten Mal in ihrem Leben nicht zu Wort kommt.

»James hat ihr einiges zu sagen«, kommentiere ich weiter.

»Es geht bestimmt um den Film«, mutmaßt Liam, und ich nicke, weil ich mir schon dasselbe gedacht habe.

Gespannt spitze ich die Ohren in der Hoffnung, wenigstens ein paar Wortfetzen zu verstehen. Leider ist der Geräuschpegel in dem Restaurant so hoch, dass ich keine Chance habe.

Dann wird uns der Nachtisch serviert, der mich tatsächlich für einen Augenblick fesselt, weil der Teller so liebevoll und appetitlich angerichtet ist. Auf einer Scheibe Schokoladen-Brownie thront die Kugel mit dem Vanilleeis.

Liams Nachtisch sieht ähnlich lecker aus, er hat sich für einen Käsekuchen entschieden.

»Lass es dir schmecken!«, raunt Liam und stürzt sich auf den Kuchen, als hätte er heute noch nichts zu essen bekommen.

Während ich mich mit Genuss dem Brownie widme, bekomme ich aus dem Augenwinkel mit, wie das Gespräch am Tisch der Hamiltons immer hitziger wird. Einige Wortfetzen dringen nun doch bis zu mir herüber. James droht mit Anwälten und einer Klage. Clarice bleibt erstaunlich still. Sie wirkt sogar eingeschüchtert. Ich freue mich, dass sie endlich einmal in ihre Schranken gewiesen wird.

248

»Wir hatten nie etwas miteinander«, höre ich James jetzt laut sagen und Clarice zuckt zusammen.

Betty legt eine Hand auf James' Unterarm, weil er zu laut geworden ist. Schade, jetzt höre ich wieder nichts mehr.

»Oh, was war das?«, fragt auch Liam, der ebenso viel gehört hat wie ich.

Ich verdrehe die Augen. »Sie wurde nicht müde, zu betonen, dass James und sie einmal ein Liebespaar waren. Es war wirklich extrem lästig. Ich hatte von Anfang an meine Zweifel, ob das stimmt. Wenn jemand immer und immer wieder betonen muss, wie nah er dem Verstorbenen stand, hat die Sache meist einen Haken.«

»Richtig. Und wenn jemand immer und immer wieder betonen muss, dass da überhaupt nichts ist, dann ist da meistens mehr dran, als er zugibt.«

Ich schenke Liam einen Blick, der es in sich hat, aber er freut sich dennoch über seine schlaue Bemerkung.

»Warum wehrst du dich so dagegen?«, will er nun wissen.

Zuerst will ich einfach nur das Thema wechseln, aber ich finde, er hat eine ehrliche Antwort verdient.

»Ich weiß nicht, wer er ist. Eben war er noch ein Obdachloser und plötzlich ist er James Hamilton.«

»Hast du schon einmal mit ihm darüber geredet?«

»Wie denn?« Muss ich jetzt erneut erklären, wie gemein er sich mir gegenüber verhalten hat?

»Ich versteh schon«, gibt Liam zu.

Schweigend essen wir den restlichen Nachtisch, und ich versuche mich darauf zu konzentrieren, ihn zu genießen. Als ich überlege, welches Thema ich nun anschneiden könnte, rauscht mit einem Mal Clarice an unserem Tisch vorbei. Sie stolziert so schnell durch den engen Gang, dass sie beinahe mit ihrer runden Hüfte einige Gläser vom

Tisch fegt. Verdutzt sehe ich ihr nach, wie sie mit wehendem Schal aus dem Restaurant rauscht.

Dann riskiere ich einen Blick zu James, der Clarice ebenfalls nachsieht. Unsere Blicke treffen sich für den Bruchteil einer Sekunde, und es beginnt sofort in mir zu kribbeln, als könne James mit einem einzigen Blick meine Gefühle steuern. Aber dann wendet er sich seinen Eltern zu, zuckt mit den Schultern und macht wohl einen Scherz, weil sowohl sein Vater als auch seine Mutter vergnügt auflachen.

Für James Hamilton scheint das Problem Clarice damit vom Tisch zu sein. Was er ihr wohl mitgeteilt hat?

»Ich zahle dann«, beschließt Liam und ich nicke gedankenverloren.

Ich bin so damit beschäftigt, mein Gefühlschaos zu ordnen, dass ich kaum etwas vom Bezahlvorgang mitbekomme. Erst als Liam sich anschickt, aufzustehen, und »Gehen wir?« fragt, komme ich in die Wirklichkeit zurück.

Hastig greife ich nach meiner Tasche und stehe auf.

Als hätten die Hamiltons nur darauf gelauert, noch einmal ein paar Worte mit mir zu wechseln, prostet Betty uns zu. »Auf Wiedersehen.«

Wieder sehe ich mich einem Blick von James ausgesetzt. Aber das ist nicht das Schlimmste. Er lächelt und berührt mich damit mehr, als ich es möchte.

»Auf Wiedersehen«, nuschle ich und wende mich so schnell wie möglich ab.

Liam hofiert mich aus dem Restaurant.

Draußen empfängt uns die überraschend milde Nachtluft. Wir gehen ein paar Schritte und bleiben dann stehen.

Natürlich bemerke ich, dass Liams Blick kurz hinter mich fällt, aber weil er meine Hände ergreift, lasse ich mich davon nicht ablenken.

»Ich würde dich ja noch sicher bis zu deiner Wohnung begleiten«, beginnt er, nähert sich mir und drückt mir einen sanften Kuss auf die Wange, »aber …«

»Aber?«, hake ich nach, als er mich loslässt und mir ein sanftes Lächeln schenkt.

Er lässt meine Frage unbeantwortet und geht in Richtung seines Hotels.

Nicht, dass ich erwartet hatte, dass er mich nach Hause bringt, aber ich gebe zu, dass ich schon ein bisschen baff bin, weil er mich hier einfach so stehen lässt.

Doch dann kribbelt es in meinem Nacken, und ich erinnere mich daran, dass Liam hinter mich gesehen hat, bevor er sich so plötzlich verabschiedete.

Das Kribbeln wird mit einem Mal so deutlich spürbar, dass mir ein Schauer über den kompletten Körper jagt. Ich muss mich einfach umdrehen.

Da steht er! James. Nur ein paar Meter von mir entfernt, als habe er bloß darauf gewartet, dass ich ihn endlich bemerke.

Ich werde unruhig. Was soll ich denn jetzt tun?

Zum Glück muss ich überhaupt nicht handeln, weil James langsam zu mir herüberschlendert, als hätten wir alle Zeit der Welt.

»Warum lässt er dich hier stehen?«, fragt James, als wäre es ein Schwerverbrechen, das Liam damit begangen hat.

»Weil er zurück in sein Hotel geht.«

Ich kann James ansehen, dass er eine ganze Menge Fragen bezüglich Liam hat, die er allerdings nicht ausspricht. Blanke Panik ergreift von mir Besitz. Wie oft habe ich mir vorgestellt, dass ich James eines Tages wiedersehen würde, aber nun hat es mich eiskalt erwischt.

»Was willst du?«, frage ich und erschrecke ein wenig

über die unterschwellige Aggression in meiner Frage. Ich sage nur: Panik!

James antwortet, indem er mich sehr lange sehr intensiv ansieht. Es schmerzt mich, was ich alles in seinen schönen blauen Augen erkenne. Da ist so viel gemeinsame Zeit, so viel Zärtlichkeit, so viele ungesagte Dinge.

Doch er hat auf meine Frage keine Antwort parat.

Mir entkommt ein kraftloses Seufzen.

»Wer bist du?«, frage ich dann, weil ich mich an das Gespräch mit Liam erinnere. »Ich weiß nicht mehr, wer du bist? Habe ich es überhaupt jemals gewusst?«

»Du kennst mich besser als jeder andere Mensch«, antwortet er schnell und rennt damit bei mir gegen eine Wand. Angriff war schon immer die beste Verteidigung.

»Ich kenne Joe, den riesigen Kerl, der wie Hagrid aussah und der sich mit ein bisschen Haarpflege und neuen Klamotten in einen Prinzen verwandelt hat.«

»Hagrid?«, höre ich James irritiert fragen. Sein Gesichtsausdruck könnte mich beinahe zum Lachen bringen, wenn sich nicht alles in mir traurig und schwer anfühlen würde.

»Hagrid …«, wiederholt James unfassbar laut. »Ehrlich?«

Jetzt kann ich mich nicht mehr zurückhalten. Ich muss lachen, beiße mir aber sofort auf die Lippen.

»Und wer bist dann du? Hoffentlich nicht diese kleine naseweise Hermine.«

»Ich, Hermine? Da täuschst du dich aber gewaltig.«

»Das eben war unglaublich besserwisserisch.«

»War es nicht.«

»Und schon wieder!«

Mit einem Mal wird mir bewusst, dass James immer näher kommt, als arbeite er sich Schritt für Schritt zu mir durch.

»Der Vergleich hinkt trotzdem.« Ich verschränke die Arme vor der Brust, um James zu signalisieren, dass es eine Grenze zwischen ihm und mir gibt.

Unbeirrt tritt er so nah es geht zu mir, berührt mich fast. Ich kann nicht sagen, dass mich das beruhigt. Im Gegenteil, diese Nähe elektrisiert mich.

Meine Emotionen überwältigen mich. Kopfschüttelnd deute ich hinter mich. »Also weißt du, wenn ich Panik habe, dann … dann bin ich nicht mehr in der Lage, normal zu denken«, erkläre ich, entlocke James damit aber nur ein Lächeln, das ich nicht einordnen kann. »Ich muss jetzt wirklich los«, sage ich, als hätte ich überhaupt keine Wahl.

Dann drehe ich mich um und renne davon.

Kaum bin ich um die nächste Hausecke gerannt, klingelt mein Smartphone. Wie von Sinnen gehe ich ran, nachdem ich gesehen habe, dass es Liam ist. Vielleicht will er wissen, ob ich gut zu Hause angekommen bin.

»Was machst du denn?«, fragt er sofort und ich sehe mich automatisch um.

»Wonach sieht es denn aus?«, blaffe ich ihn an.

»Es sieht selten dämlich aus. Warum rennst du vor deinem Glück davon?«

Ich schnappe nach Luft. »Ich weiß es nicht. Es war einfach zu viel. Dass er plötzlich in dem Restaurant auftaucht …«

»Juna, wenn hier jemand Glück verdient hat, dann bist du es. Rede mit ihm, versöhne dich mit ihm, sag ihm alles … einfach alles!«

»Ich … kann … nicht.«

Immer weiter entferne ich mich von dem Restaurant. Es ist nicht mehr weit, dann bin ich zu Hause, in Sicherheit, wo ich mich beruhigen kann.

»Was auch immer dich davon abhält, Juna! Ich hoffe, es ist nicht die Tatsache, dass er sich als Joe ausgegeben hat. Hast du nicht ebenso versucht, alles hinter dir zu lassen? Wie lange hast du gebraucht, um wieder mit mir zu sprechen?«

»Zu lange«, gebe ich zu.

»Na also!«

»Aber ich kann jetzt nicht mit ihm reden. Ich will nicht, dass er Mitleid mit mir hat und dass er mich so ansieht, wie die Leute einen dann immer ansehen.«

»Mach es doch nicht so kompliziert!«

»Es ist kompliziert«, keuche ich.

Liam seufzt. »Dann gute Nacht!«

Meint er das ernst? Aber er hat tatsächlich schon aufgelegt. Obwohl ich das Sugar Rush längst sehen kann, bleibe ich kurz stehen, um erst einmal wieder zu Atem zu kommen, bevor ich das Haus betrete. Ich muss mich beruhigen, sonst kann ich keinen klaren Gedanken mehr fassen.

Kapitel 17

Am nächsten Tag kauere ich, wie so oft in letzter Zeit, vor dem wunderschön gestalteten Grabstein. Valerie steht in geschwungener Schrift darauf.

Warum nur bin ich nie hergekommen? Jetzt spendet mir dieser Ort Trost, weil er wie ein Beweis für mich ist, dass es sie wirklich gab.

Mir laufen die Tränen übers Gesicht, weil ich meine kleine Tochter so vermisse. Endlich kann ich sie zulassen! Ich frage mich, was für ein Mädchen und was für eine Frau sie geworden wäre. Sie war doch noch so klein.

Aber Liam hat recht. In der Zeit, die sie bei uns war, hat sie uns so viel Liebe und Glück geschenkt, dass es für ein ganzes Leben reicht.

Lächelnd lege ich meine Hand auf den Grabstein und fahre ihren Namen mit den Fingern nach.

Plötzlich japst hinter mir etwas, und schon spüre ich eine kalte Hundeschnauze, die mich anstupst. Mit klopfendem Herzen erkenne ich die Hündin ohne Namen, die sich freut, mich zu sehen. Ich dachte, Hunde sind hier verboten.

»Hey!«, begrüße ich sie überrascht und mir rutscht das Herz in die Hose. Wenn sie hier ist, wird James nicht weit sein. Als sei die Hündin durch meine Tränen irritiert, umtänzelt sie mich.

Ein Pfiff ertönt, aber sie reagiert nicht darauf. Dabei hat sie doch sonst immer so gut gefolgt.

»Hierher!«, höre ich James' Stimme, die mich dazu veranlasst, hochzuschießen wie ein Kind, das bei etwas Verbotenem erwischt wurde.

Hastig wische ich mir über die Wangen und drehe mich erst dann in die Richtung, aus der der Ruf kam.

Mit schnellen Schritten eilt James mir entgegen.

Als er mich sieht, verlangsamen sich seine Bewegungen, aber ich sehe, dass er nicht überrascht ist, mich hier zu treffen. Ich versuche gefasst zu bleiben und entferne mich ein paar Schritte von Valeries Grab.

Zufrieden trabt die Hündin zu ihrem Herrchen und er nimmt sie sofort an die Leine. »Ich habe dir doch gesagt, du sollst dableiben!«, schimpft er sie. »Aber ich verstehe schon. Du konntest nicht anders.«

Ich gehe nicht weiter auf ihn zu. O Mann! War es wirklich erst gestern, dass ich vor ihm davongelaufen bin? Hoffentlich erinnert er sich nicht mehr an jedes Wort, das ich ihm an den Kopf geworfen habe.

»Hallo«, sagt er schließlich und ich erwidere den Gruß.

»Was machst …«, sagen wir beide gleichzeitig und brechen auch miteinander wieder ab.

Er lacht und deutet hinter sich. »Mein Grab wird aufgelöst. Ich hoffe, es dauert noch ein paar Jahre, bis ich wirklich darin liege. Außerdem soll der Tote endlich richtig identifiziert werden. Und du?«

Vielleicht wäre das der richtige Zeitpunkt, ihm von Valerie und von meinem Schmerz zu erzählen, aber würde das nicht so rüberkommen, als wolle ich ihm nachträglich noch eins mitgeben? Valerie soll nicht der Grund dafür sein, dass ich James zeigen kann, wie falsch seine Meinung über mich ist. Ich lasse seine bösen Worte so stehen und ich werde sie verkraften, irgendwann.

»Ich bin ab und zu mal hier, um den Kopf frei zu bekommen«, erkläre ich lapidar.

Tatsächlich bin ich schon als Kind oft auf Friedhöfe gegangen, um mir die Namen und Bilder auf den Grabsteinen anzusehen. So ein Besuch erdet einen, weil man spürt, dass das Leben endlich ist. Gleichzeitig fand ich es immer tröstend, zu wissen, dass es Menschen gibt, die das Andenken an andere hochhalten. Warum ich das bei meiner Valerie bisher nicht geschafft habe, finde ich im Nachhinein noch furchtbar.

James nickt und versucht an mir vorbei einen Blick auf das Grab zu erhaschen, vor dem seine Hündin mich entdeckt hat. Doch auf die Entfernung kann er unmöglich etwas sehen.

»Juna ...«, fängt er an, aber ich unterbreche ihn sofort.

»Es tut mir leid, dass ich gestern nicht geblieben bin.«

»Ja, mir auch«, sagt James. »Amanda hat mich davor gewarnt, dass du dich komisch verhältst, wenn du in Panik gerätst.«

»Amanda?« Na warte, Amanda, dafür werde ich mich revanchieren!

Es entsteht ein Moment vollkommener Stille zwischen uns, bis James plötzlich lacht.

»Du lachst?«

»Ich musste eben an deinen gestrigen Vergleich mit Hagrid denken.«

Er erinnert sich wirklich gut.

»Also gut, Juna. Wenn ich Hagrid bin, dann bist du ...« Er denkt nach. »... dann bist du Cinderella.«

»Also –«.

»Halt, lass mich ausreden! Du bist fleißig, hast goldene Engelslöckchen, und als ich dich das erste Mal sah, wie du in die Halle gestöckelt kamst in deinem Röckchen.«

»Rock!«

»Also doch lieber Hermine?«

»Nein, nein, schon gut! Mit Cinderella kann ich leben. Finde ich süß von dir.«

»Und so wahr. Cinderella hat ihre Mutter verloren und du … hast auch jemanden verloren. Deine Tochter.«

Es fühlt sich an, als ziehe mir jemand den Boden unter den Füßen weg. Meine Knie geben nach.

James reagiert blitzschnell und schlingt seine Arme um mich. Ich möchte ihn nicht ansehen, und doch fühle ich mich sicher, wenn ich in sein Gesicht sehe. Seine Augen fangen mich auf, sein Lächeln spendet mir Trost. Seine Nähe, sein Duft ist wie nach Hause kommen an Weihnachten.

»Woher …?«

»Liam.«

Mehr braucht er nicht zu sagen. Ich weiß sofort Bescheid. Liam muss noch einmal zurück zum Restaurant gegangen sein. Und mit einem Mal wird mir auch klar, warum Liam mir beichten musste, dass er den Kerl kennt, der im Lokal für die Reservierungen zuständig ist. Er hat gewusst, dass James an diesem Abend da sein wird. Das muss ich erst einmal sacken lassen.

»Ich war so ungerecht zu dir, so selbstgefällig und betrunken noch dazu«, lenkt James meine Aufmerksamkeit wieder auf sich.

Eigentlich hatte ich mir vorgenommen, es mir nicht anzuhören, sollte er jemals mit einer Erklärung oder gar einer Entschuldigung daherkommen. Ich wollte ihm auf ewig böse sein und ihn nie wieder in mein Herz lassen. Dabei brauche ich ihn gar nicht hereinzulassen, James ist für immer fest darin verankert.

»Also, du hast mich gestern gefragt, was ich will«, sagt er mit einem Mal.

Ich kann nicht behaupten, dass meine Beine dadurch stabiler werden.

Doch statt noch viele Worte zu verschwenden, legt James sanft seine Wange an meine Schläfe und beginnt, sich langsam mit mir zu bewegen, als spiele irgendwo Musik.

Ich schließe die Augen und lasse mich darauf ein.

»Sometimes I go out by myself …«, beginnt James leise zu singen.

Natürlich erkenne ich den Song von Amy Winehouse sofort. Hat er wirklich sämtliche Zusammenhänge hergestellt? Ich lasse meinen Tränen freien Lauf, als er sich behutsam durch die erste Strophe arbeitet und mich dabei innig und doch sanft hin und her schaukelt.

»Stop making a fool out of me …«, singt James schließlich und bringt etwas Abstand zwischen uns, um mir die folgenden Worte direkt vorzusingen.

Als er den Namen meiner Tochter singt, steige ich mit ein. Glücklich und traurig zugleich rufe ich gemeinsam mit James ihren Namen.

Wir tanzen, als würde das Lied direkt neben uns in voller Lautstärke von einem Orchester gespielt werden. Unsere Bewegungen werden immer ausgelassener. James wirbelt mich herum und sorgt dafür, dass ich mich ständig drehen muss. Haarsträhnen kleben auf meinem tränennassen Gesicht, aber das ist okay. Jede Träne, die ich für Valerie vergieße, zeigt mir nur, wie sehr ich sie noch immer liebe. Was kann daran verkehrt sein? Nicht jede Träne ist von Trauer geprägt. Ich bin auch glücklich. Es ist ein seltsames Gefühl: Wenn sich Trauer mit Glück mischt, kommt ein verworrenes Gefühlswirrwarr dabei heraus.

Nach einer besonders schwungvollen Drehung zieht James mich in seine Arme und drückt mir sofort einen leidenschaftlichen Kuss auf den Mund.

Ich möchte mich nie wieder von ihm trennen und erwidere seinen Kuss.

Atemlos löst James schließlich seine Lippen von mir. »Und? Kommst du nun mit rüber?«, fragt er und macht eine Kopfbewegung in Richtung eines anderen Gräberfeldes.

»Aber zuerst erzählst du mir, was du gestern mit Clarice zu besprechen hattest.«

»Du willst die ganze Wahrheit über meine angebliche Affäre mit ihr hören?«

»Ja, die auch.«

»Sagen wir es einmal so: Der Film wird leider in der Versenkung verschwinden, aber Clarice wird das verkraften, da ich ihre jahrelangen Andeutungen, was sie und mich angeht, so stehen lasse, wenn sie sie nie mehr wiederholt.«

»Das ist es ihr wert?«

Mein Gott, ich weiß ja, dass er gut im Bett ist, aber sie kann es nicht wissen, dennoch ist es ihr so wichtig, es so aussehen zu lassen.

»Für Clarice gibt es im Leben nur einen wichtigen Menschen, und zwar sie selbst. Es ist ihr also sehr viel wert, nicht bei einer Lüge erwischt zu werden.«

»Das finde ich persönlich ziemlich schade.« Es hätte mir wirklich gefallen, wenn sie aufgeflogen wäre und alles durch die Presse ginge.

»Wenn ich auf diese Weise verhindern kann, dass der Film ins Fernsehen kommt, ist das doch sehr praktisch. Es geht hier schließlich um ziemlich viel Kohle.«

»Unglaublich. Ist das wirklich alles?«

»Na ja, ich habe ihr noch zugestanden, dass ich die Kosten trage, die ich dem Studio während der Drehzeit verursacht habe.«

»Apropos ›Kosten‹. Da du ja jetzt ein reicher Mann bist, würde ich mich sehr freuen, wenn du mir die Tierarztkosten erstatten könntest.«

»Das werde ich. Versprochen! Mit Zinsen und Zinseszinsen.«

»Na, das will ich ja wohl hoffen!«, witzele ich. »Wo war sie gestern überhaupt?«

»Ich habe einen Hundesitter engagiert.«

»Jetzt bin ich eifersüchtig. Ich bin doch der Hundesitter. Und deine persönliche Assistentin.«

»Ab jetzt sofort und für immer. Wenn du möchtest.«

»Ist das ein Antrag?«

»Nicht direkt. Wenn ich dir einen mache, dann wirst du es wissen. Kommst du jetzt mit? Meine Eltern warten im Hotel auf mich. Ich möchte nicht, dass sie unruhig werden.« James ergreift meine Hand und will mich mit sich ziehen.

»Moment!«

Er bleibt sofort stehen und sieht mich fragend an.

»Eine Sache fehlt mir noch.«

Sofort zieht er mich zurück in seine Arme und küsst mich. »Was denn?«, fragt er und drückt sich an mich.

»Liebst du mich?«, frage ich.

»O Juna! Natürlich liebe ich dich. Ich dachte, das hättest du inzwischen verstanden.«

»Manchmal muss man es auch hören.«

»Das stimmt.« Abwartend sieht James mich an. Er lächelt dabei so sexy, dass ich ihn am liebsten hinter den nächsten Grabstein zerren würde, um ihm das Hemd vom Körper zu reißen.

»Ich liebe dich«, sage ich. Es fühlt sich wie ein Befreiungsschlag an.

Ich habe so sehr versucht, dieses Gefühl zu verdrängen. Jetzt, wo ich es frei herauslassen darf, geht es mir so gut wie seit Jahren nicht mehr.

James drängt sich inniger an mich. »Wirst du mir das später beweisen?«

»Wenn du darauf bestehst?«

»Unbedingt!«

Als er sich dieses Mal von mir löst und mich an der Hand zum Ausgang des Friedhofs führt, lasse ich mich gerne von ihm mitziehen.

Wer weiß, wo uns das Leben hinführt? Ich bin unendlich gespannt darauf.

Epilog

Weihnachten, ein paar Jahre später

Verträumt starre ich durch das Fenster auf die schneebedeckte Landschaft Schottlands. Die sternklare Nacht kündigt die nächste Kältewelle an, von der vorhin im Wetterbericht die Rede war. Aber das Feuer des Kamins, das hinter mir behaglich knistert, lässt nicht zu, dass es mich fröstelt.

»Engelchen?«, höre ich den Mann meiner Träume hinter mir flüstern.

Schon schmiegt er sich an meinen Rücken und drückt mir einen Kuss in die Halsbeuge. Den dampfenden Becher mit dem Kinderpunsch, den er mir reicht, nehme ich dankbar an.

»Kommst du zu uns?«, fragt er.

»Sofort«, sage ich lächelnd und wende ihm mein Gesicht zu.

Da spüre ich James' Hand auf meinem Bauch, wo sich die Wölbung unter meinem dicken Wollpullover abzeichnet. In ein paar Monaten wird Valerie einen kleinen Halbbruder bekommen.

James küsst mich und geht dann zurück an den Tisch.

Ich werfe einen letzten Blick auf die unzähligen Sterne und lächle, weil einer ganz besonders hell funkelt.

Dann drehe ich mich um. Betty, Kean und meine Eltern sitzen längst am Tisch. James trägt soeben die große Platte mit dem Truthahn auf, und ich kann die Begeisterungsrufe meiner Eltern hören, während Betty stolz lächelt.

Endlich spüre ich, was ich schon lange wusste: Das Leben geht weiter und das Glück kehrt immer wieder zu einem zurück.

ENDE

Danksagung

Jeder Leser ist ein Geschenk! Liebe Leserin, lieber Leser, vielen Dank, dass du mir das Geschenk gemacht hast und diese Geschichte gelesen hast. Ich freue mich wie verrückt darüber, dass außer mir noch jemand Interesse an meinen verrückten Ideen und Tagträumen hat.

Die Geschichte von Juna verdanke ich tatsächlich einem echten Traum. In dem Traum befand ich mich in einem Bürogebäude und mein Chef brüllte mich an und sagte mir, ich solle gefälligst einen Doppelgänger von dem Typen auf dem Foto finden, sonst wäre ich ganz schnell meinen Job los. Das Foto, auf dem ein bereits verstorbener Prominenter war, gab es in dem Traum auch. Verzweifelt verließ ich das Gebäude und stieg in ein Taxi. Und wie später im Buch sprach mich der Taxifahrer an und versicherte mir, er könne mich zu einem Ort bringen, an dem ein Doppelgänger zu finden sei. Anders als in meiner Geschichte lag der Ort weit außerhalb der Stadt. Der Taxifahrer ließ mich an einem verlassen wirkenden Hof in der Einöde aussteigen und fuhr dann ohne mich davon. Voller Angst klopfte ich an die heruntergekommene Holzhütte und ein betrunkener Mann mit Bart öffnete mir. Allerdings wimmelte er mich unhöflich ab und hetzte auch noch seinen aggressiven Hund auf mich.

Der Traum endete, kurz nachdem ich über den matschigen Hof flüchtete. Ich kann mich noch daran erinnern, dass dort alles voller Schlamm war und über den Hof sogar ein Rinnsal lief, dem ich bei meiner Flucht ausweichen musste. Trotzdem wusste ich, dass ich wiederkommen würde, weil der Mann in dem Haus eine riesige Ähnlichkeit mit dem Gesuchten hatte.

So weit, so gut. Aus diesem Traum entstand dann schließlich Casting – Zurück ins Leben, welches du nun in deinen Händen hältst.

Natürlich braucht es nicht nur einen Traum und eine Autorin, um eine Geschichte reif für die Veröffentlichung zu machen. Daher geht ganz viel Dank auch an

– meinen Bruder Jürgen, der mir zu dieser Geschichte wie immer ein geniales Cover gezaubert, sowie den Buchsatz übernommen hat.

– das Lektorat Soukup, das nach mir über die gewachsene Blumenwiese marschiert und mich auf die wunderschönen und nicht ganz so schönen Blüten aufmerksam macht.

– meine Korrektorin Sybille, die sich stets zuverlässig an die Arbeit macht und eine unglaubliche Fehlerfinderin ist.

– meine Kolleginnen, ohne die ich sicherlich schon längst das Handtuch geworfen hätte: Tanja, Sina, Karina und Andi – ihr seid mir so ans Herz gewachsen und ich danke euch wirklich aus tiefster Seele für eure Freundschaft. Und ein spezieller Dank an dich, Tanja. Du hast die Geschichte schon gelesen und mir ganz besonders wertvolle Rückmeldungen dazu gegeben.

– mein kleines aber feines Blogger-Team, das mir stets für ehrliche Rückmeldung zu den unterschiedlichsten Fragen zur Seite steht.

– dich, liebe Leserin, lieber Leser! Ohne dich würde es mich als Autorin nicht geben.

– last but not least: Meine Familie. Ohne eure Unterstützung, eure Geduld und eure Liebe könnte Pea Jung einpacken.

Hat dir die Geschichte von Joe und Juna gefallen?
Dann würde ich mich riesig über eine Rezension und/oder
Rückmeldung von dir freuen.

Ansonsten wünsche ich dir eine gute Zeit.
Bis zum nächsten Buch.

Mit fröhlichen Grüßen
Pea Jung

Bist du bereit für mehr?
Hier findest du mich und meine Werke:
info@peajung.de | www.peajung.de
www.facebook.com/PeaJungAutor
www.youtube.com/PeaJungAutor
www.instagram.com/PeaJungAutor

Pea Jung
**Catch the Wildcat –
Sein Auftrag bis du**
312 Seiten
Taschenbuch/eBook
ISBN: 978-3-7519-1442-0

*Er erledigt jeden Job, schnell und zuverlässig.
Doch diesmal gibt es ein Problem: Sie will nicht sein Auftrag sein.*

Kane Sheppard arbeitet unter dem Decknamen „Done" als Kopfgeld-
jäger, der jeden Auftrag ausnahmslos zu Ende bringt.

Bis er die Tochter des berüchtigten Vincenzo Quarta zurück in den
Schoß der Mafia-Familie bringen soll. Mit der temperamentvollen Elisa-
betta tritt eine überaus kratzbürstige Wildkatze in sein Leben, mit deren
Zähmung er mehr zu tun hat, als ihm lieb ist.

Die junge Elisa will nur ein Leben in Freiheit fernab der kriminellen
Machenschaften ihres Vaters führen. Dies scheint ihr nicht vergönnt,
denn die Schatten der famiglia verfolgen sie bis in die Wälder Idahos.
Wie gut, dass sie den Fischer Joseph kennenlernt, der sich ihrer
annimmt. Doch Joseph ist nicht der, der er vorgibt zu sein ...

*Ein prickelndes Duell zweier Menschen,
das von den Wäldern Idahos über New York bis auf eine einsame Insel führt.*

Daydreams into stories

Pea Jung
**Truly, madly, deeply
in love with you**
300 Seiten
Taschenbuch/eBook
ISBN: 978-3-7460-6469-7

„Man könnte meinen, wir wären zwei Magnete, deren Pole sich ständig verschieben. Mal werden wir extrem zueinander hingezogen und dann stoßen wir uns wieder voneinander ab."

John
Truly – Wenn dir der erste, verunglückte Kuss nicht wirklich leid tut.
Madly – Und es verrückt ist, dass du die Frau nach Jahren plötzlich wieder triffst.
Deeply – Wenn deine Gefühle tiefer gehen, als du je gedacht hättest.
In love with you – Und du längst bis über beide Ohren verliebt bist.

Zoe
Truly – Wenn wirklich alles schiefgeht, weil einfach nicht dein Tag ist.
Madly – Und es verrückt ist, dass der sexy Kerl nicht aus deinem Kopf verschwindet.
Deeply – Wenn er sich tief in deinem Herzen festsetzt, obwohl du es nicht willst.
In love with you – Und du hoffnungslos verliebt bist, egal wer er ist und was es bedeutet, an seiner Seite zu sein.

Eine Liebesgeschichte, die alles hat, wonach romantische LeserInnen suchen: prickelnde Gefühle, Humor, Taschentuchalarm und natürlich …
ein Happy End!

Daydreams into stories

Pea Jung
Wünsch dir was, Lola!
340 Seiten
Taschenbuch/eBook
ISBN: 978-3-7460-6845-9

„Wünsch dir was" steht auf der kleinen Ampulle mit der türkisfarbenen
Flüssigkeit, die Carola Appelbaum spontan in sich hineinschüttet.

Vom Leben enttäuscht, hat sie nichts zu verlieren, schließlich steht die
Hochzeit ihres Exmannes bevor und nun ist auch ihr Untermieter Edgar
gestorben. Dementsprechend sorglos formuliert sie ihre Wünsche, ohne
mit deren Erfüllung zu rechnen.

Sie staunt nicht schlecht, als sie mit drei Romanhelden aus ihren Lieb-
lingsgeschichten konfrontiert wird.

Plötzlich steht auch noch Edgars Sohn Gregor vor ihrer Tür. Edgar hat
Carola weit mehr hinterlassen, als ihr lieb ist, und nicht nur Gregor sucht
danach. Kann sie ihm vertrauen?

Magisch, romantisch, witzig – drei fantastische Helden inklusive!

Daydreams into stories

Pea Jung
Die falsche Hostess
194 Seiten
Taschenbuch/eBook/Hörbuch
ISBN: 978-3-7357-4200-1

Pea Jung
Die echte Hostess
228 Seiten
Taschenbuch/eBook
ISBN: 978-3-7347-7668-7

Humorvolle Liebesgeschichte mit prickelnder Erotik

Humorvolle Liebesgeschichte mit einem Hauch Erotik

Was passiert, wenn die eigene Nachbarin unverhofft ein Herpes bekommt? Kein Problem?
Nicht für Raffaela. Sie darf ihre Nachbarin in deren Job als Hostess vertreten und lernt dabei den smarten Rick kennen. Zwischen den beiden sprühen sofort leidenschaftliche Funken, die sich in Form eines One-Night-Stands entladen. Ebenfalls kein Problem?
Weit gefehlt. Schließlich war Raffaela offiziell als ihre Nachbarin unterwegs, was zu weiteren Verwicklungen führt. Und sie sieht Rick schneller wieder als erwartet.

Was passiert, wenn eine Hostess von akuter Midlife-Crisis befallen wird? Ein Problem? Nicht für Doris. Die sucht sich nämlich einfach eine neue Herausforderung, mit der sie sich von der eingebildeten Krise ablenken will. Für Doris ist das die Teilnahme an einem Poledance-Kurs. Schon bald stellt sich allerdings heraus, dass ihr in ihrem Leben nicht nur der Kick des Unbekannten fehlt, sondern auch ein fester Partner.
Zu blöd, dass hierfür gleich mindestens zwei Männer in die engere Auswahl kommen.

Pea Jung
**Hit the Boss –
The H(e)artbreaker**
420 Seiten
Taschenbuch/eBook/Hörbuch
ISBN: 978-3-7448-5567-9

Pea Jung
Burn for the Boss
384 Seiten
Taschenbuch/eBook
ISBN: 978-3-7528-2480-3

Treffer versenkt!
Vor lauter Aufregung versetzt Sharon auf der Straße einem Geschäftsmann versehentlich einen Schlag. Ausgerechnet dieser Mann platzt kurze Zeit danach in ihr Vorstellungsgespräch und benimmt sich in ihren Augen völlig daneben. Wäre nicht ihre unerfreuliche Vergangenheit mit ihrem Exfreund, hätte sie mit den eindeutigen Avancen des Kerls weniger Probleme. So aber will sie nur eines: ihn auf Abstand halten.
Leider geht das nicht so einfach. Der Typ taucht immer wieder auf und die Offenbarung seiner Identität macht alles noch viel komplizierter.
Eine romantische Liebesgeschichte mit Witz, Drama und ein bisschen Krimi!

Elsie Winter liebt Harrison Walker. Doch der anziehende Mr. Walker ist Elsies eiserner Boss, der durch Unnachgiebigkeit glänzt und für Elsie unerreichbar ist.
Das ändert sich, als sie unverhofft zu seiner persönlichen Assistentin ernannt wird. Elsie stellt sich der Aufgabe, ihr Herz vor Mr. Walker zu beschützen.
Auf diese Weise kann sie endlich den lästigen Annäherungen ihres bisherigen Vorgesetzten entfliehen. Nach mehreren Missverständnissen bröckelt die schonungslose Haltung des smarten Geschäftsmannes, und Elsie muss erkennen, dass er längst hinter ihre kühle Fassade blickt.
Wird er ihre Schwärmerei bemerken?

Daydreams into stories

Pea Jung
Die Wunschblase
232 Seiten
Taschenbuch/eBook
ISBN: 978-3-7357-6115-6

Pea Jung
Die Putzstelle
248 Seiten
Taschenbuch/eBook/Hörbuch
ISBN: 978-3-7357-3940-7

Phantastischer Wohlfühlroman

Es geht nicht um den Dreck

Der sechsjährige Ben hat einen ganz besonderen Herzenswunsch: Er möchte seinen Papa Frank wieder glücklich sehen. Ganz klar: Der Papa braucht eine neue Frau. Und Ben eine neue Mama.

Ben ahnt nicht, dass er mit seinem geheimen Wunsch außergewöhnliche Mächte in Gang setzt.

Carolyn, ein weiblicher Dschinn, bekommt den Auftrag, eine geeignete Frau zu suchen. Frank erweist sich jedoch als immun gegen sämtliche Verkuppelungsversuche.

Wird Carolyn dennoch Bens Wunsch erfüllen können?

Die Kellnerin Josefine kehrt unter einem Tisch ein paar Scherben zusammen. Eine ganz gewöhnliche Tätigkeit für eine Kellnerin? Weit gefehlt. Schließlich starrt ihr dabei spontan ein mysteriöser Unbekannter auf den Hintern und bezahlt sie auch noch dafür. Schon am nächsten Tag flattert ein unerwartetes Jobangebot ins Haus.

Daydreams into stories